토
마
토
정
원

토마토 정원

한소은 장편소설

황금가지

목차

**2032년,
봄**

9

**2012년,
12월**

265

**2032년,
6월 (1)**

275

**2031년,
5월**

303

**2032년,
6월 (2)**

319

**다시,
봄**

331

작가의 말

348

남들이 알지 못하는
어두운 귀퉁이 하나쯤
누구에게나 있는 거니까

일러두기

1 근미래를 배경으로 하는 이야기의 특성상 사회 정책 및 제도 등이 현재와 다르게 상정된 부분이 있습니다.

2 작중 실제 사건을 참고한 서술이 있으나 구체적인 내용은 일부 변경하였습니다.

2032년,
봄

1.

 딸랑, 하고 문에 매달린 종이 울렸다.
 이어서 급하게 다가오는 발소리에 지수는 뒤를 돌아봤다.
 "꽃이요, 꽃다발이요. 좀 급한데…… 만들어 놓은 거 있죠?"
 남자가 꼴딱 밤을 새운 사람처럼 푸석한 얼굴을 손으로 비비며 물었다. 리본으로 꽃바구니를 장식하던 꽃집 주인의 손길이 잠시 멈췄다.
 "어디에 쓰시려고요?"
 "병문안이요."
 주인이 웃으며 지수와 남자를 번갈아 쳐다봤다. 지수는 괜히 머쓱해져 눈길을 돌렸다.
 "없어요? 그러면 얼른 하나만 만들어 주세요."
 "생화 말씀이시죠? 병원에 생화는 반입이 안 되거든요. 그래서 보통은 비누꽃을 추천해 드리는데, 어쩌죠. 방금 다 나가서……."

"그래요? 언제부터요?"

종전의 다급함은 찾아볼 수 없이 착 가라앉은 목소리에 순간 주인의 얼굴에는 당황한 기색이 떠올랐다.

"언제부터인지는…… 글쎄요. 그냥 환자 건강 때문에 그러는 것 같은데…… 아무래도 꽃가루가 떨어지면 병실 공기에 안 좋으니까요."

"아……, 미안합니다. 따지려는 건 아니고요."

지수는 둘의 대화에 귀 기울이며 꽃바구니에 매달린 리본을 멍하니 바라보았다. 리본의 왼쪽 단에는 '빠른 쾌유를 빕니다'라는 문구가 채워졌지만, 오른쪽 단에는 아무 글자 없이 텅 비었다. 결국 마지막까지 그녀는 리본의 오른쪽을 채울 만한 적당한 호칭을 찾지 못했다. 남자가 걸친 감색 코듀로이 재킷의 꾸깃꾸깃한 밑단이 눈에 들어왔다.

그럼 알겠습니다. 그가 우물우물 카운터에서 물러난 순간, 저도 모르게 입이 떨어졌다.

"저, 이 꽃바구니 안 살게요."

그녀는 몸을 돌려 밖으로 나왔다. 꽃을 사야만 한다는 압박에서 비로소 해방된 기분이었다. 역으로 가는 방향을 찾으려 좌우를 두리번거리는데 딸랑, 소리와 함께 남자가 뒤

따라 나왔다.

"불편하셨다면 죄송합니다. 묻는 게 직업이라서…… 시비 거는 게 아니라 그냥 직업병 같은 거예요. 저 꽃바구니, 먼저 오셨으니까 가져가세요."

"아니요, 정말 괜찮아요."

"병문안 가시는 거 아니었어요?"

"안 갈 거예요. 마음이 바뀌었어요."

그녀가 애써 밝은 목소리로 덧붙였다. 그는 여전히 얼떨떨한 표정이었다.

"정말 괜찮으시겠어요?"

"네."

지수는 살짝 고개를 끄덕이며 예의 바른 미소를 지어 보였다.

"그럼…… 병문안 잘하세요."

저기요. 돌아서는 지수를 그가 또 불러 세웠다.

"그분이 누군데요?"

그녀가 남자의 얼굴을 똑바로 쳐다본 건 그때였다. 검은 동공이 꽉 들어찬 우묵하고 기름한 눈매. 별다른 악의가 느껴지지 않는 두 눈이 소년 같은 호기심으로 반짝였다.

"엄마요."

쏘아붙이듯 내뱉고는 뒤돌아 걸었다. '엄마'라는 한 단어에 평온하던 심장이 요동치기 시작했다. 걸어도 걸어도, 병원 건물의 희고 육중한 덩어리는 좀처럼 시야에서 벗어날 줄을 몰랐다. 울렁거리는 속을 진정시키려 그녀는 가로수로 눈길을 돌렸다. 봄비를 잔뜩 머금은 벚나무 가지마다 곧 터질 듯한 꽃망울이 꽁꽁 맺혀 있었다.

 이사 날치고는 나쁘지 않은 날씨였다. 비만 안 오면 됐지. 아니, 폭우에 천둥번개만 안 치면 된 거지. 운전대를 잡은 지수가 축 내려앉은 먹색 하늘을 올려다보며 생각했다.
 "여기가 옛날에 엄마가 살던 동네야?"
 뒷좌석에 앉은 세나가 호기심 섞인 말투로 물었다. 오는 내내 세나는 창문에 코를 붙인 채 거리 풍경에서 눈을 떼지 않았다.
 "응, 엄마가 여섯 살까지 이모할머니랑 여기서 살았어."
 백미러에 담긴 세나의 두 눈이 더욱 반짝였다. 뭐라도 기억나는 데가 있을까 싶어 그녀도 지하철역 주변을 유심히 살폈다. 30년 전 이모가 수선집을 하던 낡은 상가주택은 이미 헐려 꼬마빌딩이 되어 버린 지 오래였다. 가게에서 풍기던 쿰쿰한 옷감 냄새와 매끄러운 형형색색의 재봉실, 안경을 끼고 앉아 드르륵 미싱을 박던 이모의 실루엣이 그리움으로 뭉클하게 되살아났다. 수용구에서 다시 시작하리라. 그래서 기필코 세나와 둘이 행복해지리라. 지수가 굳이 수용구에서 세나와 살 집을 구한 것도 이모와의 추억 때문이었다.

사 차선 대로 오른편을 따라 에어택시를 홍보하는 공사장 가림막이 한 블록이 넘도록 펼쳐졌다. 정원 미달로 폐교한 대학 부지에 에어택시 승강장이 생긴다고 하더니, 정말이었구나. 몇 년 전까지 이 블록은 유서 깊은 여대가 있던 자리였다. 지수의 친언니가 다녔던 학교이기도 했다.

'야, 이 미친년아. 너 때문에 시험 망쳤어, 너 때문에. 다 너 때문에.'

유리 화병이 얼굴로 날아들었던 그날의 기억이 덮쳐 왔다. 물기 먹은 장미 줄기가 콧잔등을 호되게 후려쳤다. 지수는 눈을 질끈 감았다 떴다. 기억의 잔상을 떨치려 고개를 좌우로 도리질했다. 수능을 보고 온 날, 언니는 지수가 사 온 귤을 먹고 소변이 마려워진 탓에 시험을 망쳤다며 대성통곡을 했다. 3년 뒤, 지수가 원하는 대학에서 합격 통보를 받던 날 언니는 급기야 주방에서 식칼을 들고나왔다. '연수야, 인제 그만.' 소파에 앉아 커피를 홀짝이던, 석양에 주황색으로 달구어진 엄마의 옆모습이 지수는 아직도 생생했다.

대로를 벗어나 오른편 샛길로 들어갔다. 읽을 수 없는 글자들로 빽빽한 간판들, 열대 과일과 붉고 기름진 먹거리가 늘어선 시장 가판이 시야로 번잡하게 얽혀 들었다. 역 주변에 외국인 노동자 전용 임대주택과 다문화 거리가 있다는 건 이미 알고 있었지만 그래도 갑자기 늘어난 외국인들을 보며 심란해지는 마음은 어찌할 수가 없었다.

"엄마, 여기 우리나라 안 같아."

"그렇지? 2년 전에 우리 다낭 놀러 갔을 때 생각나지 않아?"

그녀는 애써 밝은 목소리로 대꾸했다. 치. 우리 동네가 더 좋은데. 세나가 들릴 듯 말 듯 중얼거렸다. 흘깃 쳐다본 얼굴에 실망한 빛이 어렸다.

"세나, 섭섭해? 막상 가 보면 좋아할 거야. 1층에 어린이도서관도 있고, 텃밭에서 흙장난도 할 수 있고. 또 세나가 좋아하는 고양이도 세 마리나 있어."

"진짜? 우와. 재밌겠다."

세나가 백미러로 지수와 눈을 맞추며 방긋 웃었다. 예전처럼 떼쓰며 칭얼대기라도 하면 차라리 마음이 편할 텐데. 세나가 시무룩할 때마다 혹시 아빠가 보고 싶은 건가 싶어 아이의 눈치를 살폈지만, 한 번도 세나에게 대놓고 물어본 적은 없었다. 물어보면 아니라고 할 게 뻔하니까.

교차로에서 우회전하자 드디어 눈에 익은 골목이 나왔다. 한 달 전 세나를 어린이집에 맡기고 처음 집을 보러 왔을 때 방향을 헷갈려 이리저리 근처를 헤맸던 게 떠올랐다. 스마트폰 지도 앱을 띄워 놓고 주소지 주변의 드넓은 공백을 들여다보며 황당해했던 것도. 그 미지의 영역이 도래산이라는 걸 지수는 이내 깨달았다. 평지와 산의 능선이 맞닿은 경계면에서 딱 한발 물러난 곳. 지칠 줄 모르고 확장되던 도시의 생명력이 점차 사그라들며 하나둘 버려진 집들이 맨 가장자리부터 곰팡이처럼 번져 나가는 동네. 안음주택은 바로 이곳, 서울 최북단 수용구 도래동에 위치해 있었다.

매끄럽고 하얀 붙박이장 안에서 지수는 귀가 늘어진 회색 토끼 인형을 발견했다.
"맘에 들어요?"
상냥한 목소리에 뒤를 돌아보자 아까 인사를 나눴던 여주인과 눈이 마주쳤다. 아니, 주인이 아니라 관리소장이라고 했던가. 토끼 인형이 마음에 드냐는 건지, 집이 마음에 드냐고 물은 건지 알 수 없었지만 지수는 일단 아, 네 하며 고개를 끄덕였다.
대대적인 리모델링을 거쳤다는 구옥의 실내는 온통 하얗고 깔끔했다. 채광도 훌륭했고, 새시는 새것이었으며 벽지엔

사소한 얼룩은 물론이고 심지어 못을 박은 흔적조차 보이지 않았다.

"원래 살던 사람이 1년도 못 채우고 나가서 방이 아직 이렇게 깨끗해요."

"네……. 그 집도 한 부모 가정이었나 봐요."

"그렇죠. 1인 가구는 이렇게 방 두 개에 화장실 딸린 집엔 입주 자격이 안 되니까요."

따뜻한 호의에 움츠렸던 마음이 스르륵 풀어지는 것 같았다. 여자의 조심스러운 눈길이 부담스러워 지수는 이미 둘러본 화장실 안으로 괜스레 다시 얼굴을 들이밀었다. 이만하면 됐다. 새것처럼 반짝이는 수전과 타일을 확인하며 생각했다. 붙박이장 안에서 토끼 인형을 본 순간, 어쩌면 모든 건 그때 이미 결정이 났을지도. 이전에 엄마와 아이가 살았던 집이라고 하니 왠지 더 친밀감이 드는 것도 사실이었다.

지수는 아이를 키우는 싱글 맘에겐 안음주택만 한 곳이 없을 거라는, 거의 강요에 가까운 주민센터 직원의 권유를 떠올렸다. '안음주택 김은수 소장하면 이 근방에서 모르는 사람이 없을걸요. 독거노인들은 부모처럼 챙기지, 바쁜 엄마 아빠 대신 애들 봐 주지, 공부 가르치지…… 입주민들을 정말 가족처럼 여기는 분이니까, 싱글 맘에겐 이만한 데가

없죠. 이 동네가 외노자들이 많아서 솔직히 애 키우기엔 좀 그렇잖아요? 그냥 여기로 하세요.'

10여 년 전 서울 시내 곳곳에 휘몰아쳤던 재개발 광풍은 이곳 수용구 일대까지는 다다르지 못했다. 고령의 집주인들이 살다 떠난 빌라와 단독주택들은 인구 감소 추세와 맞물려 방치된 채로 을씨년스럽게 늙어 갔고, 도심의 슬럼화를 막고자 고심하던 정부는 인구 유입의 묘책으로 역 근처에 외국인 노동자를 대상으로 한 공공주택을 지어 공급하는 한편 빈집들을 사들여 독거노인이나 1인 가구, 한 부모 가정 등을 위한 공동체 주택으로 고쳐 임대를 놓았다.

3년 전, 수용구 도래동에 안음주택 세 개 동이 지어진 것도 그러한 빈집 리모델링 사업의 일환이었다. 지하철역까지 20분 이상 걸어야 하고 병원이나 학교 같은 마땅한 편의시설도 없는 그야말로 변두리였지만, 보증금 떼일 걱정 없이 인근 원룸보다 40퍼센트 이상 저렴한 월세로 새집에 살 수 있다는 점은 거부할 수 없는 매력이었다.

네 개 층으로 된 안음주택은 노인과 아이들을 배려해 엘리베이터를 갖추고 있었다. 각 세대를 분리하면서도 중간층에 공용 거실과 주방을 배치해 다양한 세대가 따로, 또 같이 지낼 수 있도록 설계된 형태였다.

제라늄 화분이 늘어선 1층 현관을 지나 엘리베이터 앞에

선 지수는 좌측 유리 벽 너머 어린이도서관의 풍경에 가슴이 뛰었다. 아이들이 오순도순 앉아 책도 보고, 지역 센터에서 파견한 강사들에게 공부도 배우는 모습이 자연스레 연상됐던 까닭이었다. 2층에는 널찍한 공용 주방과 거실을 중심으로 모서리에는 1인 가구가 사는 방들이 자리했다. 지수는 미색 벽지와 아이보리 색 소파, 밝은 오크 색 마루가 어우러진 편안한 거실을 둘러보았다. 소파 위에 예스러운 그림 한 점이 걸려 있었다. 신사임당의 초충도인가. 식물도감에서 찢어 낸 페이지처럼 그저 심심하고 밋밋한 화초 그림에서 눈을 떼지 못하던 그때였다.

"곤충은 일부러 뺐어요."

어느새 곁에 다가온 여자가 말했다.

아무리 그림이라도 곤충은 질색이라. 그녀가 눈을 가늘게 뜨며 웃었고, 지수도 어색하게 입꼬리를 올렸다. 이때라는 듯 여자가 창가 한쪽 벽의 조립식 원목 선반을 어루만지며 말을 이었다.

"이건 동생이 만든 캣타워예요. 집에 고양이가 좀 많아요. 남동생이 유기묘 센터에서 봉사를 하는데, 한 마리씩 입양했던 게 벌써 세 마리가 됐어요. 혹시, 고양이 털 알레르기 있는 거 아니죠?"

휴, 다행이다. 없다고 하니 여자는 손바닥으로 가슴을 쓸

어내리는 시늉을 했다. 2층에 두 마리가 있고 한 마리는 4층에서 키운다고 했다. 집에 반려동물이 있어 오히려 잘됐다는 생각이 들었다. 얼마 전부터 세나가 자꾸 물고기를 키우자, 햄스터를 키우자 하며 노래를 불렀기 때문이다.

"입주민은 모두 일곱 명이에요. 아침과 점심은 각자 해결하고, 저녁은 다 같이 먹어요. 식사 당번은 2인 1조로 돌아가면서 준비하고요. 지수 씨, 영화 좋아해요? 우리 수요일마다 거실에서 옛날 영화 보거든요. 아이참. 나 좀 봐. 아직 결정 난 것도 아닌데. 내가 원래 이래요."

주변을 일순 환하게 밝히는 해사한 웃음에 지수도 슬며시 입가가 따라 올라갔다. 큰 화면으로 영화를 본 게 언제가 마지막이었더라. 그런데 제가 좋아하는 장르는 공포 스릴러거든요. 공용 거실에 설치된 프로젝터와 스크린을 보며 생각했다. 생판 모르는 사람들과 둘러앉아 쿠션을 움켜쥐고 비명을 지르는 광경이 쉽사리 그려지지 않았다.

지수가 보기로 한 집은 3층이었다. 현관에서 신발을 벗고 들어서니 저마다 도어록이 달린 문 두 개가 나타났다. 문은 각 세대로 통하는 출입구와 같았고, 그 문을 열면 각각 방이 두 개, 화장실이 하나씩 있었다. 나란히 맞붙은 두 세대가 조그만 부엌과 거실을 공유하는 구조였다.

싱크대는 물기 없이 반짝거렸고, 주방 상판 위 소박한 전

자레인지와 토스터, 그리고 낡은 소형 냉장고 하나가 눈에 띄었다. 식탁은 따로 없는 것 같았다. 거실 정중앙에는 소파 대신 덤벨이 무게별로 정리된 검은 철제 거치대와 벤치 프레스 기구가 묵직하게 놓였다.

"옆집 301호에는 하윤이 아빠가 살고 있어요. 딸이 여섯 살이라고 했나요? 그럼 우리 하윤이랑 동갑이네요. 잘됐다. 하윤이가 혼자 많이 심심해했는데."

"그러면…… 3층에는 저랑 그분, 두 사람뿐인가요?"

거실 한편에 켜켜이 쌓인 시커먼 바벨 원판을 쳐다보고 있자니 마음이 심란했다.

"무교 씨는 일 끝나고 저녁에 오니까 낮에는 마주칠 일이 거의 없을 거예요."

지수의 마음을 읽은 듯 그녀가 대답했다.

"제가 쓰던 냉장고가 있는데, 갖다 놔도 괜찮을까요?"

"글쎄요, 뭐…… 상관은 없겠지만……."

여자는 잠시 망설이는 듯했다.

"웬만하면 끼니는 아래층에서 해결해 주셨으면 해요."

지수가 눈을 말똥거리자, 그녀가 이유를 덧붙였다.

"음식물 쓰레기가 있으면 벌레가 꼬이니까요."

지수는 일단 고개를 끄덕이며 넘어갔다. 뒤처리가 힘든 음식을 하지 말라는 뜻이겠거니, 대충 그렇게 이해하기로 했다.

"지수 씨는 일러스트 그리신다고 했죠? 저도 민화 그리기가 취미예요. 저랑 동생은 4층에 사는데. 올라가서 차 한잔하고 갈래요?"

"아니, 괜찮습니다. 아이 때문에 빨리 가 봐야 해서요."

집 구경을 끝낸 지수는 현관 쪽으로 발길을 돌렸다. 301호실의 출입문이 빼꼼히 열려 있었다. 문틈으로 자연스레 흘러가던 시선을 황급히 붙잡아 거두었다. 어지간히 무심한 사람이구나 싶었지만, 한편으론 이 집 전체가 그만큼 안전하다는 뜻이기도 했다.

나란히 서서 엘리베이터를 기다리던 그때였다. 뭐가 스친 것처럼 왼쪽 어깨가 간질간질했다. 지수가 고개를 돌려 여자를 마주 봤다. 반묶음 머리, 원피스의 둥근 칼라 위로 뺀은 가느다란 목선이 눈길을 사로잡았다.

"이거. 아까부터 떼 주고 싶어 혼났어요."

나 이런 걸 잘 못 놔둬요. 병인가 봐. 옷에서 떼어 낸 벚꽃잎을 보여 주며 그녀가 천진하게 웃었다. 마흔 중반쯤 돼 보이는 얼굴에는 한때 무척이나 화사했을 미모의 흔적이 엿보였다.

"김은수, 김지수. 우리 꼭 자매 같잖아. 그렇죠?"

"네, 저랑 이름이 비슷하셔서 놀랐어요."

앞으로 소장님이라고 부르지 마요. 나 그런 호칭 싫어해. 엘리베이터 안에서 그녀가 나직이 읊조렸고, 지수는 얼떨결에 고개를 끄덕였다. 이미 입주하기로 마음을 굳힌 걸 전부 들켜 버린 것만 같았다. 내 말과 행동의 무엇이 이 여자에게 그런 확신을 준 걸까. 엘리베이터 내부의 노란 금속 강판에 반사된 여자의 얼굴에 온화한 미소가 깃들었다.

안음주택을 나온 지수는 곧장 주민센터로 향했다. 임대차 계약서를 쓰겠다고 하자, 주민센터 담당자가 그럴 줄 알았다는 듯 흡족한 표정을 지었다.

"잘 생각했어요. 그 집이 지수 씨한테는 여러모로 편할 거예요."

"그런데 김은수 소장님은 입주민들한테 왜 그렇게 잘해 주시는 거예요?"

"네?"

중년의 직원은 지수를 의아한 눈으로 쳐다봤다.

"아니, 그냥……. 애도 없는 분이 남의 아이를 그렇게 봐 주신다는 게 좀 신기해서요."

으응, 하고 그녀가 코웃음을 쳤다. 별게 다 궁금하다는 듯한 표정이었다.

그 양반이 전직 간호사였다고 하더라고요. 독거노인들은 장 보는 거며, 병원 가는 거며 뭐든 혼자 하기가 힘드니까 돕는 거죠. 돌보는 게 그 사람 일이었으니까……. 그리고 도와주면 그저 고마운 거지 따질 게 뭐 있어요. 안 그래요?*

속이 뜨끔했다. 직원의 말은 틀린 게 없었다.

이제 임대주택 보증금을 지불하고 나면 수중에 남는 돈은 현금 몇백이 전부였다. 지금 작업 중인 동화책 삽화 작업비는 몇 달 뒤에나 들어올 터였고, 애초에 그녀가 그림으로 버는 돈은 생활비로 쓰기엔 턱없이 부족했다. 이사를 끝내면 어딘가에 세나를 맡기고 당장 시간제 아르바이트라도 구해야 할 형편이었다.

"이전에 302호실에 살았다던 분은……."

"네?"

아니에요. 지수는 묻고 싶었던 말을 꿀꺽 삼켰다. 이전에 살던 모녀가 입주 1년도 채 안 돼 그 집을 떠난 이유가 궁금했지만, 공연한 걸 물어서 까탈스러운 임차인으로 찍히고 싶지는 않았다.

세 갈래 길이 만나는 협동조합 건물 주차장에 차를 세운 뒤 지수는 세나의 손을 잡고 서둘러 왼쪽 골목으로 걸음을 옮겼다. 이삿짐센터 트럭이 이미 도착해 있을지도 모른다고 생각하니 마음이 조급했다.

"엄마, 실버홈이 뭐 하는 데야?"

곁에서 종종걸음을 떼던 세나가 물었다. 아이의 손가락 끝을 따라가니 '실버홈'이라는 팻말이 붙은 철제 대문이 나왔다. 커다란 차고와 길게 이어진 붉은 벽돌 담장의 위용으로 보아 한때 개인 소유의 고급 단독주택이 아니었을까 싶은 곳이었다.

"아픈 할머니 할아버지들이 사는 곳이야."
"왜 집에 안 살고 여기서 살아?"
"많이 아프셔서, 집에 계실 수가 없거든."
"많이 아프면 집에 있어야 되는 거 아니야?"
"그건 그렇지. 세나 말이 맞네."

실버홈은 임종을 앞둔 노인들이 머무는 가정식 요양 주택이었다. 빈 단독주택을 개조한 시설 안에서 열 명 안팎의 노인들은 생존과 직결된 최소한의 돌봄을 받으며 지냈다. 임종 주택을 두 눈으로 본 건 오늘이 처음이었다. 그전까지는 비인간적인 연명치료의 굴레를 벗어나 가정집 같은 편안한 환경에서 죽음을 맞고 싶어 하는 노인들이 늘고 있다는 뉴스를 본 게 다였다. 시야에 허락된 붉은 담장 안의 나무 몇 그루에 시선을 고정한 채 미동도 없이 누워 있을 노인들의 모습을 머릿속에 그려 보았다.

내 엄마라는 사람은, 그 뒤로 어찌 됐을까. 생판 남에게 신장 한쪽을 떼어 줄 공여자는 찾았을까. 연을 끊었던 언니가 얼마 전 집을 수소문해 찾아온 건 그 때문이었다. 검사를 받기로 한 당일까지 확신이 없었던 지수는 병원 근처 꽃집에서 결국 발길을 돌리고 말았다. 그저 모르는 사람들이라고 생각하기로 마음먹었다. 처음부터 난 그들에게 가족이 아니었고, 엄마라는 사람이 아프다고 해서 그 사실이 바뀌는 건 아니라고. 모든 게 예전으로 되돌아갈까 봐 그녀는 두려웠다. 또다시 만만한 게임판의 말이 되어 엄마의 손아귀에서 놀아나게 될까 봐.

"엄마, 저기 고양이."

검은 고양이 한 마리가 풀쩍 담장 위로 올라섰다. 도도해 보이는 초록 눈, 균형 잡힌 몸을 감싼 털에는 윤기가 흘렀다. 이곳에 사는 녀석일까. 반려동물과 보호자가 함께 생활하는 요양 시설 같은 게 요즘 생기고 있다고는 하던데.

골목 끝에 정차된 트럭이 보였다. 웅, 하는 소음과 함께 사다리차에 짐을 싣는 인부들의 움직임이 분주했다. 원피스를 입은 가녀린 체구의 관리소장 김은수가 팔짱을 끼고 사다리를 따라 올라가는 짐을 쳐다보았다. 곁에 선 긴 생머리 여자는 처음 보는 사람이었다.

"세나야, 보이지? 저기가 바로 우리 집이야."

멀리서 바라본 안음주택의 외관이 오늘따라 낯설었다. 건물에는 층마다 창문이 네 개씩 나 있었는데, 꼭대기인 4층에만 넓은 베란다가 딸려 있어 건물의 상부가 니은 자로 움푹 팬 것처럼 보였다. 흰 페인트가 칠해진 외벽과 크고 작게 뚫린 검은 창문의 대비는 마치 새하얀 도화지 두 장을 세워 붙이고 창문을 가로로 오려 낸 위태로운 종이 집 같았다.

"와, 나 동화책에서 저런 집 봤어."

마음에 들었는지 세나가 외쳤다.

은수의 어깨에 머리를 기대고 있던 여자가 고개를 들어 이쪽을 쳐다보았다. 골목 끝의 모녀를 발견한 은수가 활짝 웃으며 손을 번쩍 들어 장난스레 좌우로 흔들었고, 지수도 어정쩡하게 팔을 올려 화답했다.

조그만 갈색 푸들이 신발장 앞에서 왈왈, 짖었다. 몸을 움츠린 세나가 지수를 잡은 손에 꽉 힘을 주었다.

"아유, 미안해요. 초면이라 그래. 우리 보리는 익숙해지면 안 짖어요."

노파가 절룩거리며 다가와 강아지를 한 손으로 안아 들었다. 무릎을 한 손으로 짚고 서서히 몸을 일으킨 노파는 모녀에게 미안한 듯 웃어 보였다.

"혹시 애기가 강아지 무서워해요?"

"아뇨. 동물 아주 좋아해요."

고양이 세 마리에 강아지가 한 마리. 심지어 강아지가

있다는 건 지금에야 알게 됐지만 그 또한 상관없다고, 보리에게서 눈을 떼지 못하는 세나를 내려다보며 지수는 생각했다.

"어여 들어와요. 이사하느라 힘들었겠네. 애기도 배고프지? 어여 들어와."

지수는 노파의 손에 이끌려 엉거주춤한 자세로 거실에 들어섰다. 훈기 도는 집 안에 달큼하고 고소한 냄새가 진동했다. 지수는 이내 허기를 느꼈다. 짐을 정리하고, 창틀을 닦고, 방을 물걸레질하는 내내 먹은 거라곤 점심거리로 편의점에서 사 온 샌드위치 한 조각이 전부였으니 그럴 만도 했다.

"지수 씨, 어서 오세요."

주방에서 나온 은수가 생글생글 웃으며 모녀를 반겼다. 집게를 들고 서 있던 누군가 목을 빼고 이쪽을 쳐다봤다. 아침에 은수 곁에 있던 생머리 여자였다. 희고 통통한 볼에 찰랑이는 생머리가 멀리서 봤을 때보다 한층 앳돼 보이는 인상이었다. 모녀를 훑어보던 그녀는 지수와 눈이 마주치자 휙 고개를 돌렸다.

"마침 다 모였어요. 은찬이도 한 30분 있으면 도착한대요. 일단 우리 먼저 먹어요."

은수가 고개를 숙여 세나에게 아는 척을 했다.

"네가 세나구나. 어머, 엄마 닮아서 눈이 동그란 게 참 예쁘네. 아줌마는 은수 이모라고 해."

안녕하세요, 하고 배꼽인사를 하는 세나의 등을 토닥이며 그녀는 세나의 손을 잡고 주방으로 이끌었다. 작은 선물이라도 준비했으면 좋았을 텐데. 문득 빈손이 부끄러워지는 순간이었다.

주방에 들어서자, 원목 식탁에 둘러앉은 입주민들의 시선이 일제히 모녀에게로 쏠렸다. 어떤 이들은 미소 지었고, 또 어떤 이들은 무표정하게 바라보기만 했다. 쟤가 하윤인가 보구나. 식탁 끄트머리에 앉은 남자아이를 힐끔거리며 생각했다.

"안녕하세요. 김지수라고 합니다. 오늘 딸이랑 이사 왔어요. 앞으로 잘 부탁드려요. 세나야, 너도 인사드려."

"안녕하세요. 허세나입니다. 앞으로 잘 부탁드립니다."

크고 또박또박한 목소리에 어른들이 손뼉을 쳤다. 서로를 옥죄던 긴장이 다소 느슨해진 느낌이었다. 지수는 세나를 데리고 은수와 할머니의 맞은편 자리에 앉았다.

엄마, 나 피자, 빨리. 세나가 손을 뻗으며 보채자, 곧바로 은수가 웃으며 피자 한 조각을 떼어 세나의 접시에 올려 주었다.

"우리 꼬마, 배고프구나. 얼른 먹어. 그럼, 각자 소개는 슬슬 먹으면서 할까요?"

아이가 두 명이라, 오랜만에 피자도 시켰어요. 찹스테이크랑 샐러드, 떡볶이는 내가 만들었고 김밥은 소원이가 만든 거구요. 입맛에 맞으려나 모르겠네요. 지수 씨는 무슨 음식 좋아해요? 은수의 질문에 지수는 그저 쑥스러운 미소로 응답했다. 잘 먹겠다, 감사하다고 하면 충분할 이런 상황이 그녀에겐 늘 어려웠다. 분에 넘치는 대접을 받는 듯한 부담감에 바보처럼 입만 뻐끔대기 일쑤였다.

은수는 자신의 옆에 앉은 노파를 살뜰히 챙겼다. 무엇부터 먹어야 할지 어려워하는 노파의 접시에 음식들을 섞이지 않게 고루 담아 주었다. 음식이 채워질 때까지 노파는 아기처럼 양손에 수저를 쥔 채로 가만히 기다렸다.

어디선가 느껴지는 시선에 고개를 드니 대각선에 앉은 생머리 여자가 빤히 이쪽을 쳐다보고 있었다. 잠시 눈싸움을 하다 지수가 먼저 슬그머니 고개를 돌렸다.

"처음 뵙습니다. 김무교라고 합니다. 바로 옆집이에요. 301호."

왼편의 남자가 말을 걸었다. 가무잡잡한 얼굴로 웃고 있지만 사람을 움츠러들게 하는 눈빛이었다. 회색 티셔츠 위로 팽팽히 부푼 어깨 근육이 눈에 들어왔다. 지수도 네, 처음 뵙겠습니다 하고 인사했다. 이 남자가 하윤이 아빠로구나.

"하윤이, 동갑 친구 생겨 좋겠네. 인사해야지."

무교의 재촉에 하윤이라는 아이가 목을 쭉 빼고 지수와 세나를 번갈아 쳐다봤다. 일자형 눈썹에 쌍꺼풀 없는 큰 눈망울이 귀여웠다. 지수가 무언가 말을 건네려는 순간, 아이가 쌩한 표정으로 외면했다. *왜, 하윤이, 여자애라 쑥스러워?* 무교가 아들의 머리를 쓰다듬었다. 피자를 오물거리던 세나가 입술을 앙다문 아이를 힐끔힐끔 곁눈질했다.

"무교 씨는 부동산 컨설턴트예요."

은수의 소개에 무교는 손을 내저었다.

"컨설턴트는요, 무슨. 빈집 다니면서 잡초나 뽑고, 청소나 하고 그럽니다."

"무슨 소리야. 리모델링 전문 컨설턴트잖아. 얼마 전에는 단독주택을 게스트 하우스로 만들었다면서."

이곳 도래동에서 나고 자란 무교는 작년에 하윤이를 데리고 안음주택에 들어왔다. 원래 여기서 세 블록 떨어진 단독주택에서 부모님과 함께 살았는데, 5년 전 아버지가 돌아가시고 어머니는 요양원에 모시면서 몇 년간 아들과 함께 지방에 내려가 살다가 작년 봄 다시 옛 동네인 이곳으로 돌아왔다고 했다.

"그렇게 말하지 마. 아직 돌아가신 것도 아닌데."

은수의 말에 무교가 피식 웃었다.

"그렇게 찾아도 안 나타나면 돌아가신 거죠."

말 속에 숨은 칼날이 느껴졌다. 식탁 위 공기가 한순간 싸늘하게 내려앉았다. 무교의 눈치를 살피다 은수가 다시 입을 열었다.

"그래. 하긴 그렇네. 자식이라고 언제까지 마음에 짐을 지고 살 순 없으니까."

"미안해요, 누나. 내가 쓸데없이 좀 예민했네요."

무교가 입안에 스테이크를 넣고 씹으며 대꾸했다. 씹을 때마다 턱의 힘줄이 툭툭 불거졌다.

아버지가 실종됐거든. 이해할 수 없는 대화를 들으며 눈만 말똥거리고 있는 지수에게 맞은편의 노파가 속삭였다. 워낙 목소리가 커서 애써 속삭인 보람은 없었지만.

"공사는? 아직 한다는 소식 없어?"

"언제인지는 모르죠. 실버홈으로 바꾼다는 얘기만 있고."

"아, 거기 오늘부터 공사 들어갔어요. 편의점 가는 길에 봤는데, 펜스 쳐 놓은 데 보니까 담장 없는 실버홈 리모델링 공사……라고 써 있던데요?"

생머리 여자가 끼어들었다. 대충 들어 보니 무교 부모님이 살던 단독주택을 정부가 매입해 실버홈으로 리모델링한다는 얘기 같았다.

"진짜? 그럼, 담장을 허문다는 거야?"

은수가 놀란 듯 물었다. *내부 개조만 하는 줄 알았더니,*

2032년, 봄 **33**

아니었구나. 그녀가 중얼거렸다.

"그게 나아요. 혹시 아나요, 누나 말대로 아버지가 진짜로 찾아오실지?"

무교가 빙글빙글 웃으며 말했다. 식탁에 다시 어색한 침묵이 흘렀다.

은수는 말없이 음식을 조금씩 포크로 찍어 입으로 가져갔다. 떡볶이와 양상추, 으깨진 아보카도가 접시 위에서 축축하게 엉겨 있었지만 개의치 않는 듯했다. 식욕이 없도록 타고난 사람이 있다더니 어쩌면 이 여자가 그런 부류려나. 가라앉은 분위기를 견디기 힘들었는지 생머리 여자가 입을 뗐다.

"전 김소원이에요. 저기, 거실 왼쪽 방 201호실이요. 나이는 스물둘이고, 지금은 편의점에서 알바해요. 엄마랑 여기서 산 지는 벌써 3년 됐어요."

"엄마……요?"

"저한텐 소장님이 엄마예요. 부모님이 안 계셔서…… 이 집 지어질 때부터 엄마랑 같이 살았고요."

그 말이 사실임을 보여 주려는 듯 은수가 팔을 길게 뻗어 소원의 등을 쓰다듬었다. 솔직히 이해는 되지 않았지만 뭐 그럴 수도 있는 일이고, 당사자들이 괜찮다는데 뭐가 문제인가 싶기도 했다. 따지고 보면 이 세상은 그런 이해할 수 없는 일투성이니까. 처음부터 은수와 함께 살았다고 말하는 표정에서 묘한 자부심이 배어 나왔다. 아, 그런 거였나. 희미하게 느낌이 왔다. 텃세를 부리시겠다, 뭐 그런 건가. 아까부터 나한테 잔뜩 각을 세우고 있던 것도 그래서인가.

"언니는 정확히 무슨 일 해요? 그림 그리신다고 들었는데?"

"네. 동화책 일러스트 그려요."

"아, 일러스트. 그렇구나. 요새 그런 그림은 AI가 다 그린다면서요?"

"AI 기능으로 그릴 때도 있고, 손으로 그릴 때도 있고, 뭐 그래요."

"흐음, 그렇구나."

"네······. 작가마다 자기 스타일이 있으니까요."

아, 네. 작가님이셨군요. 소원이 눈썹을 치켜올리며 입을 삐죽였다.

"아이고, 다들 먹고살기 힘드네. 맥주 마실 사람?"

자리에서 일어난 무교가 냉장고 문을 벌컥 열었다.

"응, 오빠, 나 한 캔만. 미안해요, 언니. 제가 질문해서 당황했죠."

"그래. 소원아. 그런 얘기 이제 그만하자. 할머니 무슨 말인지 몰라 하시잖아."

마주 앉은 노파가 손사래를 치며 장단을 맞추자, 은수가 까르르 웃었다. 경쾌한 음악처럼 모두를 무장 해제시키는 웃음이었다. 은수가 지수에게 한잔하겠느냐고 물었고, 지수는 고개를 끄덕였다.

"AI는 됐고, 우리 엄마는 스마트폰으로 결제하는 거나 배우셔야지."

"난 그런 거 다 골치 아파. 내가 그걸 뭐 하러 배워? 우리 은수가 알아서 다 해 주는데."

"이런다니까, 우리 엄마는."

은수가 노파를 두 팔로 감싸안자 노파도 그녀의 팔을 손으로 다독였다. 무교가 유리컵에 따른 맥주를 지수의 앞에 놓아 주었다. 긴장한 탓인지 아직 술을 마시지 않았는데도 머리가 몽롱했다.

노파의 이름은 김길분이었다. 소원과 거의 비슷한 시기에 안음주택에 들어왔다고 했다. 요즘 세상에 흔해 빠진 게 독거노인인데, 뭐 특별히 자기소개라고 할 게 있겠느냐며 길분은 겸연쩍은 듯 웃었다. 순하고, 선량해 보이는 노인이었다. 웃으면 고운 주름이 지는 뽀얀 피부가 크게 고생하면서 산 사람처럼 보이지는 않았다. 아들이 둘 있다는 말을 끝으로 길분은 입을 다물었고, 언짢은 표정에서 지수도 사정을 대충 짐작했다. 우리 아들들이 같이 살자고 하는 걸 내가 억지로 뿌리치고 여기 들어온 거다, 따위의 뻔한 방어막을 치지 않는 담백함이 마음에 들었다. 누군가와 비교되는 그 모습에 지수는 갑자기 갈증이 난 사람처럼 맥주를 몇 모금 들이켰다.

무교와 하윤, 그리고 건너편의 은수와 길분, 소원. 집을 보러 왔던 날에는 입주민이 모두 일곱이라고 들었는데.

"나머지 두 분은 오늘 안 오실 건가 봐요."

"아, 은찬이는 곧 올 거예요. 봉사활동 갔는데 좀 늦네요. 그리고 또 한 사람은……"

은수의 말이 끝나기도 전에 소원이 나지막이 한숨을 쉬었다.

"조대수 어르신이에요. 여기 203호실에 계시고요."

은수가 등 뒤의 도어록으로 잠긴 방문을 가리켰다.

"올해 일흔두 살이시고, 초등학교 방과 후 교사로 근무하세요. 오늘 환영회는……"

은수가 할 말을 고르는 사이 소원이 끼어들었다.

"복지관 사람들하고 밥 먹는다고, 거기 가셨어요. 그 할아버지가 좀 그래요."

"아니에요, 섭섭해하는 게 이상하죠. 제가 뭐라고."

지수가 웃으며 손을 내젓자, 은수와 소원이 서로를 힐끔 마주 보았다. 선약이 있다면 빠지는 게 당연한 것 아닌가.

길어지는 침묵에 휴대전화를 들여다보던 무교가 고개를 들었고, 길분도 바뀐 분위기를 느꼈는지 주위를 살피며 눈알을 되록거렸다. *섭섭해야죠.* 은수가 차분히 입을 열었다.

"우리 집에선 섭섭한 게 맞아요. 오늘처럼 환영회가 있는 날에는 원래 한 명도 빠지면 안 되는 거예요. 지수 씨도 앞으로 기억할 거죠?"

이전과는 달리 위엄이 서린 말투에 네, 하는 대답이 절로 흘러나왔다. '한 명도'라는 찜찜한 단서가 귓가에 달라붙어 맴돌았다. 막 도장을 찍은 계약서에서 교묘히 감춰진 특약을 발견한 기분이었다.

지수에게서 눈길을 거둔 은수는 이내 온화한 표정으로 식탁을 둘러봤다.

"세나는 야채 안 좋아하는구나?"

샐러드에서 살뜰히 골라낸 양상추가 세나 앞 접시에 소복이 쌓인 걸 보며 그녀가 물었다.

"하윤이는 나물 반찬 해 주면 잘 먹는데. 세나도 나물 좋아하니?"

마감에 허덕거리며 반찬까지 신경 쓰기가 버거워 그동안 채소는 방울토마토나 썬 오이, 생당근 같은 것으로 대체하기 일쑤였다. 요리에는 관심도 재능도 없다는 게 무엇보다 큰 이유였지만.

"우리 엄마는 그런 거 만들 줄 몰라요."

지수는 멋쩍은 듯 웃다가 이내 은수의 얼굴이 굳어진 걸 보고는 입가에서 웃음을 거두었다. *소화 기관이 약한 친구들은 생야채를 잘 안 먹더라구요.* 은근한 질책이 담긴 투였다. 형편없는 엄마 취급을 받는 게 살짝 억울했지만 어쩌면 그게 사실인지도 모르니까.

"이모가 앞으로 많이 해 줄게."

세나를 보는 은수의 눈빛이 마치 제 혈육을 바라보는 것처럼 애틋했다. 아주 잠시, 그녀가 세나의 진짜 이모인 것만 같은 착각이 들 정도로.

"도움이 필요하면 언제든 말해요. 작업하다 보면 마감도 있을 테고……. 요즘 무교가 야근이 잦아서, 하윤이도 자기 전까지 나랑 거의 2층에서 지내니까 너무 부담가질 필요 없어요. 아이들끼리 놀면 어른은 편하잖아요."

이때다 싶었다. 지수는 사실 여건이 된다면 오후 시간에 일자리를 한번 구해 볼까 생각 중이었다고 털어놓았다. 귀를 쫑긋 세우고 있던 소원의 얼굴에 얼핏 비웃음이 스쳤다. 별로 신경 쓰지 않았다. 돈이 궁해 아르바이트나 하는 주제에, 작가입네 잘난 척을 했구나 싶겠지. 뭐라 생각하든 상관없었다. 남편과 헤어져 홀로서기를 하면서 지수는 점차 뻔뻔해지는 자신을 발견했다. 나는 불행한 처지니 무엇이건 당당히 요구할 권리가 있다는 식의 맥락 없는 뻔뻔함까지는 아니어도, 별안간 굴러온 행운 앞에서 나도 이 정도쯤은 누릴 수 있어야 세상이 공평한 것 아닌가 하는 식의 합리화엔 제법 익숙해졌다고나 할까.

"세나야, 나중에 엄마 일하러 가게 되면 이모랑 하윤이랑 재밌게 놀자."

세나는 그림 좋아하니? 이모랑 같이 그림도 그리고, 쿠키도 굽자. 은수가 턱을 괸 채로 세나와 눈을 맞추며 사랑스럽게 웃었다. 왜 도움이 필요한지 사정을 설명하는 것. 은수에게 세나를 맡기기 위한 조건은 그게 전부였다.

"감사합니다. 제가 앞으로……."

지수는 더 말을 잇지 못하고 입을 다물었다. 세나를 돌봐 주는 것에 대한 보답으로 자신은 무엇을 내놓아야 할지, 그 대가로 상대는 무엇을 기대하는 건지 아직 감이 잡히지 않았다. 이런 호의가 거저 주어졌다는 사실이 도무지 믿을 수 없을 뿐이었다.

아까부터 식탁 언저리를 맴돌던 고양이 한 마리가 폴짝 뛰어 은수의 무릎 위로 올라왔다. 몸 전체에 황색 줄무늬가 있고 흰 털이 배를 감싼 이른바 치즈 고양이였다. 녀석은 식탁에 발을 올리고 음식에 잠시 관심을 보이는가 싶더니 이내 그녀의 품으로 돌아가 똬리를 틀었다. 은수가 엉덩이를 둥둥 쳐 주자, 기분이 좋아진 녀석이 손가락을 핥았다.
"애 순한 것 같아. 초코랑도 아직 한 번도 안 싸웠어요. 성격이 좋은 건지, 소심한 건지."
소원이 말했다. 2층에 살고 있다던 또 다른 고양이가 초코인 모양이었다.
2층에 두 마리, 4층에 한 마리. 매주 토요일 유기묘 센터에서 봉사하는 남동생이 안락사당할 처지였던 고양이를 하나둘 데려오기 시작한 게 벌써 세 마리가 되었다며 은수는 한숨을 내쉬었었다. 하긴 날리는 털 청소에 양치나 발톱 깎기까지 손이 많이 가긴 할 테니까. 세나가 목을 빼고 치즈 고양이에게 관심을 보이자, 은수는 세나를 자리로 불러 고양이를 만지게 해 주었다. *엄마, 부드럽고 따뜻해. 레이 털보다 부드러워.* 조막손으로 살살 정수리를 어루만지며 세나가 해맑게 웃었다.
"저번에 주신 토끼 인형, 이름을 레이라고 지었어요."
"걔 레이 아니거든요. 콩이거든요."
하윤이가 끼어들었다.
"응? 그게 무슨 말이야?"
레이가 아니라, 콩이. 콩이예요. 그 인형 이름은 콩이예요. 한 마디씩 끊어 말할 때마다 아이의 목소리도 한 단계씩 올라갔다. *어허, 하윤이. 어른들끼리 얘기하는데 버릇없게.* 아

빠가 꾸짖자, 아이는 금세 시무룩해져 입을 다물었다.

"원래 그게 하윤이 인형이었나 봐요."

"하윤이 건 아니고…… 예전에 있던 로아라는 애가 놓고 간 거예요."

"아, 혹시 저희 방에 살았다던……."

눈을 맞추며 쌩긋 웃는 은수를 보고 지수는 말꼬리를 흐렸다. 이 얘기는 여기까지. 어쩐지 그런 뉘앙스였다.

"아무튼 은찬이가 이제 고양이를 그만 업어 와야 할 텐데."

대화 주제는 은찬으로 향했다.

"걔가 마음이 여려서 그렇지 뭐. 개미 새끼 하나 죽는 꼴을 못 보니……."

길분의 말에 은수가 갑자기 와하하 웃음을 터뜨렸다. *아, 웃겨. 우리 엄마 너무 웃긴다.* 그녀가 손가락으로 눈물 맺힌 눈가를 찍어 내고 있을 때였다. 삑삑, 도어록을 누르는 소리가 들리더니 현관문이 열렸다.

"김은찬, 월급의 반을 고양이 돌봄에 쓰시는 우리 봉사자님. 어서 와."

"반까지는 아니거든."

코맹맹이 소리가 섞인 부드럽고 낮은 음성이었다. 파란 후드티를 입은 남자가 주방에 모습을 드러냈다. 20대 중반쯤 되었을까. 넓은 어깨와 대조되는 작은 역삼각형 얼굴에, 모자라지도 넘치지도 않게 자리 잡은 얌전한 이목구비가 앳된 소년 같은 이미지였다. 남동생이 있다는 말에 그저 내 또래쯤 되었으려니 생각했는데.

"안 그래도 네 얘기 중이었어. 너 때문에 누나가 못 살겠다고."

"그래? 나 때문에 사는 게 아니고?"

후드 티에 붙은 털을 익숙하게 돌돌이로 떼 내던 남자가 지수를 발견하고는 허리를 굽혀 인사했고, 지수도 어색하게 고개를 숙였다. 은수의 남동생 은찬은 국립수목원에서 일하는 7급 공무원이었다. 그가 아무것도 묻지 않았기 때문에 둘의 대화는 간단한 자기소개 수준에서 끝이 났다. 맞은편 모서리에 앉은 은찬은 시장했던지 입주민들과 한 명씩 안부를 주고받으며 급히 피자 한 조각을 집어 들었다. 그 모습에서 지수는 이상하게 눈을 뗄 수가 없었다. 낮고 부드러운 음성이 갈비뼈 안쪽을 자꾸만 간질이는 것만 같았다.

둘의 시선이 얽히던 순간 은찬이 멋쩍은 듯 씩 웃어 보였다. 볼 주변에 여러 겹으로 주름이 잡히면서 소년 같던 이미지는 사라지고 한순간 신경질적인 성인 남자의 얼굴이 드러났다. 천진하면서도 날카로운, 종잡을 수 없는 미소였다.

언제 나타났는지 모를 샴 고양이 한 마리가 벽 모퉁이에서 이쪽을 뚫어지게 쳐다보고 있었다. 저 아이가 초코로구

나. 경계심과 호기심이 뒤섞인 눈빛으로 고양이가 물어 왔다. 넌 대체 누구야. 혼자 무슨 생각에 빠진 거야.

아직 이곳에서 그녀는 낯선 집에 초대받은 손님이나 다름없었다. 마음속에 피할 수 없는 물음표 하나가 떠올랐다. 지금은 손님이고 그래서, 앞으로는 어떻게 할 건데? 입주민들에게 누님, 엄마, 그리고 딸이라는 호칭으로 불리는 은수. 관리소장에게 그런 이름을 붙이기에 3년은 모두에게 그리도 충분한 시간이었나.

입주민 모두가 은수라는 하나의 뿌리에 의지해 가지를 뻗고 살아가는 곳. 이 집에서 여느 가정집과 흡사한 안정감이 느껴지는 것도 모두 저 은수라는 여자가 중심에 있기 때문일 것이다. 왜였을까, 여행 프로그램에서 봤던 캄보디아 한 사원의 기괴한 풍경이 난데없이 머릿속에 떠오른 것은. 지붕에서 싹을 틔운 스펑나무의 뿌리가 수 세기 동안 석조 건물의 갈라진 틈새와 벽을 파고들어 이제는 베어 낼 수도, 떼어 낼 수도 없이 사원 전체와 한 몸을 이루고 있다. 사원은 나무뿌리로 인해 파괴되었지만, 또한 나무를 베어 내는 즉시 무너질 것이라 했다.

술기운이 올라 살짝 홍조를 띤 은수의 예쁘장한 얼굴을 응시하며 지수는 원인 모를 불안감을 느꼈다.

은수에 대해서, 그녀는 아직 아는 게 아무것도 없었다.

2.

네모난 창밖으로 석양이 붉게 타올랐다.

엄마의 불거진 광대와 우울한 입매, 야윈 어깨의 테두리가 금빛으로 빛났다. 어둡게 지워진 엄마의 얼굴은 다른 곳을 향하고 있었다. 망치 손잡이가 피로 미끈거렸다. 칼에 찔린 손바닥에서 맥박과 함께 무시무시한 통증이 날뛰었다.

아까 한 말, 다시 해 봐.

엄마에게 요구했다.

이 이기적인 것아. 언니가 오죽하면 그랬겠니. 언니 시험 떨어진 거 몰라?

지금 나보고 이기적이라고 했어? 내가 뭘 잘못했는데?

네가 뭘 했으니까 언니가 저러지!

사과해.

뭐?

나한테 이기적이라고 한 거, 사과해.

소리 없이 웃는 엄마의 어깨가 파르르 떨렸다.

저 눈깔 치켜뜨는 거 봐. 배은망덕한 년.

가까스로 모녀를 잇던 가느다란 줄이 마침내 뚝, 하고 끊어졌다. 이젠 아무것도 거리낄 게 없었다. 더는 후회할 것도, 주저할 이유도 남아 있지 않았다. 머리 위로 망치를 힘껏 치켜들었다. 그림자를 조준해 망치를 휘둘렀다. 망치가 닿은 끝에는 아무것도 없었다. 까만 그림자. 허공. 부술 수 없는 환영.

그래도 이번엔 끝내야만 했다. 그래야 살 수 있었다. 언제까지 같은 꿈을 되풀이해 꿀 수는 없었다. 그림자를 망치로 내리치고 또 내리쳤다. 심장이 터질 듯 뛰고 차오른 숨으로 가슴이 답답했다.

엄마, 일어나.

보드라운 털이 얼굴을 간질였다. 지수는 눈을 떴다. 뺨과 코에 드리워져 있던 토끼 인형의 귀를 걷어 내자, 세나의 말간 얼굴이 보였다. *엄마, 안녕히 주무셨어요?* 세나의 아침 인사에 응, 건성으로 답하며 누운 채로 멍하니 눈을 깜빡였다. 내가 내리친 건 뭐였을까. 엄마는 왜 또 꿈에 나타났을까. 이런 아침이면 그녀는 침대에 누운 채로 생각에 잠겼다. 언니가 부엌에서 식칼을 들고나왔던 그때, 나도 차라리

망치를 들었더라면. 칼에 찔린 손을 타월로 감고 도망 나올 게 아니라.

아직 8시였다. 깨우지 않으면 9시가 넘도록 자는 애가 이 시간에 눈을 뜬 걸 보니 새로운 잠자리가 아직은 몸에 붙지 않는 모양이었다. 등원 첫날 아침, 새 친구들과의 만남을 앞두고 긴장이 됐는지 원피스를 수차례 입었다 벗었다, 핀을 꽂았다 뺐다 하며 수선을 떨던 세나는 하원 시간이 되자 방긋방긋 웃으며 유치원 현관문을 빠져나와 지수를 안심시켰다.

파자마를 벗고 집에서 입는 티셔츠와 청바지에 몸을 꿰었다. 세나도 아예 외출복으로 갈아입혔다. 거실에 무교나 하윤이가 나와 있을 거로 생각하니 잠옷 바람으로는 나서기가 꺼려졌다. 무교가 아침부터 운동을 하는지 문밖에서는 무거운 것을 바닥에 내려놓는 둔탁한 소음과 끙, 끙, 하는 신음이 들려왔다.

세나에게 아침이 준비될 때까지 책을 보고 있으라고 한 뒤 방문을 열고 홀로 거실로 나갔다. 인사를 해야 하나. 지수는 엉거주춤한 자세로 바벨을 들고 선 무교의 뒷모습에 대고 잠시 망설였다. 갑자기 놀라게 하면 다칠 수도 있겠지. 조용히 냉장고에서 식빵을 꺼내 토스터에 넣고, 프라이팬에 기름을 둘렀다. 쿵, 하고 거치대에 바벨을 걸치는 소리에 귀가 곤두섰다.

안녕하세요. 주방으로 걸어오며 무교가 인사했다. 지수도 꾸벅 아는 척을 했다. 그가 곁으로 다가와 냉장고를 열자, 섬유유연제 향과 뒤섞인 땀 냄새가 훅하고 밀려들었다.

"뭐 만들어 드시게요?"

"네. 그냥, 계란프라이나 하려고요."

뒤집개로 계란을 뒤집으며 지수는 대답했다.

"허락은 받고 하는 거예요?"

"네?"

아무 말 없이 무교는 주방 상판에 생수병과 단백질 파우더를 턱턱 올려놓고는 물병을 거칠게 흔들며 단백질 셰이크를 제조하기 시작했다. 기분 탓일까. 옆에 누가 있건 개의치 않는 거친 팔동작이 일종의 항의처럼 느껴졌다. 그냥 무신경한 사람인지도 모르니까. 지수는 침착하게 계란을 뒤집으며 마음을 다스렸다. 역시나 좁은 주방이 문제였다. 식탁을 중고로 하나 사서 들여놓을까. 그것도 은수에게 허락을 받아야 하려나.

"잘 드셔야겠네. 운동도 좀 하시고."

네? 지수가 그를 올려다봤다. 입으로 꿀꺽꿀꺽 단백질 셰이크를 넘기는 그의 빤한 시선이 얼굴로 내리꽂혔다. 잘 먹고 운동 좀 하라니, 비쩍 말라 볼품없어 보인다는 말처럼

들려 조금 기분이 언짢았다.

"아무래도 싱글 맘은 체력이 달리잖아요?"

불편한 심기를 눈치챘는지 그가 싱글싱글 웃으며 덧붙였다. 무교가 반쯤 비운 물통을 내려놓고 쭉 기지개를 켜자 티셔츠 아래로 검고 단단해 보이는 복부가 드러났다. 이젠 서서히 익숙해지는 수밖에 없었다. 입주민들과 함께하는 시간이 쌓여 갈수록 눈에 거슬리거나 어색한 순간들도 점차 사라질 테니까. 혹시 알아, 나중엔 운동 열심히 했네, 동생. 하며 찰싹 저 배를 때려 주는 경지에까지 이르게 될지? 지수는 뒤집기에 실패해 엉망으로 터져 버린 계란프라이를 내려다봤다. 내가? 내가 정말 그런 걸 할 수 있다고?

"아, 좋다. 아침에 기름 냄새 맡는 게 몇 년 만인지."

그녀는 애써 입꼬리에 힘을 주었다. 둘 사이의 공기가 한층 거북해졌다. 주방에서 단둘이 팔꿈치를 부딪는 상황이 각자의 전 배우자와 함께했던 일상의 기억을 건드리고 만 느낌이었다. 그랬을 수도 있고, 아니면 그냥 계란프라이가 먹고 싶었는지도 모르지. 먹겠느냐고 권해야 하나, 아니면 못 들은 척 넘겨야 하나. 아니, 이게 이렇게까지 갈등할 일인가. 이런 생각들을 곱씹다 보니 문득 짜증이 치밀었다. 그녀는 결국 화제를 바꾸기로 했다.

"하윤이는 방에 있나 봐요."

어제 하윤이가 우유를 부은 시리얼을 위태롭게 들고 방으로 들어가던 게 기억났다. 거실에서 지수를 보고도 하윤이는 인사를 하지 않았다. 식탁에서 오가는 어른들의 대화와 수시로 바뀌는 분위기의 흐름을 빤히 읽고 있는 듯한 그 표정. 엄마라는 방파제 없이 아이는 어떤 시간들을 홀로 부딪쳐 왔을까.

"하윤이는 누님이랑 잤어요. 제가 어제 야근하고 새벽에 들어와서."

그렇다면 아이는 지금 2층에서 은수, 길분, 소원과 함께 아침밥을 먹고 있을 것이다. 은수 성격에 애를 허술하게 먹이진 않을 테고, 홀로 차디찬 우유에 말아 먹는 시리얼보다는 뭐가 됐든 낫긴 하겠지. 토스트와 계란프라이, 그리고 방울토마토 다섯 개가 터진 노른자 위를 굴러다니는 접시를 지수는 꺼림직하게 내려다보았다.

세나를 은수의 방에 재우는 건 그녀에게도 얼마든지 생길 수 있는 상황이었다. 엄마가 새벽에 홀로 그림을 그린다는 걸 아는 세나는 어떡하든 늦게까지 깨어 있으려 기를 썼다. 그 탓에 12시 넘어 잠드는 게 습관이 되긴 했지만 어쩌다 이른 시간에 곯아떨어지기라도 한다면 은수가 있는 4층에서 아이를 재우는 수밖에 없을 것이다.

4층 은수의 옆방엔 큰 침대가 놓여 있었다. 야트막한 여덟 칸짜리 책장에는 그림책들이, 책장 위엔 클레이로 만든 인형과 형형색색의 종이접기로 빼곡했다. 이동식 선반은 가지런히 정리된 하윤의 속옷과 내복, 로션으로 빈틈이 없었다. 혹시 모르니 세나 것도 가져다 놓으라는 은수의 말에 따라 지수는 아이의 여벌 잠옷과 속옷, 세안용품 같은 것들을 종이 가방에 챙겨 전달했다.

그래, 하루 두세 시간쯤이야. 환영회 당시 은수에게 처음 아르바이트 계획을 알릴 때의 마음은 그처럼 가벼웠었다. 그땐 이렇게까지 폐를 끼칠 의도도 없었고, 그럴 만한 상황도 아니었다. 은수가 매일 무교를 대신해 하윤이를 유치원에서 데려온다고 하니, 또 그 김에 세나까지 데려오는 건 일도 아니라고 하니, 오후 4시까지는 작업을 하다가 그때부터 두세 시간 정도 아이를 은수에게 맡기고 아르바이트를 해도 되겠구나, 그 정도 시간이면 아이를 부탁하고 일을 하러 가는 게 그리 염치없는 짓은 아니겠구나. 며칠 전 출판사에서 전화가 오기 전까지만 해도 지수의 셈법은 그랬다.

삽화를 그렸던 동화책 전집의 출간 일정이 기약 없이 미뤄졌다고 했다. 돈을 언제 줄지 모른다는 얘기였다. 업계에서 평판이 좋지 않은 출판사에서는 작업 의뢰가 들어와도 받지 말아야 했건만, 이혼 후 분할받은 재산 한 푼 없이 보증금을 마련해 세나와 독립해야 했던 그녀에게 목돈이 들어오는 일감을 거절하기란 쉬운 일이 아니었다.

 정신이 번쩍 들었다. 지난 몇 달간 밤잠을 아끼고 아픈 손목을 주물러 가며 그린 수십 장의 그림들은, 그 시간과 노력은 결국 돈으로 환원되지 못했다. 통장에 있는 현금 몇백은 앞으로 서너 달이면 녹아 없어질 테고, 그다음은? 조만간 그런 큰 일감이 또 들어온다는 보장이 있을까?

 5년 전까지 지수는 대형 광고 회사의 그래픽 디자이너로 일했다. 세나가 기어다닐 무렵 회사를 관두고 취미로 그림이나 그려 볼까 싶어 대학 시절 쓰던 낡은 화구를 꺼내 끄적이기 시작한 것을 계기로 완전히 일러스트의 세계에 빠져들었다. 하나둘 완성된 그림들을 그녀는 SNS에 올렸다. 주택가 골목을 오가는 엄마와 아이들, 버스를 기다리는 직장인들과 같은 일상의 풍경이 모두 그림의 소재가 되었다. 계정의 구독자 수가 늘어나고, 그림에 '좋아요'가 수백 개씩 달릴 때마다 성취감에 조용히 몸을 떠는 것도 잠시, 햇병아리 일러스트레이터로 활동하면서 곧 현실의 벽에 부딪혔다. 돈보다는 그림이라고 생각했지만, 그림의 든든한 토양은 결국 돈이었다.

 광고 그래픽 쪽으로 재취업을 고민해 보기도 했지만 야근을 밥 먹듯 하는 업무 환경 속에서 홀로 세나를 키울 방도가 없었다. 마침 일거리가 뜸해진 이때 눈 딱 감고 아르바이트를 해서 1년 치 생활비를 미리 확보해 놓기로 그녀는 마음먹었다. 내후년에 세나가 학교에 들어가면 씀씀이는 더 커질 테고, 다달이 통장 잔액을 보며 불안에 떨지 않으려면 그 수밖엔 없을 것 같았다.

동화책 작업의 납기일을 맞추느라 미뤄 둔 개인 작업이 산더미였다. 세나가 유치원에 있는 시간을 활용해 부족한 포트폴리오를 보완하고, 외주처에 영업도 하고 다양한 굿즈도 기획해서 수입원을 여러 가지로 넓혀 볼 요량이었다.

"호프집에서 아르바이트하신다고? 언제부터 하는 거예요?"

접시와 포크가 놓인 쟁반을 들고 방으로 가려던 참에 무교가 또 말을 걸었다. 지수는 어제 저녁 식사 자리에서 입주민들에게 호프집 면접을 봤다고 털어놓았다. 인터넷 구인광고를 보고 찾아간 마리비어는 지하철역 인근 상가 1층에 위치한 열 평 남짓한 규모의 가게였다. 근무 시간은 저녁 6시부터 밤 11시까지, 안음주택에서 걸어 15분이면 갈 수 있는 데다 식당이나 제과점보다 시급도 쏠쏠히 쳐주었다. 뚝배기처럼 나르기 힘든 안주가 없는 것이나 여사장의 인상이 깐깐해 보이지 않는 것도 지수는 마음에 들었다. 손목이 너무 약해 보인다, 그래 가지고 맥주는 잘 따를 수 있겠냐고 심드렁한 표정으로 사장이 말했을 때 그녀는 면접에서 떨어진 줄 알았다.

"누님도 참……. 하나도 버거운데 애가 갑자기 둘이 돼 버렸네."

내일부터 일을 시작한다고 하자 무교는 대뜸 한숨부터 쉬었다.

"예술 하는 사람들 보면 참 대단해. 낮에 그림 그리고 밤에 아르바이트하는 그 시간에 그냥 어디 한군데 취직해서 진득하게 일하면 안정적으로 돈 벌고 좋잖아요. 안 그래요?"

"걱정 안 하셔도 돼요. 아이 재우는 건 제가 할 거예요."

지수가 차분히 받아쳤다. 난 적어도 너처럼 밤새도록 애를 맡겨 놓고 나 몰라라 하진 않을 거란 의미였다. 아까부터 은근히 신경을 긁던 이유가 이거였구나 싶었다. 지금까지 오롯이 하윤에게만 집중됐던 은수의 시간과 정성을, 주제넘게 예술 한답시고 설치는 여자의 딸과 나누게 됐다는 게 이 남자의 근원적인 불만인 듯했다.

"그리고 저 예술 하는 거 아니에요. 그림으로 돈 버는 게 목표예요."

"여기, 어떤 거 같아요?"

불쑥 그가 말을 돌렸다. 당황한 지수의 안면 근육이 스르르 풀리는 과정을 재미있는 실험 대상을 보듯 빤히 관찰

했다.

"어지간히 마음에 들긴 했나 봐. 저녁도 같이 안 먹고 일하러 간다는데, 오케이 한 걸 보면."

그 누나가 그런 거 진짜 싫어하는데. 애 때문에 그런가? 싱크대에서 빈 용기를 물로 헹구며 무교가 중얼거렸다.

"언니한테는 감사하죠."

언니한테는 감사하고 미안하지만, 너한테 내가 미안할 이유는 없지.

"맞아요. 그저 돈 모일 때까지는 납작 엎드리고 살아야지. 안 그래요?"

잘 버텨 봐요. 대충 모른 척하면 그럭저럭 괜찮은 집구석이니까. 그가 씩 웃으며 용기를 싱크대에 탕탕 내리쳐 물방울을 털어 냈다. 그게 무슨 뜻이냐고 묻자, 그가 손가락으로 위를 가리켰다.

"어젯밤에 못 들었어요? 누님이 은찬이 잡는 소리. 누님 우는 소리. 아, 그쪽 방에선 잘 안 들리는구나."

"하윤이, 세나, 유치원 잘 다녀와. 아버님도 잘 다녀오세요."

은수가 열린 현관문 밖으로 얼굴을 내밀었다. 이모, 다녀올게요. 아이들은 그녀에게 손을 흔들었지만, 갈색 트위드 재킷을 입고 희끗한 대머리를 단정히 빗어 넘긴 조대수는 말없이 헛기침으로만 응수했다.

엘리베이터 안에 불편한 공기가 감돌았고, 이를 의식한 듯 조대수가 다시 한번 헛기침을 했다. 힐끔 쳐다본 노인의 완고한 얼굴에는 어떤 대화도 거부하겠다는 의지가 내비쳤다. 엘리베이터 문이 열리자, 하윤이가 기다렸다는 듯 튀어나갔다. 뒤따라가려는 세나의 가방 손잡이를 부여잡고 지수는 하윤이를 불러 세웠다. 아이들이 시무룩한 얼굴로 서로의 손을 잡는 걸 보고서야 마침내 그녀는 안심했다.

대수는 아무 말 없이 절룩거리며 1층 현관 출입구를 천천히 빠져나갔다. 한쪽 다리를 끌며 왼손으로는 검은 크로스백을 움켜쥔 모습이 꼭 재활 중인 환자처럼 보였다. 그런 모습의 노인치고는 퍽이나 깔끔한 입성이라고, 지수는 노인의 주름 하나 없는 재킷과 코듀로이 바지의 뒤태를 보며 생각했다.

어제 함께 식사 준비를 할 때에도 그의 깔끔한 성격은 여지없이 드러났다. 대수는 하부 장에서 냄비를 꺼내 한 번 헹군 뒤 행주로 물기를 꼼꼼히 닦고는 물을 받아 인덕션 위에 올렸다. 메뉴는 토마토소스 스파게티였다. 과도로 양파와 양송이버섯을 써는 지수 옆에서 대수는 올리브유를 두른 팬에 편 마늘을 넣고 오른손으로 천천히 볶았다. 스파게티를 좋아하시느냐는 물음에 그는 대답하지 않았다. 그냥 그런가 보다 하고 말았는데, 소원을 비롯한 다른 입주민들은 그의 메뉴 선정에 불만이 많은 듯했다. 매번 토마토소스 스파게티를 만든다는 거였다. 아무리 메뉴는 식사 당번 마음이라지만, 한 번쯤은 사람들에게 물어볼 수 있는 것 아니냐며 소원은 절레절레 고개를 흔들었다. 고집불통 영감쟁이. 한마디로 그렇다는 거였다. 스파게티가 비교적 쉬운 요리여서 그런 게 아닐까. 유리병에 남은 소스를 떨리는 숟가락으로 긁어내 팬에 흘려 넣는 대수를 바라보며 생각에 잠기던 그때였다.

노인의 왼손이 별안간 거칠게 솟구치더니 손에 쥐고 있던 숟가락에서 빨간 소스가 셔츠로 뚝 떨어져 내렸다. 지수가 건넨 행주를 그는 휙 빼앗아 들었다. 찌푸린 얼굴에 수치스러움이 떠올랐다. 내가 너무 빤히 쳐다보고 있었구나. 미안해진 그녀는 도마로 시선을 떨궜다.

"오늘은 어디 어디 가세요?"
"그건 알아서 뭐 하게요?"
은수가 묻자 그가 퉁명스레 받아쳤다.
"아버님이 어디로 가시는지 알아야 제가 마음을 놓죠. 제 전화는 잘 받지도 않으시잖아요."

노인의 그런 태도가 익숙한 듯 그녀의 목소리는 차분했다.
"내가 다 알아서 해요. 걱정 말아요. 곧 죽을 사람 아니니까."
은수가 나지막이 한숨을 쉬었다.
"돌봄로봇은 켜 두셨죠?"
"그것도 내 맘이에요."
카랑카랑한 음성으로 노인이 되받았다.
"혈압, 혈당 기록이 있어야 병원에 약 타러 가실 때 수월하다고 말씀드렸잖아요. 자꾸 그러시면 제가 복지사님 오실 때마다 곤란해요. 스마트워치는요?"
"나갑니다."

고집스레 입을 다물곤 그가 은수에게서 등을 돌렸다. 며칠 함께 지내다 보니 노인을 바라보는 은수의 눈빛이 유독 서늘한 이유를 알 것 같기도 했다. 어젯밤 은찬과 싸우고 울었다는 무교의 말이 사실이었는지 그녀의 기분은 아침 내내 무거워 보였다.

노인이 몇 걸음 앞서 걸어갔다. 이 골목 끝에서 오른쪽으로 꺾으면 아이들이 다니는 유치원이 나왔다. 오늘부터 지수는 은수 대신 하윤이와 세나의 등원을 맡기로 했다. 누가 누구한테 민폐라는 거야. 아침에 무교와 주고받았던 대화를 떠올리며 그녀는 피식 웃었다.

골목길로 나오자마자 하윤은 세나의 손을 비틀어 빼고

휘휘 두 팔을 저으며 앞으로 나갔다. 머쓱해진 세나가 슬쩍 곁으로 다가와 엄마 손을 잡았다. 한집에서 밥을 먹은 지 닷새가 넘도록 하윤이와 세나는 서로 친해질 기미가 보이지 않았다.

어제 유치원에서 돌아온 아이들은 안음주택 1층 어린이도서관에서 하는 영어 수업을 들었다. 수업 시간 내내 하윤이는 옆에 앉은 세나를 거의 투명 인간 취급했는데, 세나가 뭔가를 물어도 힐끔 쳐다볼 뿐 이내 다른 아이와 웃고 장난을 쳤다. 유리 벽 너머 교실을 힐끔거리며 지수는 남몰래 속을 끓였다. 한집에 동갑내기 꼬마가 있다길래 그저 잘됐다고만 생각했는데. 흐르는 시간만이 지금 그녀가 가진 유일한 희망이었다. 무교라는 껄끄러운 이웃도, 삐걱대는 아이들의 관계도 결국 시간이 해결해 주리라는 희망. 저 멀리 승용차 한 대가 서서히 다가오는 걸 보고 지수는 퍼뜩 정신을 차렸다. 고개를 숙인 하윤이가 멈춰 선 채로 아스팔트 바닥의 뭔가를 들여다보는 중이었다. *하윤아, 차 온다. 거기 있어. 이모가 갈게.* 지수가 소리쳤다.

그때 하윤의 바깥쪽으로 대수가 붙어 섰다. 다가서는 노인에게 맞춰 하윤이가 다시 천천히 걸음을 뗐다. 승용차를 지나쳐 보낸 뒤 지수 모녀가 두 사람을 따라잡았다. 무슨 말이라도 건네야 한다는 중압감에 지수의 머리가 바삐 돌아갔다.

"복지관에 가시는 거예요?"

아차 싶었지만 이미 엎질러진 물이었다. 핀잔을 들을 각오를 하고 노인의 표정을 살폈다.

"뭐…… 그렇지."

노인의 목구멍에서 가래 끓는 소리가 났다. *방과 후 교사로 일하신다고 들었어요. 수용초등학교에서 바둑이랑 체스 가르치신다고……. 연세도 있으신데, 참 대단하세요.* 지수가 이 기회를 놓치지 않고 재빨리 말을 이어 갔다. 노인의 입이 언제 또 닫힐지 모르니 이럴 때 친분을 좀 쌓아 두자는 생각이었다.

"날 두고 또 뭐라고들 합디까?"

노인의 질문에 지수는 머뭇거렸다. 아침에 외출한 대수는 저녁 시간이 되어서야 집에 돌아왔고, 식사가 끝나면 곧장 방으로 들어가 버렸다. 노인의 등 뒤에서 소원과 길분은 말 없이 눈빛을 교환하거나 그날 그가 했던 이상한 행동을 나직이 주고받곤 했다. 택배가 뜯어져서 왔다고 하더라, 도어록에 왜 에러가 나 있느냐고 짜증을 내더라, 하는 식이었다.

"그냥…… 다들 어르신을 궁금해하는 것 같아요."

입안에서 할 말을 고르다 그녀가 마침내 대꾸했다. 기분 탓인지 흥, 하는 나지막한 콧방귀 소리가 들려온 것 같았다.

갈림길에서 지수는 노인에게 고개를 숙였고, 아무 대꾸 없이 대수는 왔던 길을 되짚어 걸어갔다. 보아하니 대수는 노인복지관 가는 길을 이미 지나쳐 온 듯했다. *할아버지, 안녕히 가세요.* 하윤이가 그의 등에 대고 소리를 질렀다. 설마, 하윤이 때문에 여기까지 따라와 주신 건가. 멀어지는 노인의 뒷모습을 지수는 잠시 서서 바라보았다.

우와, 고양이다. 하윤아, 여기 고양이 있어. 세나가 골목을 어슬렁거리는 회색 고양이를 발견하고 하윤이를 재차 불렀지만, 하윤이는 뒤돌아보지 않았다. *하윤아, 거기 서 봐. 이모 좀 봐.* 눌러 왔던 속상한 마음 한 귀퉁이가 결국 터지고 말았다.

"하윤이는 세나랑 친하게 지내기 싫어?"

다짜고짜 아이를 세워 놓고 물었다. 아이는 양미간에 주름을 잡고 커다란 눈망울을 되록거리며 잠시 생각에 잠겼다.

"네, 싫어요."

"왜?"

"또 사라지면 어떡해요."

뭐? 지수가 되묻자, 아이가 소리를 질렀다.

"로아처럼! 또 사라지면 어떡해요!"

하늘을 세 갈래로 가로지르는 전깃줄에 비둘기들이 앉아 있었다. 몸을 빽빽이 맞대고 앉은 그 광경이 이내 곧 작은 소리에도 일제히 푸드덕하며 무거운 날갯짓으로 하늘을 향해 날아오를 것만 같았다. 아까 하윤이가 했던 말이 관자놀이 부근에 매달려 찐득거렸다. 로아처럼 세나도 사라져 버리는 거 아니냐던.

그게 무슨 말이냐고 물어도 하윤이는 꼭 다문 입을 다시 열지 않았다. *이모랑 세나는 절대 사라지지 않아. 그러니까 걱정하지 마.* 지수가 아이에게 해 줄 수 있는 말은 그게 다였다. 돈을 모을 때까지 어찌 됐든 2년만 참고 버티자고 생각했으면서, 평생 살 각오로 이 집에 들어온 것도 아니면서 잘도 그런 말을 했구나. 어쩐지 무책임한 어른이 되어 버린 기분이었다.

전화가 울렸다. 은수였다.

"일해요? 혹시…… 잡채밥 좋아해요?"

어느덧 11시 30분이 넘은 시각이었다. 냉장고에 먹을 만한 게 뭐가 있더라. 검게 변한 바나나 두 개와 식빵, 반쯤 먹다 넣어 둔 편의점 김밥이 불쑥 떠올랐다. 은수의 점심 초대를 번번이 거절하면서 지수는 가슴에 묵직한 돌을 하나씩 쌓아 가는 기분이었다. 작업이 많아서 그냥 3층에서 먹겠다고 할 때마다 은수는 선선히 그래요, 하고는 전화를 끊었다. 그 '그래요'라는 말이 반복될수록 은수의 눈빛이 대수를 볼 때처럼 서늘하게 바뀔 것만 같아 그녀는 두려웠다. 어제저녁 밀린 집안일을 하던 중 영화를 보러 내려오라는 은수의 제안을 받아들인 것도 그래서였다.

"이제 막 시작했어요. 여기 와서 앉아요."

불 꺼진 거실의 롤스크린 앞에 소원과 길분, 그리고 은수 남매가 자리를 잡았다. 잔뜩 들뜬 아이들이 야광봉을 휘저으며 스크린 앞을 쏘다녔다.

「홀랜드 오퍼스」는 무려 35년 전에 개봉된 영화였다. *지수 씨랑 같이 보고 싶어서.* 은수가 귀에 대고 속삭였다. 이야기가 전개되면서 지수는 왜 은수가 이 케케묵은 영화를 자신에게 보여 주고 싶어 했는지 알 것 같았다. 1960년대 미국 포틀랜드의 무명 작곡가인 주인공 홀랜드는 생계를 위해 고등학교 음악 교사가 된다. 작곡가로서의 꿈은 멀어졌지만, 그는 교사로서 누군가의 남편이자 아버지로서 만족하며 살아간다. 영화는 그런 삶이 결코 실패가 아니며 오히려 그렇게 사는 것이 누구에게나 지극히 당연한 행복이라고 이야기하고 있었다.

입술을 달싹거리는 소리에 고개를 돌려 은수를 보았다.

특수학교의 음악회에서 홀랜드가 청각 장애를 안고 태어난 아들 콜에게 서툰 수화를 곁들여 노래를 불러 주는 장면이었다. 가사 한 구절, 한 구절, 진심을 담은 홀랜드의 음성이 미세하게 떨렸다.

노래를 따라 부르는 은수의 두 눈이 촉촉했다. 난 이 노래만 들으면 눈물이 나. 그녀가 멋쩍게 웃으며 힘을 북돋으려는 듯 지수의 손을 꼭 쥐었다. 난 이 사람에게 이런 이미지인가. 그러니까 이 영화는 실패한 내 생업에 대한 위로 같은 건가.

"언니, 저 아직 은퇴하려면 멀었어요."

귀에 대고 이렇게 속삭이자 그녀가 킥킥대며 주먹으로 어깨를 쳤다.

"지겨워."

소파 끝에 기대고 앉아 있던 은찬이 중얼거리며 벌떡 일어나 밖으로 나가 버렸다. 영문을 몰라 은수를 돌아보았지만 그녀는 표정을 굳힌 채로 가만히 스크린만 바라보았다. 무엇이 그를 불편하게 만든 걸까. 영화를 보는 내내 그 생각이 머릿속에서 떠나지 않았다.

2층 주방으로 가니 은수가 벌써 큰 냄비에 당면을 넣고 삶는 중이었다. 어제 영화에서 보았던 60년대 미국 여고생들처럼 허리가 잘록한 롱스커트 차림이었다. 식탁에서 채반 위에 쌓인 시금치를 다듬던 길분이 지수를 보며 미소 지었다.

"일이 많은가 봐. 점심때 자기 얼굴 보기가 너무 힘들어."

싱크대 앞의 은수가 말을 건넸다. 돈도 못 벌면서 바쁘기만 하다고 너스레를 떨며 지수는 그녀 곁으로 다가갔고, 아침까지 뭉쳐 있던 기분이 좀 풀렸는지 은수도 눈을 맞추며 활짝 웃었다. 소원은 어디 갔냐고 물으니, 버섯을 사러 마트에 갔다고 했다.

도마에 은수가 준비해 놓은 야채가 보였다. 도마 앞에 선 지수를 은수가 밀어냈다.

"왜, 또 과도 쓰려고?"

"언니, 저 과도로 칼질 잘해요. 지금 과도 무시하시는 거예요?"

"그냥 내가 정신 사나워서 그래. 제발 앉아 있어. 아무것도 하지 마."

은수가 이렇게 말하며 건조대에 가로놓여 있던 식칼을 집어 들었다. 지수가 한 걸음 옆으로 물러났다. 칼날에 고정되어 흔들리는 그녀의 동공을 은수는 물끄러미 바라보았다.

"지수야, 괜찮아?"

"아니에요. 그냥……."

"나 원래 간호사였어. 이런 눈치 엄청 빨라."

은수가 반으로 가른 양파를 썰며 담담히 말했다. 양파를 동그랗게 모아 쥔 모양새가 피아노 건반 위의 손처럼 우아하고 노련해 보였다.

"5년 전까지는 대학병원 소아과 병동에서 일했어."

멀뚱히 선 지수에게 그녀가 고개를 돌려 생긋 웃어 보였다. *의료사고가 났거든. 인슐린 과다 투여.* 양파가 매운지 그녀는 코를 훌쩍였다. 문득 면허가 취소될 정도의 의료사고라면 환자가 사망했을 수도 있겠다는 생각이 들었다.

그녀가 왜 선선히 과거 이야기를 풀어놓았는지 알 것 같았다. 다른 선택지는 없었다. 허심탄회하게 모든 걸 꺼내 놓고 나면, 어쩌면 이들과 부대끼는 시간이 조금은 더 편해질지도 몰랐다.

고3 때, 식칼에 손을 찔린 적이 있어요. 지수가 입을 뗐다. *친언니한테요*, 하고 덧붙이는 동시에 은수와 길분의 눈이 커다랗게 변했다. 눈물이 솟구치려 하자 지수는 당황해 입을 다물었다. 그저 담담히 말하면 된다고 생각했는데. 이제는 그럴 수 있는 줄 알았는데. 은수는 말없이 지수를 꼭 안아 주었고, 지수는 그녀의 마음을 받아들였다. 턱에 닿은 은수의 목덜미에서 달콤한 체취가 났다.

현관문이 열리는 소리와 함께 소원이 집 안으로 들어왔다. *어, 언니도 내려왔네요? 그런데 분위기가 왜 이래.* 그녀가 인상을 쓰며 이내 어색하게 몸을 떨어뜨린 두 사람과 길분을 둘러보았다.

"밖에 무슨 일이 났나 봐요. 경찰차 오고 난리가 났어요."

"밖에 어디?"

길분이 물었다.

"그 왜, 무교 오빠가 예전에 살던 집이요. 이제 리모델링 공사 막 들어간다고 했던 거기. 국과수 옷 입은 사람들이 왔다 갔다 하는 거 보니까 무슨 큰 사건이 난 것 같던데."

앗, 뜨거워. 은수가 나무 주걱을 떨어뜨렸다. 너무 놀란 나머지 웍 가장자리에 손을 덴 듯했다. 그녀가 수돗물을 세게 틀고는 손바닥에 갖다 댔다. 엄마, 괜찮아요? 걱정 마요. 거기 여기서 꽤 멀잖아. 주방 바닥에 튄 다진 마늘과 기름을 물티슈로 닦아 내며 소원이 은수를 안심시켰다. 은수의 얼굴에 심란함이 가득했다. 아휴. 대체 이게 무슨 일이래. 길분이 부르르 몸서리를 치며 사람들을 번갈아 쳐다보았다.

볶는 건 제가 할게요, 주세요. 지수는 그녀의 손에서 나무 주걱을 빼앗아 들었다. 치익, 마늘 기름에 양파와 당근을 볶는 매캐한 냄새가 주방에 퍼져 나갔다. 등 뒤에서 식탁에 둘러앉은 세 사람의 대화가 두런두런 들려왔다.

"에이, 설마. 누가 다치거나 죽은 거면, 공사장 인부들이겠죠."

"그렇지? 동네 주민은 아니겠지?"

지수는 소원과 길분의 대화에 조용히 귀를 기울였다. 기묘하게 들뜬 목소리였다. 외부에서 침습한 불안이 지루한 일상에 오히려 활력을 불어넣기라도 한 것처럼.

아까 북받쳐 올랐던 감정이 조금 가라앉았다. 로아가 갑자기 사라졌다는 게 무슨 말인지, 밥을 먹으면서 슬쩍 은수에게 물어봐야겠다고 생각했다. 그러면 좋겠지만, 못 물어봐도 어쩔 수 없고. 그게 뭐였든 친언니가 휘두른 식칼과 의료사고보다 더 대수로운 별일은 아닐 테니까.

은수가 밥이 담긴 접시에 김이 피어오르는 잡채를 나누어 담고, 지수는 접시들을 식탁으로 옮겼다. 지수가 접시와 수저를 놓는 동안 소원은 길분의 맞은편에 가만히 앉아 이를 지켜만 봤다. 은수와 팔꿈치를 부딪고 얼굴을 마주 보며 짤막한 농담을 주고받을 때마다 빤히 관찰하는 듯한 그녀의 시선이 느껴졌다.

은수는 팬에 잡채를 1인분 정도 남겨 두었다. *이건 재원이 거야. 내가 좀 일찍 와서 밥 먹고 가라고 했거든.* 펫 시터인 재원은 무릎이 불편한 길분을 대신해 일주일에 두 번 보리를 산책시키러 이곳에 들른다고 했다.

"아침에 하윤이랑 세나 잘 데려다주고 왔어?"

식욕이 없는 듯 숟가락으로 밥을 뒤섞기만 하던 은수가

마침내 물었다. 아버님 때문에 분위기 어색했겠다. 지수가 쓴웃음을 지으며 괜찮은 분이던데요 하자, 은수는 의외라는 듯 눈썹을 끌어올렸다.
"무슨 얘기 했는데?"
생각해 보니 딱히 주고받았다고 할 만한 이야기는 없었다. 노인에게 복지관에 가시냐고 물었던 것뿐이고, 그 와중에도 노인은 남들이 자신을 어떻게 바라보는지 훤히 꿰뚫고 있는 것 같았고. 섣불리 말을 전했다가 괜히 인식만 더 안 좋아지게 되는 건 아닐까.
"그냥 복지관에 간다고 하시던데요."
"그리고 또?"
"그 외엔…… 별 얘기 안 하셨어요."
"애들 유치원에 데려다주고, 바로 집으로 왔어?"
"나간 김에 동네 산책 좀 하고 들어왔어요."
"동네 산책?"
"네."
"동네 어디?"
"그냥, 마트 앞이랑……."
멀뚱한 눈길을 느꼈는지 천천히 숟가락을 놀리던 은수가 고개를 들었다.
"참, 아까 어르신이 돌봄로봇 안 켜 두신다고 뭐라고 하신 거, 그건 뭐예요?"

지수가 슬쩍 화제를 돌렸다.

"그 영감, 괜히 고집 피우는 거야."

별안간 길분이 끼어들어 은수의 편을 들었다. 혼자 사는 영감이, 그것도 편마비인지 뭔지 해서 몸까지 불편한 영감쟁이가…… *젊은 사람이 돌봐 준다면 그저 고맙습니다 할 일이지, 어디서 되잖은 똥고집인지.* 길분이 혀를 찼다.

사회 복지사가 대수의 돌봄로봇에 가족이 아닌 은수를 보호자로 지정해 입력해 버린 탓에 돌봄로봇을 둘러싼 두 사람의 갈등이 시작되었다. AI 돌봄로봇은 외로운 노인들의 말벗이 되는 건 물론 매일 혈당과 혈압을 체크하고 그 결과를 보호자에게 전송하는 역할을 하는데, 가족과 연락을 끊고 사는 대수의 경우는 보호자로 지정할 가족이 아무도 없다는 게 문제였다. 그런 형편은 길분도 마찬가지였으나, 길분은 자신의 건강 상태를 봐 주고 먹을 약을 챙겨 주고 분기별로 병원에 같이 가 주는 은수의 호의를 고맙게 받아들였다. 하긴, 은행 자동이체부터 인터넷 쇼핑까지 하나하나 은수라는 다리를 거쳐야만 살아갈 수 있는 그녀에게는 대수와 같은 장벽을 세운다는 게 애초에 불가능한지도 몰랐다.

반면 대수는 은수가 보호자로 지정된 뒤로 돌봄로봇을 아예 꺼 두었다. 로봇과의 소통을 아예 거부하시니 우울증이 있는지 마음 상태가 어떤지 통 알 수가 없고, 스마트워치도 안 차고 다니시니 길에서 쓰러진다 해도 알 길이 없어 걱정이라며 은수는 한숨을 내쉬었다. 듣고 보니 그녀의 심정이 어느 정도 이해가 됐다.

"아버님은 왜 날 싫어하실까?"

은수가 중얼거렸다.

"싫어하시긴요. 그냥 그런 분인 거죠."

"그냥 그런 분. 그냥 그런 사람. 흥, 그래. 말은 참 쉽네."

그녀의 기분을 더 나쁘게 만든 것 같아 지수는 입을 다물었다.

"저기, 엄마. 저…… 사과나무에서 연락 왔어요. 이번 주 토요일에 모임 올 거냐고……."

소원이 침묵을 깼다.

"사과나무? 거기 이제 안 간다고 말 안 했니?"

"그랬는데……. 보육원 선생님도 오시니까 지민이 언니가 이번엔 꼭 오라고……."

소원이 말끝을 흐리며 무언가를 들킨 아이처럼 불안한 눈으로 지수를 흘깃거렸다.

"갈 거 아니지?"

소원은 쉽사리 대답하지 못했다.

"보호 종료되고 자립금 오백만 원 받은 거, 거기 있던 사람한테 사기 맞았잖아."

"그 오빠는 이제 모임 안 나온대요. 영구 제명돼서……."

"그래서, 갈 거니?"

은수의 목소리는 차분하면서도 위압적이었다. *역시…… 안 가는 게 낫겠죠?* 망설이던 소원이 결국 이렇게 중얼거렸다.

"그래, 소원아. 이제 넌 그 사람들이랑 달라. 너한테는 가족이 있잖아. 우리가 가족 아니야?"

엄마는 네가 그 사람들하고 어울리다가 또 상처받을까 봐 그래. 어르는 그녀의 목소리에 소원이 마침내 수긍한 듯 고개를 끄덕였다.

"그럼, 가족이고 말고. 말만 혈육이지 남보다 못한 인간들이 얼마나 많은데."

길분이 딱한 눈으로 지수를 바라보았다. 친언니와 어쩌다 그렇게 싸운 거냐고 길분은 물었다. 왜 칼에 찔린 거냐고 묻는 거였다.

"싸운 게 아니에요. 언니가 화났을 때 제가 거기 있었던 것뿐이에요."

이해 못 하는 게 당연했다. 어렵사리 마음을 털어놓은 지인들에게 엄마도 사람이니 실수할 수 있다, 지금쯤 아마 후회하고 계실 거다라는 따위의 눈먼 위로를 들을 때마다 지수는 그들 모두가 엄마와 한통속인 듯한 착각에 부르르 몸을 떨었다.

　새로 산 우산을 잃어버리고, 빗길에 넘어져 옷이 해진 것, 그로 인해 맞으면서도 끝끝내 '잘못했어요' 한마디를 내뱉지 않았다는 것이 엄마에게는 어린애를 골방에 가두고 하루 종일 굶겨 마땅한 죄목이었을까. 성인이 된 이후에도 어린 시절 엄마의 폭언과 폭행이 일상에 먹구름을 드리울 때마다 지수는 몇 번이고 곱씹어 볼 수밖에 없었다. 아빠의 사업이 좌초되고 가세가 기울면서 둘째를 여섯 살까지 언니에게 맡기고 생계의 짐을 져야만 했던 엄마의 심경을 헤아려 보려 무던히도 노력했다. '재수 없는 년. 저거 태어난 이후론 하여간 집구석에 되는 일이 없어. 착각하지 마, 이년아. 다 네가 잘못해서 혼나는 거야, 알아?' 어두운 골방에 홀로 앉아 문틈으로 새어 드는 티브이 소리, 엄마와 언니의 웃음소리를 들으며 어린 지수는 제 머리로는 좀처럼 이해되지 않는 말들을 삼키려 애를 썼다. 언니에겐 따뜻하고, 자신에겐 모질기만 한 엄마가 어쩌다 한 번씩 안아 주고 웃어 줄 때면 머릿속은 더욱 혼란스러웠다. 이것 봐. 엄마가 날 사랑하지 않는 건 아니잖아. 내가 엄마를 열불 뻗치게 해서 그런 거야. 엄마는 나쁜 사람이 아니야, 왜냐하면…… 엄마는 불쌍한 사람이니까. 이모가 그랬잖아. 엄마는 불쌍한 사람이라고. 어린 지수는 고개를 끄덕였다.

한바탕 감정이 요동치고 빠져나간 뒤 밀려드는 건 이모에 대한 그리움이었다. 차륵차륵, 찰찰 돌아가는 재봉틀 소리. 소파에 누운 채로 눈꺼풀을 거불거리다 보면 어느새 옹크린 몸을 감싸고 있던 극세사 담요의 포근한 감촉. 철마다 이모가 손수 지어 입힌 몸에 착 붙는 예쁜 원피스와 잔머리를 쓸어 주던 거칠거칠한 손가락의 감각이 되살아날 때면 이해할 수도, 억누를 수도 없는 뜨거운 감정이 울컥 솟구쳤다.

지수는 대학생이 되어 이모가 지병으로 이미 돌아가셨다는 걸 뒤늦게 알게 되었다. 둘 사이를 질투했던 엄마가 부고를 끝내 알리지 않았던 것이었다. 미술교육과에 진학하라는 협박을 물리치고 일반 미대에 진학함으로써 지수는 엄마에게 영원한 죄인이 되었다. 그 배은망덕함은 단벌 청바지와 운동화로 버티며 장학금으로 학교를 다니고 광고 회사에 취직해서는 월급을 몽땅 갖다 바치다시피 했음에도 끝내 용서받지 못했다.

맞선으로 만난 전 남편도 엄마와 결이 비슷한 인간이었다. 연애하면서 그가 퍼부었던 애정 공세는 먹잇감 위로 사정없이 떨어지는 맹수의 타액 같은 것에 지나지 않았다. 결혼 생활을 유지했던 6년의 세월 동안 남편은 엄마와 같은 방식으로 끊임없이 그녀를 조종하고, 모욕하고, 깎아내렸다.

결심은 어느 순간 찾아왔다. 돌이켜보면 느닷없이 불어닥친 바람은 아니었다. 세나를 처음 품에 안은 그 순간부터 풍향은 조금씩 바뀌고 있었으니까.

 '세나도 엄마가 해 준 밥 싫어하지? 너희 엄만 참 변변치가 못해. 밥도 하나 제대로 할 줄을 모르니……. 그러니까 너희 아빠도 자꾸 겉돌지. 아니라고? 아니긴. 아빠 어제도 안 들어왔잖아. 네 엄마가 그런 사람이다.'

 아이에게 빵을 떼어 먹이며 가만가만 속삭이는 엄마를 보고서야 그녀는 퍼뜩 정신을 차렸다. 어두운 방에서 홀로 웅크리고 앉아 스스로를 살라먹던 분노가 마침내 엄마를 향해 거세게 타오르기 시작한 순간이었다. 지금껏 놓지 못했던 모든 의구심과 목마름을 그녀는 그 불길 속에 던져 태워 버렸다. 세나까지 엄마의 수렁으로 끌려 들어가는 꼴을 결코 두고 보지는 않을 작정이었다. 딸의 이혼 소식에 엄마는 자살 소동을 벌였으나, 후련함을 감추고 있을 그 속내를 그녀는 누구보다 잘 알았다. 지수는 엄마와 언니, 그리고 남편의 번호를 모두 차단했다. 갈라설 무렵에야 6년 내내 베일에 싸여 있던 재무 상황을 까발린 남편은 다달이 나가는 대출 이자와 카드값을 제하고 여기서 남는 돈이 있으면 어디 가져가 보라며 이죽거렸고, 그녀 역시 양육비를 포기하는 한이 있더라도 다시는 소름 끼치는 그 이름 석 자와 엮이고 싶지 않았다.

사실 위주로 간추린 짤막한 이야기를 마쳤다. 그저 아무 말도 하지 않았으면. 아무것도 더는 묻지 않았으면. 지수가 바라는 건 그것뿐이었다.

"지수 씨. 이런 얘기, 고맙다. 우리한테 들려줘서."

은수가 손을 뻗어 지수의 손등을 쓰다듬었다. 소원의 두 눈에 이전과는 다른 고요한 빛이 어렸다.

초인종이 울렸다.

"재원이 오빠인가 봐."

소원이 일어나 현관으로 갔다. 곧이어 검은 뿔테 안경에 야구 점퍼를 입은 남자가 주방에 빼꼼히 고개를 내밀었다.

"안녕하십니까."

"응, 재원이 총각, 어여 와서 여기 앉아."

길분이 남자에게 반갑게 손짓했다. 만면에 싱글벙글 미소가 가득한 남자가 앞발로 자신의 정강이를 긁어 대는 보리를 품에 안아 올렸다. 30대 초반쯤 됐을까. 이마를 덮은 앞머리와 두툼한 안경이 장난스럽고 친근한 인상이었다.

"오빠도 마트 쪽으로 걸어왔죠? 거기 경찰들 와 있는 거 봤어요?"

"응, 봤어. 폴리스라인 쳐 놓은 거."

그가 보리에게서 눈을 떼지 않으며 대꾸했다.

"마당에서 무슨 백골 시신이 나왔다던데?"

"아니 백골 시신이라니. 그럼 그 집에서, 시체가 나왔다고?"

길분이 소스라치게 놀라 되물었다.

"네. 공사한다고 마당 파다가 시체가 나왔나 봐요. 그런데…… 원래 거기 무교 형님이 부모님이랑 살던 집 아닌가?"

재원이 손가락으로 안경을 밀어 올리며 은수를 쳐다보았다. 잡채를 그릇에 옮겨 담던 그녀의 손길이 허공에서 멈추고, 침묵을 담은 다섯 개의 시선이 서로 어지럽게 얽혀 들었다.

"무교 오빠는 지금 어디에 있어요?"

"아침에 출근했지."

은수가 침착하게 대답했다. 다시 무거운 침묵이 이어졌다.

"보리야, 어떤 집에서 뼈다귀가 많이 나왔대. 근데 네가 먹을 수 없는 뼈다귀랜다."

재원이 쭉 내민 입술로 뽀뽀하며 강아지 귀에 대고 속삭였다. 이런 상황에 할 만한 농담은 아니었지만 다들 그런 너스레가 익숙한 듯 무덤덤한 얼굴이었다. *무교에게 알려 줘야겠다.* 은수가 정신을 차리고 휴대폰을 집어 들었다.

무교는 전화를 받지 않았다.

세나에게 마지막으로 손을 흔든 뒤 지수는 현관문을 밀고 밖으로 나섰다. 신발장 앞에서 다시는 못 볼 사이처럼 으스러지게 포옹하고, 열 번은 더 인사를 주고받고서도 세나는 아직 성에 차지 않는 듯 자꾸만 눈으로 엄마를 붙들었다. 곧 익숙해질 거야. 걱정 마. 좀처럼 발을 떼지 못하는 그녀에게 은수가 눈짓으로 어서 가라며 재촉했다.
 안음주택 출입구를 빠져나온 그녀는 골목에 서서 잠시 하늘을 올려다보았다. 해가 사라진 하늘은 흐리터분한 회색을 띠었고, 대기 중에는 텁텁한 모래 냄새가 떠다녔다. 저녁 시간에 밖으로 나왔을 뿐인데 마치 다른 장소로 순간이동을 한 것처럼 모든 것이 낯설었다. 지수는 앞가슴을 부풀려 공기를 크게 들이마셨다.
 유치원 가는 방향으로 무심코 걸어가다 무언가 생각난 듯 반대쪽으로 발길을 돌렸다. 출근 전에 가 보고 싶은 곳이 떠올라서였다. 안음주택 모퉁이를 돌자 낡은 간판이 늘어선 인적 없는 골목이 나타났다. 코인 세탁소와 이발소의 내려진 셔터 위에는 '상가 매매'라고 쓰인 누런 종이가 눌어붙어 있었고, 폐가구와 부서진 사무 집기들이 길가에 버려져 뒹굴었다. 색이 바래 퍼석퍼석한 간판의 글씨를 읽어 보려 눈을 게슴츠레 뜨던 순간 그냥 가던 길이나 가라는 듯 어디선가 워워, 개가 짖었다.

오거리 교차로의 마트 앞에서 횡단보도를 건넜다. 소원이 아르바이트를 하는 편의점이 바로 맞은편에 있었다. 그 집, 편의점을 끼고 샛길로 들어가서 바로 왼쪽이라고 했지.

사건 현장은 검붉은 벽돌로 지어진 2층 양옥집이었다. 칼로 뚝 끊어 낸 것처럼 중간 부위가 허물린 흉물스러운 담장 둘레로 폴리스라인이 드리워져 있었다. 군데군데 각목을 받쳐 놓은 담장이 금방 쓰러질 듯 위태로워 지수는 몇 발 물러선 채로 주변을 둘러보았다. 부서진 시멘트 덩어리의 잔해로 발밑이 울퉁불퉁 어지러웠다. 폴리스라인 너머 마당은 갈퀴질 자국이 선명한 붉은 토사로 가득했고, 마당 한편에는 뿌리째 뽑힌 소나무 몇 그루와 크고 작은 정원석들이 널브러진 모습이었다. 어제 조사를 다 끝낸 건지 경찰이나 국과수 사람들은 보이지 않았다. 시신이 묻혀 있었다면 아마 저기였겠지. 베란다 아래쪽에 그려진 흰색 테두리를 보며 생각했다. 뭐 좋은 거라고 여길 찾아왔을까. 지수는 속으로 웃었다. 왜긴, 너 원래 이런 거 좋아하잖아.

무교의 옛집은 골목으로 들어가서 두 번째였다. 왼편의 단독주택은 새시가 뜯겨 나간 창문 너머로 내부가 훤히 들여다보이는 걸 보니 사람이 살지 않는 듯했고, 오른쪽 집과 맞은편 빌라는 마당 쪽으로 난 창문이 방범창에 가로막혔다. 또한 주차장으로 쓰이는 대각선 방향의 공터에는

CCTV가 설치돼 있지 않았다. 밝혀내기가 쉽지는 않겠다는 생각이 들었다. 범인이 정말 김무교든, 아니면 다른 누구든지 간에.

은수가 일하는 안음주택 1층 관리사무실에 형사가 찾아온 건 어제 오후 3시 무렵이었다. 40대 후반으로 보이는 형사는 은수에게 무교가 언제 이곳으로 이사를 왔는지, 평소 그가 어떤 사람이었으며 가족에 대해서는 어떤 이야기를 했는지 물었다. 그저 홀로 아들 키우면서 직장생활 열심히 하는 사람이고 딱히 뭘 들은 건 없다, 같은 집에서 생활한 지 아직 1년밖에 안 돼 사실 그에 대해 많이 아는 건 없노라고 은수는 담담히 응대했다. 형사들은 특히 부친이 실종되고 나서 본가에 들어와 살았던 5년 전 그의 정황을 알고 싶어 하는 것 같았다. 이웃들에게도 그즈음 부자의 다툼을 보거나 들은 적이 없는지 묻고 다니는 모양이었다.

이튿날 밤이 늦도록 무교는 귀가하지 않았다. 어수선했던 집 안 공기는 창문 밖이 깜깜해지면서 오히려 차분하게 가라앉았다. 무교가 돌아오지 않자, 그의 결백을 확신했던 입주민들의 생각도 조금씩 흔들리는 중이었다.

"설마 아니겠죠?"

소원이 엄지손톱을 뜯으며 중얼거렸다. 둘러앉은 네 여자는 각자 다른 곳에 시선을 붙박은 채로 얼마간 말이 없었다. 에그, 하윤이 아빠가 그런 짓 할 사람이 아니야. 길분이 나무라듯 툭 내뱉자, 은수가 쉿 하며 얼른 하윤이가 있는 쪽을 돌아보았다. 하윤이는 휴대폰 영상에 빠져 어른들의 대화를 듣지 못한 듯했다. 접이식 책상에 앉아 그림을 그리던 세나가 힐끔 이쪽을 쳐다보았다.

소문에 따르면 치매를 앓던 무교의 아버지는 그 무렵 부쩍 가출이 잦았다고 했다. 아내가 깜빡 잠든 사이 홀연히 방 안을 빠져나와 골목을 헤매다 인근 지구대 경찰 손에 붙들려 돌아오길 반복하던 그는 목련이 만개했던 어느 날, 굳게 잠긴 현관문을 용케 열고는 영영 집을 나가 버렸다. 그 뒤로 무교는 어디에서도 아버지의 행적을 찾을 수가 없었다. 잠시 본가에 들어와 있던 그는 어머니가 파킨슨병 증세를 보이자 이듬해 모친을 요양원에 모신 뒤 두 살 아들을 데리고 동네를 떠났다. 경찰은 무교가 집에 돌아온 아버지를 살해하고 도주한 것으로 의심했는데, 정황만으로 보면 그런 의심을 살 법도 했다. 직장에 다니는 싱글 대디 무교에게 치매에 걸린 통제 불능의 아버지는 도무지 벗을 수 없는 짐이었을 테고, 그리도 버거웠던 존재가 마침내 눈앞에서 사라졌을 때 어쩌면 그는 황망하던 중에도 조금은 속이 후련하지 않았을까.

무교가 옛 동네로 돌아온 건 그때로부터 3년이 흐른 뒤인

작년 봄이었다. 실종 5년 만에 법원은 그의 부친에게 실종선고를 내렸고, 결국 부친은 사망자로 처리되었다. 아버지 명의의 2층 양옥집을 법적으로 상속받아 리모델링 사업 부지를 찾던 정부에 매각할 수 있었던 것도 그 덕분이었다. 그런 일련의 계획이 머릿속에 서 있을 때, 사라졌던 아버지가 뜻하지 않게 살아 돌아와 초인종을 누른다면. 무교가 돌쟁이와 살던 부모님 댁을 떠난 이유가 제 손으로 앞마당에 묻은 아버지의 시신 때문이라면.

"정말 무교 오빠가 그런 거면, 어머니는 뭔가 아실 거 아니에요. 그때는 한집에 같이 살았을 텐데."

"응. 근데 아마 안 될 거야. 얼마 전부터 말씀을 거의 못 하시거든."

은수와 소원이 나직이 대화를 주고받았다. 포천의 한 요양원에 머물던 무교의 어머니가 안음주택 골목의 실버홈에 들어온 건 재작년 가을 무렵이라고 했다.

"그럼…… 무교 씨가 동네를 떠났다가 돌아온 건 어머니 때문일 수도 있겠네요."

그렇지 않을까? 은수가 고개를 끄덕였다.

"그 전엔 다른 데 살았다고 했죠?"

"응. 강릉인가…… 아마 그랬을 거야. 아는 형이랑 펜션 리모델링 사업을 했다던가……."

어머니를 요양원에 모셔 놓고 강릉으로 떠났다가 재작년 가을 어머니의 거처를 실버홈으로 옮긴 뒤 그도 옛 동네로 돌아온 거였다. 그가 선택한 곳은 실버홈과 불과 몇십 걸음 떨어진 거리에 있는 이곳, 안음주택이었다.

"실버홈으로 어머니를 모신 게, 무교 씨였어요?"

은수가 고개를 갸웃했다.

"그렇지 않을까? 잘 모르겠네. 처음 함께 저녁 먹었던 날 어머니가 실버홈에 계신다고 하긴 했어. 어머니 뵈러 자주 들렀거든. 무교가 겉으론 좀 차가워 보여도……."

은수가 확신 없는 투로 이렇게 덧붙이고는 입을 다물었다. 이내 세 사람은 비슷한 생각에 잠긴 듯 고만고만한 표정으로 말이 없었다. 그가 어머니 얘기를 얼마나 자주 꺼냈던가. 그에게 모친이라는 존재가 그리도 애틋했었나. 아마도 그런 종류의 생각일 터였다.

어제 은수의 관리사무실을 찾았던 형사들이 오늘 아침에는 3층 현관에 모습을 드러냈다. 그들은 무교의 방에 들어가 상자 하나에 노트북과 서류뭉치로 보이는 물건들을 챙겨 밖으로 가지고 나왔다. 지수도 거실에서 멀뚱히 그 광경을 지켜보다 난데없는 호구조사를 당했다. 같은 층에 살고 있으니 어찌 보면 동거인이라고도 할 수 있는 여자에게 뭔가 쓸만한 정보가 있으리라 기대하는 눈치였지만 지수는 무교라는 인물에 대해 딱히 전해 줄 수 있는 말이 없었다. 아침 운동과 단백질 셰이크 제조에 진심인 남자. 야근이 잦고, 식사 시간엔 온 신경이 휴대폰에 가 있는 남자. 입주민들에게는 30초짜리 쇼츠 영상만큼의 관심도 없다는 걸 숨기려 시종일관 느끼한 웃음을 흘리는 남자. 어쩌면 이것보단 좀 더 그에 대해 많이 알아야 했을까.

 담장 앞 골목에는 고양이 한 마리 얼씬거리지 않았다. 뒤늦게 온몸을 파고든 스산함에 지수는 발길을 돌렸다. 골목을 빠져나와 편의점으로 들어갔다. 일하러 가기 전에 카페인 충전이 필요했다. 냉장고에서 커피를 골라 계산대로 향하는데 문득 앞에서 귀에 익은 음성이 들려왔다. 남색 야구점퍼를 입은 그를 지수는 곧 알아보았다.
 지수가 아는 척을 하자 재원이 뒤를 돌아보고는 아이쿠, 하며 지수에게 꾸벅 인사했다. 계산대 위에는 비타민 음료 한 박스와 물티슈, 그리고 성인용 기저귀가 올려져 있었다. 어디선가 정체 모를 악취가 희미하게 풍겼다. 붉은 흙이 잔뜩 묻은 그의 운동화를 힐끔거리며 오늘 새벽 편의점 뒷골목에서 재원이 지나가는 걸 봤다던 소원의 말을 떠올렸다.

아, 갑자기 요양원에 문병 갈 일이 생겨 가지고……. 지수의 눈길을 의식한 그가 멋쩍게 웃었다.

"아니, 이 시간에 커피라니. 괜찮으십니까. 혹시 올빼미족이신가요."

"네, 올빼미였어요. 얼마 전까지는."

"흐, 아트적인 영감이 밤에 잘 떠오르긴 하죠. 넌 왜 쪼개, 이 새끼야."

실실 웃으며 비닐봉지에 물건을 담던 아르바이트생에게 재원이 면박을 주었다.

"저는 저쪽으로 한 블록 쭉 가면 나오는 골목 있죠. 거기 동광빌라에 삽니다."

굳이 편의점 바깥으로 손짓까지 하는 그를 보고 지수는 픽 웃으며 아 네, 했다.

"요양원이라고 했나요? 거기 요새도 기저귀를 쓰나 모르겠네."

편의점 주인으로 보이는 중년 여자가 물건을 진열하다 말고 한마디 던졌다.

"자동 배변 처리기인가, 요즘 요양원에서는 다 그걸 쓰잖아요. 기계가 알아서 대소변 빼내고 세척까지 해 준다는 그거."

재원의 얼굴에서 갑자기 웃음기가 사라졌다.

"뭐, 일단 그냥 주세요. 혹시 모르니까."

재원과 인사를 나눈 뒤 지수는 편의점을 빠져나와 서둘러 마리비어로 향했다.

오후 5시 20분. 지수는 심호흡을 한 번 하고는 조명이 켜진 마리비어의 문을 밀고 들어갔다. 인사를 건네자, 고무장갑을 끼고 맥주컵을 닦던 사장 도말희가 왜 벌써 왔어요, 하며 눈을 똥그랗게 떴다. 지수는 말없이 웃으며 눈에 들어온 검정 앞치마를 둘렀다. 출근해서 제일 먼저 해야 할 일을 머릿속으로 정리하면서 주방에 있던 갖가지 쓰레기봉투를 집어 들고 밖으로 나갔다.

분리수거를 끝낸 다음 서둘러 테이블을 닦고 수저통과 티슈 통을 채워 넣었다. 물통에 물을 채워 냉장고에 넣어 두고 작은 접시에 기본 안주를 나눠 담은 뒤 앞 접시를 꺼내 차곡차곡 쌓아 놓는 것으로 모든 준비를 끝냈다.

"밥은?"

도말희가 물었다.

"먹고 왔어요. 사장님은 식사하셨어요?"

네에, 하고 그녀가 대꾸했다.

"서빙 아르바이트 해 본 적 없다고 했죠?"

지수가 고개를 끄덕였다. *그런 것 같아. 초짜인 게 티가 나.* 어리둥절한 지수를 두고 그녀는 픽 웃으며 주방으로 들어가 버렸다.

"서빙할 때 욕심내지 말고, 손목 아껴요. 자나 깨나 손목 조심. 빈 맥주잔도 다시 보자."

꽝꽝 언 맥주잔에서 하얀 김이 폴폴 피어올랐다. 왼손으로 무거운 잔을 아기처럼 감싸안고 오른손으로는 생맥주 기계의 레버를 눌렀다. 컵을 기울여 따르다가 크림 같은 거품이 적당한 두께로 잔 높이까지 채워지면 성공이었다. 맥주잔을 내려놓은 뒤 언 손에 호, 입김을 불었다. 출근 첫날인 어제만 해도 조작이 서툴러 컵의 반이 거품으로 채워지기 일쑤였는데, 하루 만에 제법 기술이 늘었다.

지수는 굵은 눈썹의 남자 손님에게 맥주를 가져다주었다. 나무로 된 인테리어와 호박색 조명이 푸근한 분위기를 자아내는 실내는 이른 저녁부터 가벼운 식사를 찾는 손님들로 복작거리더니 저녁 8시가 넘은 지금은 흥이 끝까지 오른 취객들로 만석이었다. 개방형 주방의 바 자리에 홀로 앉은 그 남자는 고막이 터져 나갈 듯한 소음에도 불구하고 진지한 얼굴로 노트북 자판을 두드리는 중이었다. 이렇게 시끄러운 데서 뭐가 되긴 하나. 불판 위에서 지글지글 소리를 내며 구워진 수제 소시지 위에 소스를 뿌리면서 지수는 남자를 힐끔거렸다. 두껍고 푸슬푸슬한 검정 눈썹 아래가 살짝 팬 것처럼 우묵하게 들어간 눈. 분명 낯이 익다, 생각하는 순간 눈이 딱 마주쳤다.

"수제 소시지 나왔습니다."

노트북 옆에 접시를 내려놓았다. 남자는 흘깃 지수를 보더니 이내 무언가 할 말이 있는 듯 계속 쳐다보았다. 그의 입술이 소리 없이 벌어졌다가 다시 동그랗게 모아졌다. *네?* 소음 때문에 지수가 얼굴을 가까이 가져다 대자, 그가 목청을 높였다.

"비누꽃이요. 맞죠?"

유난히 시끌벅적하던 앞쪽 테이블 하나가 빠지면서 잠시 소음이 잦아들었다. 남자는 그녀가 테이블을 치우고 주방 바 자리로 돌아오길 기다렸다.

"어머니랑 화해는 했어요?"

서글서글한 웃음이었다. 도리도리 고개를 저으며 지수도 따라 웃었다. 한 달 전 병원 근처 꽃집에서 하나 남은 비누꽃 바구니를 양보했던 남자를 그제야 알아보았다.

"아직? 에이, 그때 그냥 가지고 가시지."

"병문안은 잘하셨어요?"

"네, 저야말로. 덕분에 마음 잘 풀어 드렸습니다. 간만에 효도도 좀 했네요."

화장실로 가려는 뒤편의 누군가에게 그는 의자를 앞으로 당겨 공간을 내주었다. 늦은 밤 호프집에서 노트북을 두드리는 이 남자, 대체 뭘 하는 사람일까.

"여기 안 시끄러우세요?"

"저는 좀 시끄러워야 글이 잘 써지더라고요."

"정담일보 기자예요. 우리 가게 단골이야."

튀김기 앞에 서 있던 도말희가 끼어들었다.

"자기, 임대주택 취재한다고 했잖아. 지수 씨가 저 위에 안음주택에 산다니까, 명함이라도 하나 줘 봐. 혹시 알아요? 나중에 도움 될지?"

도말희의 채근에 남자는 주섬주섬 명함을 꺼내 지수에게 건넸다. '정담일보 사회부 최혁중 기자.'

"안음주택이라면⋯⋯ 그 주민센터 맞은편에 세 동짜리 공동주택인가요?"

맥주 서빙을 마치고 자리로 돌아온 지수에게 그가 물었다.

"네. 잘 아시네요."

"정부 임대사업 비리 취재하러 몇 번 가 봤죠. 어제는 근처에 사건도 있었고요."

"백골 시신 나온 거요?"

어떻게 하다 보니 지수는 빈집 마당에서 백골 시신이 나와 온 동네가 떠들썩했다는 것부터 안음주택 입주민이 사건의 용의자로 조사를 받고 있다는 이야기까지 털어놓았다. 이상하다, 내가 낯선 사람과 이렇게 말을 많이 하는 성격이었던가.

"그러니까 용의자가 지수 씨랑 같은 층에 살았다고요?"

까만 동공으로 꽉 들어찬 두 눈이 총기로 반짝였다. 괜한 걸 털어놓았나, 후회가 밀려들던 순간 그가 이렇게 덧붙였다.

"앞으로 우리 자주 보겠는데요?"

3.

 하……, 참 누구 인생처럼 좆 같네.

 검은 곰팡이로 뒤덮인 깨진 콘크리트 계단을 올려다보며 재원은 중얼거렸다. 계단을 따라 외벽이 갈라진 단층집들이 비좁게 몸을 맞댔고, 다 삭은 슬레이트 지붕 아래에 '철거 예정'이라는 빛바랜 현수막이 매달려 너풀거렸다. 습관처럼 주위를 휘휘 둘러보곤 성큼성큼 걸음을 떼었다. 이 그늘진 계단을 오를 때마다 마치 애벌레의 미끈미끈한 뱃속을 통과하는 느낌, 애써 의식 너머로 밀쳐 놓았던 악몽을 몇 번이고 반복해 꾸는 기분이었다. 개발 해제 구역으로 방치된 미로 같은 폐허를 둘러보며 재원은 정말 이 모든 게 차라리 꿈이었으면 싶었다. 그냥 주제에 맞게 하던 대로 술이나 먹고 게임이나 할걸, 하는 후회가 밀려왔다.

 오늘따라 왼손에 든 봉지의 무게가 쇳덩이처럼 무거웠다.

처음에는 매일매일 하루치 식사량에 맞춰 사료와 물을 준비해 갔지만 식욕도 이빨도 성치 못한 놈들은 밥그릇을 깨끗이 비우는 경우가 드물었다. 사람이고 짐승이고 일단 밥숟가락을 놓으면 그때부터 볼 장 다 본 거라는 게 그의 생각이었다. 기력 빠진 몸뚱이는 비실거리다 결국 엎어지고, 한번 엎어지면 그 자리에서 쌕쌕하고 숨만 헐떡이다 저세상 가는 게 수순이니까.

 늙고 병들어 죽는 것도 따지고 보면 의지의 문제가 아닐까. 죽음 자체는 피할 수 없다 하더라도, 죽음을 미루는 건 어느 정도는 마음먹기에 따라 달린 거다. 죽지 않으려는 의지. 끝내 살고자 하는 욕망. 그걸 스스로 놔 버린다면 해 줄 수 있는 게 없다. 달리 말하면, 저놈들이 저대로 죽어 가는 게 전부 내 탓은 아니란 거다. 내가 어제 게임하느라 이 뭐같이 무겁기만 한 싸구려 사료를 하루 못 날랐다고 해서 놈들의 운명이 크게 달라질 건 없단 말이지. 그래도 그는 내심 녀석들의 밥그릇이 너무 텅 비어 있지 않았으면 했다. 그래야 조금은 덜 미안할 수 있을 테니까.

 처음부터 이렇게 엉망진창은 아니었다. 작년 가을, 아는 선배가 개업한 애견 호텔에서 케이지 안에 무기력하게 누워 있는 녀석들을 처음 보았을 때는 그도 녀석들이 가엾다고 생각했다. '열 살 훌쩍 넘은 노견들이야. 맡기고 간 견주들은 요양원에 누워 있고. 볼품없다고 손님들이 싫어해서 카페에 풀어 놓지도 못해. 당연히 찾아오는 사람도 없고. 불쌍하지, 겁나 불쌍한 놈들이지.' 개들을 내려다보며 선배는 마치 자기와는 상관없는 일이라는 듯 끌끌 혀를 찼다. 재원에게 얼핏 괜찮다 싶은 아이디어가 떠오른 건 그때였다. 아니, 괜찮은 정도가 아니라 어쩌면 인생 대역전의 계기가 될지도 모른다는 생각에 오랜만에 물 만난 고기처럼 가슴이 펄떡였다.

전문대를 졸업하고 각종 아르바이트를 전전하다 재작년 경기도 양주의 한 화장품 회사에 취직했을 때만 해도 그는 표류하던 자신의 인생이 비로소 궤도에 들어섰다고 믿었다. 출근에만 한 시간이 넘게 걸리고 사시사철 등줄기에 땀이 맺히는 물류관리 일이었지만 월급쟁이가 잘나 봤자 다 거기서 거기지, 싶었던 것이다.

창고 안이 지글지글 끓던 어느 여름날, 우연히 올라간 회사 3층의 사무실은 어안이 벙벙할 정도의 쾌적한 냉기로 가득했다. 카디건을 걸치고 앉아 자판을 두드리며 사람을 위아래로 훑던 그 싸가지들. 엿 같은 근무 환경도 그랬지만 결정적으로는 고졸 주제에 낙하산으로 영업지원팀에 들어온 사장 조카에게 갑질을 당하게 되면서 그는 배알이 뒤틀릴

대로 뒤틀렸다. 입사 1년 후 연봉협상에서 약속대로 월급을 올려 달라는 요구를 거절당하자 그 길로 회사를 때려치웠다. 게임도 끊고 저축도 하며 번듯하게 살아 보리란 희망의 솔기가 뜯어지는 건 그렇게 한순간이었다.

친구들과 진탕 술을 먹고 한동안 끊었던 게임에 접속해 캐릭터를 되살렸다. 설렁설렁 용돈벌이나 하자는 생각으로 펫 시터 아르바이트도 시작했다. 평일에 시간을 내기 어려운 직장인이나 몸이 불편해 바깥 외출이 힘든 노인들이 주 고객이었다. 원래부터 돼먹지 못한 인간보단 말 못 하는 짐승이 차라리 낫다는 주의였고, 견주들도 그의 붙임성 있는 성격을 대부분 마음에 들어 했다. 열심히 일했으니 한 1년은 좀 쉬엄쉬엄하자. 게임도 하고 개들 산책시키면서 적당히 운동도 하고. 이만하면 최악의 삶은 아니다 싶었지만 늘 그렇듯 문제는 돈이었다. 회사에 다니며 차곡차곡 모았던 돈은 어느새 야금야금 생활비며 술값으로 바닥을 드러냈고, 당장 보름 뒤로 다가온 월세 날은 한입에 모든 걸 삼켜 버릴 듯 메갈로돈 같은 주둥이를 벌리고 있었다. 어떡하든 되겠지, 하며 밀쳐 놓았던 현실을 그야말로 어떡하든 맞닥뜨려야만 했다.

집에서 한 블록 떨어진 재개발 해제 구역이 떠오른 건 그때였다. 정권이 바뀔 때마다 반복된 시공사의 입질과 희망

고문을 거쳐 온 도래동 일대는 사업성이 애매하다는 이유로 끝내 신축 아파트 단지의 꿈을 이루지 못하고 정비구역 해제를 맞이하고 말았다. 주민과 투기꾼들마저 모두 떠나 버린 동네는 흉흉한 소문의 발원지가 되었다. 노숙자가 얼어 죽은 채로 발견됐다는 둥 광견병 걸린 들개 떼가 돌아다닌다는 둥 하는 뜬소문들을, 물론 재원은 믿지 않았다.

버려진 개들과 버려진 집들. 머릿속에서 그럴듯한 계획이 가지를 뻗어 나갔다. 빈집의 출입문을 따고 새로 자물쇠를 달 계획이었다. 비가 새지 않는 양지바른 집을 골라 내부를 손보는 것이다. 벌어진 틈을 찾아 외풍을 막고, 도배와 장판도 새로 할 작정이었다. 목욕 같은 건 열흘에 한 번씩 집에 데려와서 시키면 된다. 애견 호텔에 장기 위탁된 녀석들의 한 달 돌봄비로 받는 게 대략 팔십만 원이라고 했으니까, 나한테 그 절반만 떼어 달라고 하자. 세 마리만 맡아 키워도, 사료비를 빼고도 월세 정도는 너끈히 뽑는다. 아니, 방이 여러 개면 울타리를 쳐서 한 열 마리까지도 가능하다. 굳이 지금 살고 있는 원룸에 개를 들이고 싶지 않았다. 집주인이 펄쩍 뛸 게 뻔할뿐더러 비좁은 방에서 수시로 개들이 달라붙는 것도 싫었다.

처음엔 무슨 개소리냐면서 헛웃음을 터뜨리던 선배의 눈빛이 차츰 진지하게 바뀌는 걸 보며 재원은 이제 됐다, 하고 속으로 쾌재를 불렀다. 녀석들의 복지를 생각해서도 그건 나쁜 일이 아니었다. 하루 종일 비좁은 플라스틱 케이지에 갇혀 죽을 날만 기다리느니, 다 썩은 집에서나마 자유롭게 살다 가는 게 훨씬 낫지. 매일 들러 보살피고 산책도 시키겠노라 그는 선배에게 약속했다. 그때만 해도 당연히 그리할 요량이었다.

 붉은 스프레이 낙서가 휘갈겨진 대문 앞에 걸음을 멈추었다. 들고 온 짐을 내려놓고 담배에 불을 붙였다. 들어가기 전에 미리 독한 연기로 폐를 무디게 만들어 놓아야 했다. 바지 주머니 속에서 검은 봉투가 바스락거렸다. 마음이 착잡했다. 오늘은 또 어떤 놈일까.
 대문에 감겨 있던 케이블 자물쇠를 해제하고 들어가 현관 앞에 섰다. 크게 숨을 한 번 들이마시고는 알루미늄 문을 힘껏 당겨 열었다. 월, 월, 월. 마스크 틈을 파고드는 분변과 썩은 고기의 악취. 버려지고 망가진 것들의 냄새. 월, 월, 월, 월, 월. 냄새의 주인들이 발버둥질하며 아우성을 쳤다. 불 없는 컴컴한 공간에 스물다섯 마리의 개가 살아 움직이고 있었다. 현관에 들어서자 걸레 뭉치들이 방 울타리에 달라붙어 짖어 대며 까만 눈망울을 빛냈다. 깎이고 씻기지 않아 저런 몰골이지만 그래도 이 방에 있는 놈들은 비교적 어리고 건강한 편이었다. 노견만 케어하려던 재원의 계획은 선배가 오갈 데 없는 개들을 마구잡이로 떠맡기면서 이내 어그러졌다. 애견 호텔에도 재원처럼 방세를 밀려 천덕꾸러기 취급을 받는 녀석들이 있었다. 별도의 위탁금 없이 보호자가 잠적하거나 사망해 버린 개들이었다. '데려다가 밥만 줘. 너 한 달에 공으로 버는 게 얼만데, 진짜 이러기야?' 선배의 반강요에 가까운 요청을 재원은 거절하지 못했다.

찢어진 장판 밑으로 콘크리트 바닥이 흉하게 드러났다. 한때 애지중지 귀하게 길러졌던 과거 같은 건 애초에 없었던 것처럼, 갈가리 찢긴 신문 뭉치와 점점이 흩어진 까만 똥으로 어지러운 방 안에서 녀석들의 거무죽죽한 털은 마치 보호색을 입은 듯 음침한 주변과 어우러져 꼭 거기서 태어나 자란 놈들처럼 보였다. 얼른 끝내 버리자. 점퍼를 벗은 그가 비닐장갑 위에 목장갑을 겹쳐 끼고는 서둘러 쓰레기봉투에 신문 뭉치와 분변을 쓸어 담았다. 방바닥에 새 신문지를 깔아 주고, 텅텅 비어 엎어져 있던 더러운 사발에 사료와 물을 가득 채웠다. 헉헉거리며 종아리와 팔뚝에 엉겨 붙는 개들에게 그는 눈길을 주지 않으려 노력했다. 이것도 어찌 보면 사업 아닌가. 여기 있는 개 한 마리, 한 마리가 모두 돈이다. 돈은 세는 거지 눈을 맞추는 상대가 아니었다. 어쩌면 이 모든 건 더 큰 사업을 하기 위한 예행연습 같은 게 아닐까. 열 개의 걸레 뭉치가 허겁지겁 사발에 대가리를 파묻은 걸 확인하고 그는 조용히 울타리 문을 닫았다.

자, 방 하나는 끝냈고. 재원은 마스크를 고쳐 썼다. 노견들이 있는 방에 들어가려면 더 큰 각오가 필요했다. 특히나 오늘은 느낌이 좋지 않았다. 현관문을 열었을 때 풍겨 오던 냄새. 지난겨울, 추위를 이기지 못한 노견들이 다섯 마리나 죽어 나간 이래로 벌써 여덟 번째였다.

역시나. 왼쪽 벽 아래 자그맣고 납작한 형체 하나가 보였다. 누운 채 지린 물똥으로 온통 젖은 엉덩이와 털이 숭숭 빠진 등을 뒤덮은 검은 반점들. 벽 모서리에 누운 녀석 하나도 미동이 없었다. 오늘은 심지어 두 놈이네.

아직 목숨이 붙어 있는 놈들이 반대쪽 벽에 옹기종기 모인 채로 짖는 건지 앓는 건지 알 수 없는 캥캥 소리를 냈다. 눈물로 짓무른 흐릿한 눈깔들이 아는 척을 하고 있었다. 야윈 다리로 간신히 몸을 지탱한 치와와 한 놈이 사체 곁에서 더러운 물을 먹고는 비척비척 무리 쪽으로 돌아왔다. 그 꼴을 하고도 산목숨이라 이거냐 싶어, 재원은 실소했다.

리더기를 꺼내 시신의 목덜미에 갖다 대자 열다섯 자리 고유번호가 화면에 떠올랐다. 문자로 번호를 찍어 보낸 뒤 전화를 걸었다.

"형. 번호 두 개 보냈어. 확인 좀 해 줘."

"왜, 또 죽었어?"

"에이씨, 내가 일부러 죽였냐."

"잠깐만 기다려 봐. 조회해 볼게."

예삐. 요크셔테리어고, 또 하나는 밀크. 비숑이네. 그냥 처리하면 되냐고? 잠깐만 끊어 봐. 잠시 뒤 다시 전화가 걸려 왔다.

"통화해 봤는데, 둘 다 화장 안 할 거래. 견주도 얼마 전에 죽었다나 봐."

"알았어. 내가 알아서 처리할게."

"그래. 근데…… 너 잘하고 있는 거야? 예삐 걔가 다리만 좀 절었지, 작년까진 팔팔했는데. 애들 병원에는 데려가는 거냐?"

속이 뜨끔했다. 사료 한 톨 안 주고 돈만 빼먹으면서 병원비까지 알아서 해결하길 바라는 심보에 짜증이 났다. 이 새끼는 정말 모르는 건가, 아니면 알고도 모르는 척하고 싶은 건가. 개들이 어디서 어떻게 사는지 한 번 찾아와 본 적도 없으면서 왜 꼭 이럴 때만 착한 척 지랄을 떠는 건지 모르겠네. 목구멍으로 치밀어 오르는 대거리를 간신히 삼키고는 차분히 말했다.

"어떻게 아프다고 다 병원에 데려가……. 암튼, 너무 많으니까 관리 힘들어. 이제 돈 안 되는 애들은 맡기지 마."

재원은 좋은 말로 통화를 끝냈다. 앞으로도 계속 개를 받으려면 어쩔 수가 없었다. 애견 호텔의 처치 곤란한 개들을 재원이 따로 맡게 되면서 선배는 아는 업자의 위탁견들까지 받아 그에게 떠넘겼다. 그 대가로 선배가 뭘 챙겼는지는 모를 일이었다.

주머니에서 꺼낸 검은 봉투 안에 납작하고 뻣뻣해진 사체를 먼저 넣었다. 왜 이놈들은 꼭 눈을 뜨고 죽는 거야. 사체 한 구를 마저 넣고 봉지 입구를 묶으면서 재원은 지난번에도 똑같은 의문을 가졌던 걸 떠올렸다.

현관 밖으로 나온 재원은 들고 있던 봉지를 땅에 내려놓았다. 마스크와 목장갑을 벗어 쓰레기봉투에 쑤셔 넣고는 담뱃불을 붙였다. 한결 명료해진 머릿속에 대차대조표 하나가 그려졌다. 다달이 들어오는 돈에서 사료비, 월세에 생활비를 넉넉히 빼도 한 달에 최소한 백오십은 남아야 정상인데…… *씨발, 왜 이렇게 돈이 안 남는 거야.* 초조하게 머리를 굴리던 끝에 입에서 나지막한 욕설이 흘러나왔다. 게임, 늘 그놈의 게임이 문제였다. 지난달에도 용케 잘 참고 버티다 술김에 이성을 잃고 백만 원이 넘는 게임 아이템을 결제하고 말았다. 이래서야 가게 보증금을 언제 다 모으지. 짜증이 치밀었다.

작년 가을 처음 이 일을 벌일 때만 해도 그는 의욕이 흘러넘쳤다. 몇 년 안으로 종잣돈을 모아 번듯한 애견 요양원을 차리겠다는 꿈이 생긴 까닭이었다. 일주일에 한 번은 개들을 번갈아 데리고 나와 목욕과 산책을 시켜 주었고, 아픈 녀석들에겐 약을 사 먹이거나 발라 주기도 했다. 새 장판 위에 낡은 것이나마 방석과 배변 패드를 깔아 주었고, 처음으로 기온이 영하로 내려갔을 땐 추위에 떨고 있을 노견들 생각에 부랴부랴 실버홈에 가서 못 쓰는 이불을 얻어 오기도 했다. 하지만 녀석들은 결국 어쩔 수 없는 짐승이었다. 물어뜯어 너덜너덜해진 장판과 며칠 만에 똥오줌으로 엉망이 된 이불을 걷어치우길 반복하며, 재원은 놈들을 발로 걷어차 버리고 싶은 충동을 간신히 억눌렀다. *저 벽지 다 긁어 제낀 거 봐. 너네처럼 똥오줌도 못 가리는 새끼들은 신문지도 과분하지.* 알아듣지도 못하는 놈들에게 잔뜩 욕설을 퍼붓고는 집에 돌아와 여느 때처럼 PC의 전원 버튼을 눌렀다. PC에 불이 켜지면 거지 같은 일상은 기적처럼 OFF로 변했다.

담뱃불을 비벼 끄고는 쓰레기를 꽁꽁 뭉쳐 이웃집 담 너머로 던졌다. 사체가 든 봉지도 그냥 아무 데나 던져 버리고 갈까 고민하다 마음을 고쳐먹었다. 아직 내가 그 정도 쓰레기는 아니니까. 집 밖으로 나와 대문에 케이블을 감은 뒤 검은 봉지를 들고 주위를 살피며 계단을 다시 내려왔다. 머릿속으로는 빠르게 동선을 그렸다. 먼저 편의점에 들렀다가 주말농장에 가서 사체를 묻고 돌아오는 길에 실버홈을 방문하는 게 가장 빠르겠지만 썩은 내가 풍기는 봉지를 들고 사람들 틈에 섞인다는 게 마음에 걸렸다. 시간이 걸리더라도 일단은 이놈들을 처리하는 게 우선이니까.

큰길을 따라 도래산 방면으로 걸었다. 그렇게 쭉 직진하면 주말농장과 인접한 등산로 입구가 나왔고, 산으로 올라가는 척하다가 나무 그늘이 드리운 샛길로 틀어 철제 울타리를 넘으면 농장 안으로 남몰래 들어갈 수 있었다.

울타리를 넘은 그는 버려진 농막에서 삽을 꺼내 왔다. 지난번 왔을 때 쓰고 숨겨 둔 것이었다. 잡초가 무성한 노지를 가로질러 걷다가 비닐하우스 근처에서 걸음을 멈추고 검은 봉지를 내려놓았다. 비닐하우스 측면을 따라 만들어진 고랑 바로 옆이었다. 지난번에 사체를 매장했던 위치를 눈대중으로 헤아리며 재원은 움푹한 고랑을 삽으로 더 깊게 파기 시작했다. 노지와는 달리 비닐하우스와 면한 땅은 흙이 말랑말랑해서 파헤치기가 쉬웠다. 앞으로 몇 놈이 더 죽어 나가든 이 고랑을 따라 묻어 버리면 혹시라도 나중에 견주가 찾는 일이 생기더라도 위치를 기억하기 수월할 터였다.

재원은 쇼핑몰 사업으로 1년 만에 십억을 벌었다던 한 유명 유튜버를 떠올렸다. 자기처럼 없는 집에서 태어나 전문

대를 졸업하고 게임에만 빠져 있던 사람이 어떻게 사업 시작 1년 만에 십억 대 자산가가 될 수 있었는지를 무용담처럼 늘어놓는 동영상을 보며 재원은 비슷한 처지의 인생 역전극에 용기를 얻기보다는 라면이 얹힌 듯 속이 답답해지는 걸 느꼈다. 내년이면 서른인데 어떤 놈은 십억을 벌었고 어떤 놈은 수중에 고작 백만 원도 없구나, 하는 초조함이 목을 죄어 왔다.

구덩이에 사체 두 구를 던져 넣었다. 흙을 뒤집어쓴 검은 비닐봉지가 순간 꿈틀, 움직였다. 삽을 쥔 손이 순간 얼음처럼 굳었다. 가만히 선 채로 그는 구덩이 안을 한참 노려보았다. 씨발, 잘못 봤나. 분명히 죽었는데. 한 놈은 뻣뻣하게 굳었고, 또 한 놈은…… 손안에서 축 늘어져 있던 비숑프리제의 감촉을 떠올렸다. 잘못 본 것이다. 아까는 잘못 봤고, 지금은…… 지금도 잘못 본 것이다. 그래서, 뭐. 봤으면 어쩔 건데. 뭐가 달라지는데. 그는 서둘러 흙을 덮었다. 죽은 거나 다름없으니 죽은 게 맞지. 그깟 게 지금 뭐가 중요한데. 심장이 터질 듯 펄떡거렸다. 씨팔놈의 돈. 그래, 그까짓 거 벌자. 벌면 되지. 구덩이를 노려보며 그는 입을 악물었다.

울타리를 넘어 샛길로 빠져나온 뒤 모퉁이에서 휘휘 주위를 살폈다. 파란 앞치마를 두른 봉사자가 실버홈에서 휠체어를 밀고 나오는 게 보였다. 휠체어에는 가슴부터 발목까지 담요를 휘감은 앙상한 노인이 실려 있었다. 그 꼴로 산책은 무슨 소용이고, 돈은 또 무슨 소용이에요. 안 그래요, 어르신? 재원은 가느다란 머리칼을 풀풀 날리며 멀어져 가는 노인의 뒤통수를 두 눈으로 끈질기게 좇았다.

 복잡하게 생각할 필요가 없었다. 로또가 길에 떨어져 있는데, 안 줍는 놈이 멍청한 거다. 잘만 되면 이 거지 같은 일을 접고 새 출발할 수도 있다. 그날, 편의점 골목 모퉁이에 차를 세워 놓고 삽을 챙겨 어디론가 향하던 그놈 뒤를 이상하게 따라가고 싶었던 것도 어쩌면 일종의 계시가 아니었을까. 그놈이 마당에서 필사적으로 찾으려 했던 그것, 뭐가 됐든 네 거니까 얼른 먼저 찾아가라고. 십억 넘는 집을 상속받은 자식한테 공돈이 가당키나 한가. 그게 사회 정의인가 이 말이다.

 내 생각이 맞는다면, 이제 남은 건 가서 두 눈으로 직접 확인하는 것뿐이었다. 시계를 확인하고는 서둘러 편의점 방향으로 걸음을 옮겼다. 오늘 안에 일을 끝내야만 했다. 그 새끼가 돌아오기 전에.

 실버홈의 암갈색 담장을 따라 걷는 마음이 무거웠다. 곁에서는 아침부터 엄마를 독차지해서 잔뜩 신이 난 세나의 발걸음이 춤을 추었다. 토요일 오후, 둘이서 뮤지컬을 보고 돌아가는 길이었다.

세나는 밤 11시가 넘도록 자지 않고 호프집에서 엄마가 돌아오길 기다리곤 했다. 은수에게서 황망히 아이를 받아 3층 모녀 침대에 누이고 나면 세나는 이내 최면에 걸린 것처럼 곯아떨어졌다. 함께하는 시간이 짧아질수록 아이의 신경질과 짜증은 늘었고, 그만큼 지수에게는 후회할 일들도 늘어났다. 머리를 다시 묶어라, 아침부터 팬케이크를 구워 달라, 당장 스티커 북을 사 내라며 떼를 쓰는 세나를 어르고 달래다 결국 못 참고 터뜨리는 게 다반사였다.

오늘 모녀가 단둘이 안음주택을 빠져나온 것도 그런 까닭이었다. 함께 세나가 좋아하는 애니메이션 뮤지컬을 보고 햄버거 세트도 먹으면서 기분을 풀어 주고 싶었다. 하지만 이토록 평범한 모녀의 외출을 누군가는 마뜩잖게 바라보았다. 입주민들에게 알리지 말고 그냥 조용히 빠져나올걸 그랬나. 하지만 어차피 점심시간이 되면 알아챘을 일이었다.

"하윤이는 안 데리고, 둘만?"

은수가 물었다. 처음엔 얼떨떨했지만 딱딱하게 굳은 얼굴을 보고 입에서 절로 죄송해요,라는 말이 흘러나왔다. *그래, 잘 다녀와.* 그녀가 가라앉은 목소리로 말했다. 지수는 매주 토요일엔 오후 5시까지, 그리고 호프집이 쉬는 일요일엔 하루 종일 은수와 번갈아 아이들을 돌봤다. 그저 오늘 오전만이라도 모녀끼리 오붓하게 보내고 싶었던 것뿐인데. 그게 그렇게까지 못마땅할 일인가. 지하철을 타고 공연장으로 가는 내내 그 생각이 머리에서 떠나지 않았다.

무교의 조사는 보름을 넘기는 중이었다. 은수는 아빠가 해외 출장을 갔다는 말로 하윤이를 안심시켰다. 그다지 정이 가는 아이는 아니었지만, 지수 역시 짠한 마음에 평소보다 더 신경 썼다. 지난 어린이날 하윤이가 가고 싶어 했던 드론 체험 행사에 세나를 억지로 데리고 간 것도 그 때문이었다. *나는 드론 싫은데. 뮤지컬 보고 싶었는데.* 시무룩한 세나를 달래 가며 애써 하윤이 비위를 맞추던 그때는 좋은 어른이 된 것마냥 마음이 뿌듯했더랬다.

"하윤아, 세나는 갑자기 사라지지 않아."

은수가 잠시 냅킨을 가지러 자리를 비웠을 때였다. 하윤이가 말똥말똥 눈을 맞췄다.

"아빠랑 여행 갔다 왔더니 로아가 없었던 거잖아. 갑자기 사라진 게 아니라 사실은 로아 엄마가 와서 데려간 거래. 하윤이는 로아한테 작별 인사도 못 했겠다. 많이 섭섭했지."

"그럼 콩이는 왜 두고 갔어요?"

하윤이가 물었다.

"그냥 깜빡한 거겠지. 하윤이도 그럴 때 있잖아."

"콩이는 로아 껌딱지예요. 그럴 리가 없어요."

절대로 안 그래요. 절대로, 절대로. 흥분한 하윤이가 언성을 높였다. 지수가 당황해 눈을 깜빡이는 사이 은수가 냅킨을 가지고 자리로 돌아왔다. 하윤이는 이내 조그만 입을 꼭 다물어 버렸다.

"근데 지수야, 방문 있잖아. 그거 꼭 잠가 놔야 돼?"

아니 뭐 방에 돈다발이라도 있어? 은수가 물었다. 그저 농담이겠거니 웃어넘기려던 순간, 그녀가 덧붙였다.

"방문 잠그는 사람이 또 한 명 늘었네."

세나가 가끔 장난감이나 필요한 학용품을 꺼내 달라고 할 때마다 도어록이 잠겨 있어 곤란하다고 그녀는 말했다.

안음주택 각 층의 현관 비밀번호는 모두 동일해서 입주민들은 공용 거실과 주방이 딸린 2층뿐만 아니라 3층의 운동 시설과 4층 은수의 민화 작업실까지 자유롭게 드나들었다. 딱히 입주민들을 경계해서 방문을 잠그고 다녔던 건 아니었다. 방에 훔쳐 갈 만한 물건이 있는 것도 아니고 나름 깔끔하게 정리하고 사는 편이라 누가 들락거린다 해도 딱히 꺼려질 건 없었지만, 아무리 그래도 문을 잠그지 않는 게 당연한 건 아니지 않나. 아니, 내가 이상한 사람인가.

"그럼, 방 비밀번호를 알려 드리면 될까요?"

최대한 고민을 짧게 끝내고 물었다.

자기가 의심이 많구나. 은수가 중얼거렸다. 얼마간의 침묵이 흐른 뒤 그래, 하고 마침내 그녀가 고개를 끄덕였다. 무표정한 얼굴에서는 어떤 감정도 읽어 낼 수 없었다. 이런 순간마다 지수는 두려웠다. 은수가 눈을 내리깐 채 고요히 입을 다물고 있을 때, 무언가 할 말을 참고 있는 것처럼 보일 때. 혹시 세나를 돌보는 일이 너무 힘에 부치는 걸까, 생판 남에게 이런 짐을 지우는 게 과연 옳은 일인가, 생각하다 보면 간신히 뿌리내렸다고 믿어 온 일상이 또다시 흔들리는 느낌이었다.

은수의 요구니 당연히 들어주는 게 맞지 않을까. 어떤 것도 양보할 수 없고 아무것도 참아 낼 수 없다면, 그건 그 사람이 잘못된 거니까. 지수는 은수에게 사과했다. 언니 힘든 거 알면서 도움도 못 되고 신세만 져서 죄송하다는 말에 그녀는 반달 모양의 눈웃음을 지었다.

"애들 때문에 힘든 건 없어."

애들은 힘들지 않아. 네가 힘들지. 어쩐지 그런 뉘앙스로 들렸다.

"내일 4층에서 같이 그림 그릴래?"

은수가 불쑥 내뱉었다. 요 며칠 새 그녀는 공모전에 출품할 민화를 마무리 짓느라 점심을 서둘러 먹고는 4층 작업실로 향하곤 했다. 이사 온 첫날부터 함께 그림을 그리고 싶어 하던 그녀의 바람을 지수는 번번이 모른 척했다. 지수에게 그림은 취미가 아닌 밥줄이었고, 고도의 집중력이 필요한 작업 시간을 은수와 이래저래 수다를 떨며 흘려보낼 수는 없었기 때문이다.

"제가 옆에 사람이 있으면 집중을 잘 못해요, 언니. 죄송해요."

"그래, 그렇겠지."

말투에서 빈정거림이 느껴졌다. 어색한 공기를 감지한 하윤이가 둘의 눈치를 살폈다.

"세나야, 은수 이모 어때? 너한테 잘해 줘?"

"응, 꼭 유치원 선생님 같아."

"유치원 선생님?"

"맨날 웃어서 좋아. 이모는 벽에다 낙서 맘껏 해도 된대. 엄마는 맨날 안 된다고만 하는데, 이모는 안 그래."

엄마가 언제 맨날 안 된다고 했어. 지수가 억울한 투로 읊조리곤 되물었다.

"진짜 이모가 벽에 낙서해도 된다고 했어? 설마 그럴 리가."

"응. 벽에다 종이 붙여 놓고, 마음껏 하라고 했어."

그러면 그렇지. 벽지에다 하라고 했을 리가 없지. 조용히 입을 삐죽이는 엄마를 세나가 빤히 올려다보더니 주머니에서 뭔가를 꺼내 자, 엄마 먹어 하며 내밀었다. 흰 포장지에 싸인 땅콩 캐러멜이었다.

"이거 어디서 났어?"

"할아버지가 주셨어."

"언제?"

"엄마 일하러 갔을 때, 나 2층에서 티브이 보고 있을 때 와서 주셨어."

"그래? 또 할아버지랑 뭐 했어?"

"그냥 앉아서 같이 티브이 보다가 이모가 오니까 방으로 들어가셨어."

그랬구나. 어떤 상황이었는지 대충 짐작이 갔다. 지난번 함께 등원하는 길에서 하윤이를 챙기던 대수 어르신의 모습을 잘못 본 게 아니었구나 싶었다. 아무리 봐도 그렇게까지 미움받을 노인은 아닌 것 같은데.

세나가 이모를 좋아하는 것 같아 지수는 일단 마음이 놓였다. 세나를 봐 주는 정성을 생각하면 그녀가 모녀의 방을 맘대로 들락거리는 일 따위는 견딜 수 있었다. 세상 모든 일에 은수가 엮이면, 견디지 못할 것들도 견딜 만한 게 될 것 같았다. 무엇보다 이 시간에는 끝이 있으니까. 2년이라는 유효기간이 있으니까.

"어제 하윤이랑은 좀 놀았어?"

"응. 내가 과자봉지 못 뜯고 있으니까 하윤이가 도와줬어."
"아, 그래? 하윤이가?"

드론 체험 행사에 함께 다녀온 뒤로 하윤이가 조금씩 마음의 문을 열고 있는 것 같아 기뻤다.

'콩이는 로아 껌딱지예요. 그럴 리가 없어요.'

하윤이의 고집스럽던 표정이 떠올랐다. 엄마가 아이의 짐을 챙기면서 애착 인형을 깜빡해 빼놓고 간다는 게 있을 수 있는 일일까.

"세나야, 그…… 토끼 인형 말이야."
"토끼 인형? 레이?"
"응…… 레이. 이제 레이 말고…… 다른 인형이랑 자면 안 돼?"
"싫어! 레이가 있어야 악몽을 안 꾼단 말이야."

세나가 눈을 세모꼴로 떴다.

응……, 그래. 지수가 중얼거렸다.

"엄마, 내가 심은 토마토 보고 싶어."

현관에 다다르자 세나가 엄마 손을 텃밭으로 잡아끌었다.

지난 토요일, 안음주택 입주민들은 은수와 은찬의 지휘 아래 다 같이 모여 방울토마토 모종 심기를 했다. 안음주택에서 도래산 입구 쪽으로 20미터쯤 걸어가면 '주말농장' 팻

말이 붙은 철제 울타리가 나왔다. 농장 안에는 크고 작은 비닐하우스가 두어 채 있었고, 비닐하우스와 면한 울타리 안쪽의 스무 평 남짓한 땅이 바로 안음주택의 텃밭이었다. 한때는 모두 농토로 일궜을 텃밭 경계선 너머 땅에는 이제 수풀과 잡목만이 무성했다.

주말농장은 안음주택이 세워진 이듬해 문을 닫았지만, 소유주의 배려로 입주민들은 농장 끄트머리의 텃밭을 계속 이용할 수 있었다. 5월 초 방울토마토 모종을 심으며 한 번, 7월에서 9월까지 열매를 수확하며 두 번, 이렇게 적어도 1년에 세 번씩 입주민들은 은수가 돌보는 텃밭에 다 함께 힘을 보탰다.

이랑의 검붉은 속살을 따라 가느다란 방울토마토 모종이 조르륵 터를 잡고 있었다. 텃밭 뒤쪽에 누런 짚단이 넘쳐 오른 상자들이 눈에 띄었다. 울타리 문이 열려 있는 걸 본 그녀는 텃밭을 가로질러 그쪽으로 다가갔다. 은수가 텐트 천을 끊어 손수 만든 농기구 수납장을 지나 울타리 문 앞에 멈춰 섰다. *지푸라기, 엄마 여기 지푸라기 엄청 많아.* 세나가 상자에 손을 넣고 짚단을 조몰락거렸다. 울타리에 문이 있었구나. 지수는 고개를 빼고 비스듬히 열린 문밖을 기웃거렸다.

문이 열린다는 건 폐쇄된 농장 어딘가로 드나드는 사람

이 있다는 뜻이었다. 호기심과 싸우던 그녀는 세나에게 잠깐 혼자 놀고 있으라고 일러둔 뒤 울타리 밖으로 조심스레 몸을 들이밀었다. 비닐하우스를 따라 이어지는 샛길은 울타리에 손등이 스칠 정도로 좁았다. 비닐하우스 출입문에 다다라 주위를 둘러보았다. 그나마 길이 나 있는 건 여기까지, 그 너머는 멋대로 세를 불린 잡초와 잡목들이 산 아래까지 잠식해 들어가 거의 도래산과 한 몸을 이룬 듯한 형국이었다. 산짐승들이 철망을 뚫고 들어와 헤집고 다닌다고 상상하니 돌연 팔뚝에 소름이 돋았다. 야생동물의 사체 같은 게 이미 어디선가 썩어 가고 있는지도 모를 일이었다. 꺼림직한 눈길을 거두고 뒤돌아 비닐하우스 출입문에 얼굴을 바짝 갖다 대었다. 먼지로 뒤덮인 불투명한 비닐 너머로 식물의 초록빛이 어리비쳤다.

"여기서 뭐 하세요?"

화들짝 놀란 지수가 한발 물러섰다. 눈앞에 은찬이 두 눈을 휘둥그레 뜨고 서 있었다. 검은 반팔 티셔츠와 목장갑에 지푸라기를 잔뜩 붙인 은찬의 뒤에서 세나가 튀어나왔다. *엄마, 여기서 뭐 해. 삼촌이 여기 들어오는 거 아니래.*

"아, 미안해요. 울타리가 열려 있길래……."

"누님, 보기보다 호기심이 많으시네요."

"네, 혹시 안에 시체 같은 거라도 있나 해서……."

은찬이 얇은 볼에 세로 주름을 만들며 웃었다. 보고 있으면 이상하게 마음 한구석이 아려 오는 소년 같은 미소였다. 그가 웃는다. 그는 웃을 수 있는 사람이다. 실없는 농담을 던져서라도 어쩐지 지수는 그걸 자꾸만 확인하고 싶었다.

"에이, 들키면 안 되는 건데. 특별히 누님만 보여 주는 거예요."

은찬이 미닫이문을 열었다. 뒤를 따라 지수 모녀도 후덥지근한 비닐하우스 안으로 발을 들였다. 검은 차광막 그물 틈새로 바깥 풍경이 희미하게 비치는 내부는 그저 비어 있다고 보아도 무방할 정도로 휑했다. 바닥에는 검은 매트가 깔렸고, 한쪽 구석에 비료 포대가 몇 개, 그리고 계란판처럼 생긴 검정 트레이가 사람 키 높이만큼 쌓여 있었다. 푸릇푸릇한 새싹을 막 틔운 모종이 담긴 트레이들이 두 개씩, 네 개씩, 서로 듬성듬성 몸을 맞댄 모습이었다.

"시체가 없어서 실망했어요?"

은찬이 지수를 보며 미소 지었다.

"야생초 모종을 좀 키워 보려고요."

원래 육묘를 하던 비닐하우스라 그냥 놀리기가 아깝다고 했다. 땅 주인은 여기서 제가 이러는 거 몰라요. 누나도 싫어하고. 은찬이 옷에 묻은 지푸라기를 탁탁 털어 내며 웃었다.

"애.기.기.린.초."

세나가 화분 앞에 쪼그리고 앉아 팻말의 글자를 읽었다.

"엄마, 이 풀이름이 애기기린초래."

참나리, 숫잔대, 정향풀, 제비동자……. 지수도 모종 트레이 사이를 거닐며 팻말에 적힌 식물의 이름들을 하나하나 불러 보았다. 은찬은 식물에 원래 관심이 많은 사람이었구나. 수목원에서 전시 교육 담당자로 일하는 것도 모두 본인의 선택이었겠지 싶었다.

"다 크면 애네들은 어떻게 되는 거예요?"

"팔리겠죠."

수목원이나 농원 같은 곳에서 모종을 사 간다고 했다. '팔리겠죠'라는 대답이 어쩐지 원해서가 아니라 어쩔 수 없이 판다는 말처럼 들렸다.

"왜, 은찬 씨는 팔기 싫어요?"

"싫어도 별수 없죠. 애초에 팔려고 심은 애들인데. 노지에서 멋대로 자라나는 놈들이 아니잖아요."

똑같은 씨앗인데 노지에서 자라면 야생초, 비닐하우스에서 자라면 모종. 텃밭에 생기면 그냥 뽑아야 할 잡초. 생각해 보면 참 웃겨요. 그렇죠? 은찬의 말에 지수는 고개를 끄덕였다.

"은수 누나는 잡초라면 질색인데, 전 잡초가 좋더라고요."

은찬이 비닐하우스의 문을 닫으며 말했다. 텃밭에 볏짚을

까는 것도 잡초가 올라오는 걸 막기 위해서라고 했다. 해를 못 보게 해서 잡초 씨앗이 싹을 틔우지 못하도록 하는 거였다.

"이 텃밭을 누나는 너무 사랑하거든요. 그래서 아예 씨를 말리고 싶어 해요. 검은 비닐로 덮어 버리자는 걸 겨우 말리고 볏짚 까는 거예요."

지수와 세나를 텃밭 안으로 들여보낸 뒤 그가 울타리 문을 닫았다.

"이 땅속에 잡초 씨앗이 얼마나 숨어 있는지 아세요?"

그가 모종 주변을 발로 꾹꾹 다지며 물었고 지수는 고개를 저었다.

"1제곱미터당 4만 개에서 8만 개, 그러니까 이 텃밭에만 최소 2백만 개가 넘겠네요. 그놈들이 전부 땅속에 숨어서 싹 틔울 날만을 기다리는 거예요. 언제 해가 드나, 언제 비가 내리나 하고 틈만 엿보면서. 질긴 놈은 몇 년씩."

웃기죠. 애초에 잡초의 씨를 말리겠다는 발상을 한다는 게. 은찬이 코웃음을 치며 중얼거렸다. 그럴 수도 있겠구나. 은수라면 정말 그에 집착할 수도 있겠다는 생각이 들었다. 집 안 어딘가에서 조용히 숨어 살고 있을, 먼지처럼 작아 눈에 보이지도 않는 벌레들을 없애려고 벽지며 걸레받이 틈새에 식초 물을 뿌려 대는 은수라면. 그녀라면 충분히, 가지런

히 열을 맞춰 심은 모종들을 비웃기라도 하듯 예고도 없이 불쑥불쑥 올라오는 잡초의 싹들을 미워할 수도 있을 것 같았다.

"은찬 씨는 어릴 때부터 식물에 관심이 많았어요?"

"자연과 친숙한 편이었죠. 일곱 살까지 정선에서 살았으니까."

"아……, 그랬구나. 그럼, 부모님은 아직 정선에 계시겠네요?"

"누나가 나에 대해 정확히 뭐라고 했어요?"

은찬이 지수를 똑바로 쳐다보며 물었다. 갑자기 날카로워진 눈빛에 지수는 순간 움찔했다.

"그냥 뭐…… 어머니는 일찍 암으로 돌아가시고, 새엄마 밑에서 은찬 씨가 너무 고생했다고……. 언니가 대학생 때 어린 은찬 씨 손을 잡고 도망 나왔다고……."

은찬이 픽 웃었다. 어린 시절을 떠올려도 그는 별로 기억나는 게 없다고 했다. 서울에 올라와 누나와 쭉 함께 살았던 회기동 대학가의 원룸이 자신에게는 고향 집이나 다름없다고.

"그럼, 아버지는 아직 정선에 계시는 거죠?"

"제가 고등학생 때 돌아가셨다고 들었어요. 워낙 술을 많이 드시던 양반이라……."

일말의 애정도 묻어 있지 않은 무덤덤한 말투가 당황스러우면서도 한편으로는 이해가 갔다. 오랜 세월이 흐른 뒤 누군가 엄마와 언니에 관해 물어 올 때 나도 이런 무색무취의 대답을 할 수 있을까. 그래 맞다, 그러고 보니 그런 사람들도 있었네, 하는 정도의 가벼운 기분으로.

"누나가 직장 다니면서 나 키우느라 고생 많이 했죠. 누나는 사랑이 많은 사람이에요."

"네. 정말 좋은 분인 것 같아요."

"근데, 그거 알아요? 사랑이 많은 사람은 원망도 많아요."

아무리 마음을 줘도 돌아오는 게 없으면, 상대를 미워하게 되잖아요. 그가 종이상자에서 짚단을 한 무더기 꺼내 바닥에 던지고는 모종 주변으로 넓게 펼치기 시작했다.

"혹시 저 언니한테 미움받고 있나요?"

지수가 웃으며 농담을 던졌다. 오늘 아침 세나와 단둘이 집을 나설 때 보았던 싸늘한 표정이 불현듯 머리를 스쳤다.

"글쎄요. 그건 누님이 어느 쪽인가에 달렸죠."

은찬이 손길을 멈추고 그녀를 올려다보았다.

"누님은 뭐예요? 방울토마토? 아니면…… 잡초?"

창밖에 어스름이 깔리고, 노란 조명이 켜진 천막 아래로 얇은 빗줄기가 떨어지기 시작했다. 지수는 밖으로 나가 테라스의 의자들을 천막 안으로 거두었다.

"비도 오고, 오늘 장사 큰일이네."

긴 머리를 허리 중간쯤 느슨하게 묶은 도말희가 호프집 입구에 몸을 기댄 채 한산한 거리를 둘러보았다.

"그 무교라던가 하는 사람은? 아직도 집에 안 왔어요?"

지수가 고개를 젓자, 그녀가 퀭한 눈으로 미간에 주름을 모았다.

"뭐가 있긴 한가 보네. 하긴, 자기 아버지가 실종됐는데 별로 찾으러 다니지도 않았다며."

미간이 찌푸려지면 나오는 도말희 특유의 그 서글픈 표정을 보며 지수는 입가를 씰룩거렸다. 늦은 밤까지 펄펄 기운이 넘치던 그녀는 영업이 끝나는 순간, 바람 빠진 풍선처럼 생기를 잃었다. 아이 몰라, 피곤해, 다 귀찮아, 하고 습관처럼 내뱉는 말과는 달리 그녀는 주변에서 벌어지는 온갖 대소사에 빠짐없이 더듬이를 뻗고 있었고, 그래서인지 마리비어에는 수다가 고픈 이웃 가게 주인과 소소한 간식거리를 들고 찾아오는 지인의 발길이 끊이지 않았다.

'육안으로는 최소 60대 이상 남성으로 보인답니다.'

지난주 호프집에서 혁중과 마지막으로 나누었던 대화가

떠올랐다. 여행 가방에 담겨 있던 시신은 흰 티셔츠와 팬티만 입고 매장된 것으로 추정되었고, 그 외 시신 주변에서는 별다른 단서가 발견되지 않았다. 백골 사체만으로는 사망자의 신원이나 사망 원인을 파악하는 게 불가능하기 때문에 일단 지금은 치아와 모발 상태로 피해자의 성별과 나이대를 추정하는 게 전부라고 했다. 형사들이 무교 부자의 관계를 묻고 다녔다고 하자, 혁중은 수긍의 표시로 고개를 끄덕였다.

무교의 전처는 결혼 생활을 묻는 형사의 질문에 잊었던 망령이 되살아난 듯 몸서리를 쳤다고 했다. 잦은 외박에다 툭하면 따귀부터 올려붙이는 남편의 성질머리를 견디다 못한 그녀는 결국 돌쟁이 하윤의 양육권을 넘겨주고 결혼 3년 만에 도망치듯 이혼했다. 그 와중에도 시어머니 안부를 궁금해했다고 하니 예전 고부 사이가 나쁘지는 않았던 것 같다고 그는 덧붙였다.

무교가 어머니에게 하윤이를 맡기러 본가로 들어갈 당시 그의 아버지는 이미 실종 상태였다. 과거 식품 공장을 운영했던 그의 본가는 동네에서 상당한 알부자로 알려져 있었다. 옛날부터 돈 문제로 부자간 사이가 좋지 않았다고 전처는 진술했는데, 주식 투자 실패로 생긴 2억의 빚을 갚아 달라며 무교가 틈만 나면 부친을 을러댔기 때문이었다. 현재 실버홈에 기거 중인 무교의 모친은 파킨슨병이 상당히 진행돼 지금은 의사소통이 거의 불가능하다고 했다.

"아직 입 다물고 있대요?"

"느물거리는 거 하며, 불리해지면 말 돌리는 거 하며 아주 보통내기가 아니라고 하던데요. 부친을 사망 처리해서 집도 팔고, 그 돈으로 빚도 갚고……. 수사관들은 김무교를 용의자로 의심할 정황이 충분하다고 생각하나 봐요. 정확한 건 DNA 검사 결과가 나와 봐야 알겠지만."

백골 사체의 골수에서 추출한 미량의 DNA를 무교의 것과 대조해 친자 여부를 알아내는 중이라고 했다.

"정말 그렇다면…… 어디서 어떻게 죽인 걸까요?"

"신발이나 바지가 없었던 걸 보면 실내에서 그랬을 확률이 높은데……."

"집 안에서 혈흔 반응이 안 나왔다고 했죠?"

"꼭 피를 봐야 사람을 죽일 수 있는 건 아니니까요."

어쨌든 DNA 대조 결과가 일치로 나오면 살인 동기나 살해 방법을 더 수월하게 자백받을 수 있을 거라고 했다.

"김무교, 그 집에서는 어땠어요?"

"그냥…… 좀 껄렁대긴 했지만 평범했어요. 다들 용의자라고 하니 뜨악한 반응이었거든요. 여태껏 주택 안에서 분란을 일으킨 적도 없고, 누구랑 크게 싸운 적도 없고…….

아들이랑도 그럭저럭 지냈고요. 어머니를 실버홈에 모셔 놓고도 자주 드나들었대요. 거기도 형사가 찾아간 것 같던 데요."

"그래요? 그거참 별일이네."

혁중이 굵은 눈썹을 끌어올렸다.

"모친이 포천 요양원에 있을 때 담당하던 요양사 말이, 2년이 넘도록 아들이 면회 온 적은 한 번도 없었다고 하던데."

8시가 지난 시각에도 테이블은 아직 절반도 차지 않았다. 주문이 끊긴 틈을 타 지수는 배송 상자를 뜯어 안에 든 식자재를 냉장고에 정리했다. 냅킨을 반으로 접어 통 안에 차곡차곡 쌓아 놓고, 비어 가는 소스 통에는 내용물을 채워 넣었다. 바삐 손을 움직이는 중에도 눈으로는 출입구 쪽을 힐끔거렸다.

"지금 약간 시사 프로에 나오는 제보자 A씨가 된 기분인데요."

"하하, 걱정 마세요. 지수씨는 취재 안 할 거예요."

"음성 변조에 모자이크 처리, 그런 거 안 하실 거죠?"

"저 신문 기자라니까요."

혁중은 농담 삼아 지수를 정보원이라고 했지만, 정작 정보가 필요한 사람은 어쩐지 혁중이 아니라 자신인 것 같았다. 옆방 남자가 최소한 살인자만은 아니길 바랐다. 그래야 안음주택에 들어오기로 마음먹은 그 순간을 후회하지 않을 수 있을 테니까. 그녀는 혁중의 존재를 입주민들에게 알리지 않았다. 무교가 용의자가 된 지금 입주민 중 누군가 기자와 연루되는 상황을 은수가 좋아할 리 없을 것이다.

기자님이 오늘은 안 오시려나. 주방에서 나온 도말희가 끙, 소리를 내며 의자에 앉았다. 손님이 없어서인지 냉장고에 머리를 기대고 휴대폰을 만지작거리는 모습이 오늘따라 영 기운이 없어 보였다. 유리문에 검은 실루엣이 어른거리는가 싶더니 바람막이 점퍼를 입은 혁중이 문을 밀고 들어왔다.

어서 오세요. 오늘도 수제 소시지? 말희가 웃으며 주방으로 들어갔다. *맥주도 주세요. 어우, 무슨 봄비가 이렇게 많이 오는지.* 혁중이 지수에게 아는 척을 하며 옷에 묻은 물방울을 털어 냈다.

"불일치랍니다."

"네?"

지수가 맥주를 따르던 손을 멈추고 되물었다.

"김무교 DNA, 대조 결과 불일치래요. 부친 살해 혐의를 벗었어요."

방문에 뺨을 붙이고 바깥소리에 귀를 기울였다. *엄마, 뭐 해?* 침대에서 뒹굴던 세나에게 지수는 쉿, 검지를 입술에 가져다 댔다. 쿵, 쿵, 하고 바벨 원판을 요가 매트에 부딪는 소리가 그치는가 싶더니 이윽고 주방 쪽에서 수납장을 여는 소리가 들려왔다. 단백질 셰이크를 만들고, 마시고 헹구는 데까지 앞으로 넉넉잡아 5분이었다.

거실에 인기척이 없는 걸 확인하고는 조심스레 방문을 열고 나왔다. 301호실의 문이 닫혀 있는 걸 보고서야 그녀는 안심이 되었다. 그가 돌아온 지 오늘로 사흘째였다. 하윤이는 아직 4층에서 은수와 함께 지냈고, 무교는 이틀 내내 방 안에만 틀어박혀 저녁 식사 자리에도 나타나지 않았다. 낮에는 이따금 냉장고 문을 여닫는 소리가 들리는 게 전부였다.

'무교는?' 입주민들은 끼니때마다 서로에게 무교의 행방을 물었다. 그에 대한 걱정이라기보다는 전자발찌를 찬 위험 인물의 위치 확인과 비슷한 거였다. '계속 자겠대.' 성가시다는 듯 마지못해 은수가 내뱉으면, 소원과 길분은 입을 다물곤 심란한 눈길을 주고받았다. 무혐의 처분을 받은 것과는 관계없이 무교는 이미 입주민들 사이에서 껄끄러운 존재가 되어 버렸다. 성실한 싱글 대디, 부친을 찾아 헤매던 안타까운 이웃의 정체가 알고 보니 툭하면 아내를 때리고 부모를 협박하던 망나니였다는 게 온 매스컴에 보도된 까닭이었다.

그가 아무렇지 않은 이는 은수밖에 없었다. 무교가 돌아온 날부터 그녀는 매일 저녁 식사를 쟁반에 받쳐 들고 그의 방문을 두드렸다. 누군가에게 조건 없이 온전히 받아들여진다는 것. 지수도 그게 어떤 느낌인지 잘 알았다. 그런 사람이 한 명이라도 있다는 게 삶에서 얼마나 큰 위안이 되는지도. 아주 어릴 땐 이모의 품이 그랬고, 지금은 아이가 지수에겐 그런 존재였다. 소원과 길분에게 은수란 어떤 의미인지, 은수와 두 사람을 잇는 끈의 실체가 무엇인지 그녀는 이제 조금 알 것 같았다.

지수는 현관 앞으로 다가가 조심스레 붙박이장을 열었다. 세나가 크레파스를 다 썼다고 해서 새 걸 꺼내 주려는 참이었다. 칸막이로 나뉜 붙박이장 내부는 크고 작은 택배 상자와 공구 세트, 멀티탭 같은 잡동사니와 이사 오던 날 처박아 둔 짐들로 어지러웠다. 이쪽이 아니었나. 아래 칸을 뒤적거리던 그녀가 이번엔 바로 옆 상자로 손을 뻗었다. 슬쩍 들여다본 상자 안으로 입구가 찢긴 빨간 비닐 포장재와 약병 같은 것들이 보였다. 바닥에 깔린 신문지 위로 정체불명의 파란 가루가 소복하게 떨어져 있었다. 호기심에 손을 뻗어 가루가 든 비닐 포장재의 겉면을 눌러 보았다. 쿠마테트라릴. 원료명을 그대로 쓴 듯한 제품명이 생소했다. 겉면의 기분 나쁜 쥐 그림을 보고서야 지수는 그 물건의 용도가 무엇인지 알아챘다. 철컥, 하고 방문이 열렸다. 지수가 후다닥 몸을 일으켜 세웠다.

그는 입에 칫솔을 물고 있었다. 떡 진 머리가 정수리에서 소용돌이쳤고, 무표정한 눈 밑에는 다크서클이 거뭇했다. 불거진 광대와 수염이 돋은 꺼칠한 두 볼이 그간 있었던 일들을 말해 주는 듯했다. 지수가 어색하게 인사하자 그도 가볍게 고개를 까딱, 했다. 무교의 시선이 열린 붙박이장 아래로 쏠렸다. 그리고 지수의 당황한 표정과 상자를 번갈아 쳐다보더니 잇새로 한숨인지 헛웃음인지 모를 바람 빠지는 소리를 냈다.

그가 무슨 말인가 웅얼거렸다. *네?* 지수가 되묻자, 그가 귀찮다는 듯 입에서 칫솔을 빼내더니 입안에 든 걸 꿀꺽 삼켰다.

"그걸로 아버지 안 죽였다고요."

"아니, 그게 아니라……."

아이 학용품을 꺼내려다 실수로 열어 본 것이라 침착하게 해명하는 지수를 빤히 쳐다보던 무교의 얼굴에 특유의 빙글거리는 미소가 번졌다.

"농담인데 뭘 정색을 하고 그래. 빈집 관리하느라 회사에서 갖다 놓고 쓰는 거예요."

아, 네. 지수는 고개를 끄덕이며 입가를 어색하게 끌어올렸다.

"요즘 늦게 나오네요?"

그가 툭 내뱉었다.

"설마…… 나 피하는 건가?"

가슴이 철렁했다. 할 말을 찾는 사이 그가 또 물었다.

"아니 다른 사람들도 그렇고, 분위기가 어째 요상하네. 여기 경찰 왔다 갔죠. 경찰한테 무슨 얘기했어요?"

아무리 누명이었다고 해도 그동안 자기 때문에 입주민들이 겪은 불편을 알기는 하는지. 특히 하윤이를 보름 내내 돌보며 이따금 관리사무실로 들이닥치는 기자들의 인터뷰까지 응해야 했던 은수의 고충이 컸다. 잠시 잊었던 혐오감이 스멀스멀 다시 피어올랐다.

"모르는 걸 자꾸 물어봐서 좀 곤란했어요."

지수가 차분하게 응수했다.

"언니가 하윤이 보느라 특히 고생이 많았고요. 무교 씨 대신 실버홈에 계신 어머님도 보살피고……"

"나 대신 거기 갔다고요? 누나가?"

"아니, 재원 씨가요."

"재원이? 펫 시터하는 개? 개가 거긴 왜요."

잔뜩 구겨진 얼굴을 마주하고 있으니 심장이 오그라드는 것만 같았다.

"무교 씨 조사받는 동안 어머니가 걱정돼서 갔다던데요."

"그 자식이 우리 엄마를 왜."

무교는 이 모든 혼란의 책임이 지수에게 있기라도 한 것처럼 파고들 듯한 눈으로 그녀를 노려보았다. *저도 직접 본 건 아니고, 언니한테 전해 들은 거예요.* 지수가 황급히 말했다. 이 남자의 전처도 그와 대화할 때 이렇게 목구멍이 죄어드는 느낌이었을까.

"궁금하면 언니한테 직접 물어보시든가요."

지수가 받아치며 무교의 눈을 똑바로 쳐다보았다. 무교는 아무 말 없이 눈알을 굴리며 잠시 생각에 잠겼다.

"헷갈리기 싫으면 짐들 위 칸으로 옮겨 놔요."

마침내 그가 내뱉고는 방으로 들어갔다. 문이 닫히자, 가슴을 손바닥으로 쓸어내리며 지수는 크게 심호흡을 했다.

분명히 여기 뒀는데. 선반을 뒤적거리며 지수가 중얼거렸다. 세나와 함께 그림을 그리는 스케치북이 보이지 않았다. 모녀는 하나의 주제를 정해 놓고 스케치북 양면에 각자 그림을 그리고는 서로 무엇을 비슷하게 또 다르게 그렸는지, 왜 그렇게 그렸는지 도란도란 대화를 주고받곤 했다. 예전에 그렸던 그림 하나가 맘에 들어 작업에 참고하려는데 아무

리 찾아도 스케치북이 보이지 않는 거였다.

현관문이 열리는 소리에 방문을 열고 내다보았다. 신발장 앞에 소원이 서 있었다. 그녀가 3층에 올라온 건 이번이 처음이었다.

"언니, 혹시 지금 바빠요?"

그녀가 조심스레 물었다. 같이 장 보러 가기로 해 놓고 엄마가 못 간대요. 1동 할머니가 쓰러져서 지금 거기 가셨어요. 시간 되시면 같이 마트 갈래요? 지수는 흔쾌히 좋아요, 하며 웃었다. 요 며칠 컵라면으로 점심을 때우며 바짝 작업에 매달린 덕에 다행히 마감은 지킬 수 있을 것 같았고, 무엇보다 평소 데면데면하게 굴던 소원이가 찾아와 함께 장을 보러 가자고 한다는 게 기뻤다. 정해진 날에 짝을 지어 직접 장을 보는 은수의 방식까지 맘에 드는 건 아니었지만.

소원이 문자로 전송해 준 목록을 살펴보았다. 일주일 치 저녁 식단에 필요한 식료품들이 대부분이었고, 그 외 비닐장갑이나 주방세제 같은 공용 물품도 포함되어 있었다. 사탕, 물티슈, 면봉처럼 길분이 부탁한 소소한 물건들도 눈에 띄었다.

출입구 계단을 내려가며 지수는 1층 통유리 너머를 힐끔거렸다. 활짝 열린 문으로 은수의 관리사무실 내부가 보였다.

"언니가 우리 같이 가는 거 알아요?"

소원은 고개를 저었다.

"그냥 혼자 다녀왔다고 하려고요."

안음주택을 빠져나온 둘은 마트를 향해 나란히 걸었다.

'둘이 무슨 얘기를 그렇게 재밌게 해?' 잠시 자리를 비운 사이 두런두런 말소리가 들려온다 싶으면 은수는 돌아와 꼭 이렇게 묻곤 했다. 언니 흉봤어요, 했다가 얼굴에서 핏기가 싹 가시는 걸 보고 지수는 두 번 다시 은수에게 그런 유의 농담을 하지 않았다.

마트에 들어간 소원은 장바구니를 찾아 팔에 걸고는 제일 먼저 정육코너로 가서 고기를 주문했다. 미리 썰어 놓은 것 말고 덩어리로, 불고깃감은 반등분해 달라는 당부까지 잊지 않은 뒤 준비되는 동안 야채코너에서 다른 먹거리를 샀다. 버섯이나 호박을 고를 땐 행여 상처가 났거나 무르진 않았는지 매의 눈으로 살폈고, 두부와 우유는 안쪽까지 팔을 넣어 유통기한이 길게 남은 것을 찾아냈다. 행사 가격과 실제 품목의 가격이 일치하는지 부지런히 휴대폰으로 확인하는 것도 잊지 않았다. 길분이 부탁한 물건들과 공용 물품까지 골라 장바구니에 넣고 나자 이내 할 일이 없어진 지수는 줄곧 소원의 뒤를 따라다녔다. 이렇게 야무진 친구가 왜 은수 앞에서는 그렇게 어린애가 되어 버리는 걸까. 지수는 찰랑찰랑한 생머리를 귀 뒤로 넘기며 장바구니의 물건들을 계산대에 올려놓는 소원을 관찰하며 생각했다.

"뭐 마시고 갈래요?"

모처럼 소원과 친해질 기회를 흘려보내고 싶지는 않았다. 소원이 고개를 끄덕이자, 지수는 음료 매대 앞으로 가서 소원이 주문한 커피와 무알콜 맥주를 집어 들고 다시 계산대로 돌아왔다. 스스로도 어리둥절해하면서. 평소에 안 하던 짓을 하게 되는 날이 있다면 지수에게는 오늘이 바로 그런 날이었다.

계산대 위에 두 개짜리 소형 건전지가 올려져 있었다. 장보기 목록에는 없던 물건인데. 지수가 개인 카드로 커피값을 계산한 뒤 소원이 안음주택의 생활비 카드로 물건값을 한 번에 결제했다. 지수는 건전지를 못 본 척해 주었다. 심부름 값으로 그 정도는 괜찮지 않나. 엄마 장바구니에 캔디나 젤리를 슬쩍 끼워 넣는 것 정도로 생각하면 되지 않을까.

"3층은 어때요?"

소원이 불쑥 물었다. 무교와 한 층에서 지내기가 어떠냐고 묻는 거였다.

"뭐, 나쁘지 않아요. 오늘은 집에 없어요. 어제 나가서 안 들어왔어요."

마트로 걸어올 때처럼 둘은 또 말없이 걸었다. 지수는 마

2032년, 봄

침내 자신이 소원에게 서먹하지 않은 동거인으로 인정받은 듯한 기분이 들었다. 요즘 소원은 예전처럼 은수와 지수의 대화에 초조하게 귀를 기울이거나 그녀의 일거수일투족을 경계하지 않았다. 서로에게 익숙해진 탓도 있겠지만 그보다는 새 입주민이 자신의 입지를 위협하는 존재가 아니라는 판단이 섰기 때문이리라. 높은 나무 둥지 위에 아슬아슬하게 얹힌 아기 새처럼, 소원은 은수의 옆자리에서 밀려나지 않으려 늘 안간힘을 썼다.

"우리 여기서 마시고 가요."

안음주택 모퉁이에 이르러 지수가 제안했다. 몽글몽글 흐드러진 이팝나무 아래 자리한 벤치에 들고 있던 무거운 비닐봉지를 내려놓았다. 둘은 나란히 앉아 각자의 음료수를 홀짝거렸다.

"아, 김치전에 막걸리 먹고 싶다."

식도를 타고 올라오는 맥주 냄새에 대담해진 지수가 고개를 쳐들고 하늘을 올려다보며 토로했고, 소원은 쿡쿡 웃었다. 허세 같은 게 아니라 진심이었다. 마리비어에서 줄기차게 맥주를 따르고, 나르고, 닦고, 숟가락으로 거품을 덜어 내면서 지수는 언젠가부터 갈증이 날 땐 맥주보다는 막걸리가 마시고 싶어졌다.

"언니, 이런 사람이었어요?"

"술 땡기는 날씨잖아요. 아닌가?"

그건 그래요. 소원이 아쉽다는 듯 커피를 내려다보며 뾰로통하게 입술을 내밀었다.

"학원은 재미있어요?"

소원이 돌연 팔뚝을 걷어 보여 주었다. 희고 통통한 팔에 붙은 반창고가 눈에 띄었다. 인형 말고 진짜 강아지로 실습하던 첫날 물렸다며 웃는 얼굴에 발그레하게 혈색이 돌았다. 소원은 일주일에 세 번 강남역에 있는 애견 미용 학원에서 수업을 들었다. 저녁 7시에 수업 마치고 늦어도 8시 30분까지는 오던 애가 요새는 자꾸만 귀가가 늦어진다며 은수는 걱정스러워했다. *어디서 뭘 하다 오는 건지 모르겠어.* 아침 식탁에서 소원의 닫힌 방문을 쳐다보며 그녀가 중얼거리던 게 떠올랐다.

"저번주 수요일에 언니 저 봤죠. 차에서 내리는 거."

"남자 친구?"

그녀가 배시시 웃으며 고개를 끄덕였다. 며칠 전 지수는 일을 마치고 돌아오는 길에 소원을 보았다. 몸매가 드러나는 짧은 레이스 드레스를 입은 뒷모습이 분명 소원이었다. 흰색 세단에서 내린 그녀는 깜깜한 골목을 두리번거리다 현관 안으로 사라졌다. 사과나무 모임에서 예전부터 알고 지내던 오빠라고 했다. 사과나무는 초록보육원에서 자립한 청

년들이 모여 만든 커뮤니티였다. *인테리어 일 하는 오빤데, 엄청 착해요. 저한테 잘해 줘요. 미용 재료도 사 주고, 학원 끝나면 차로 데리러 오고……. 집도 아파트 전세더라고요. 나이는 저보다 일곱 살 많아요.* 묻지도 않은 남자 친구의 신상을 소원이 줄줄 읊었다.

"언니는 모르죠?"

순간 그녀의 얼굴이 어두워졌다. 뭔가 말하려는 듯 소원은 입술을 달싹거렸다.

"엄마도 알아요. 얼마 전에 가방 검사하고 난리 났어요."

"가방 검사?"

"책상 서랍 안에 콘돔 있는 거 들켰거든요."

엄마는 아직 제가 정상이 아니라고 생각하니까. 소원은 보육원을 나와 아는 오빠에게 사기를 당한 뒤로 극심한 우울증에 시달렸다. 수면제 수십 알을 삼키고 죽으려 했을 정도로 위태롭던 시기에 만나 기댈 수 있던 유일한 사람이 바로 은수였다.

여기 들어온 지 얼마 안 됐을 땐 엄마랑 매일 같이 잤어요. 엄마가 밤에 나 혼자 두면 안 될 것 같다고 해서……. 그땐 정말 그랬어요. 창밖이 캄캄해지면 죽고 싶다는 생각밖에 안 들었거든요. 소원이 담담하게 털어놓았다.

"엄마가 시키는 대로 했어요. 아르바이트도 나가고, 낮에 운동도 하고, 엄마가 주는 약도 꼬박꼬박 먹고요. 그렇게 하니까 정말 좋아지더라고요."

"병원은 다녀요?"

"지금은 괜찮아요. 엄마도 그렇다고 하고."

"가방 검사하면서 언니가 뭐라고 했어요?"

"그냥 엄청 화냈어요. 그놈이 누군 줄 알고 그러냐고……. 다 죽어 가는 거 살려 놨더니 밖에서 그런 짓거리나 하고 돌아다닌다고요. 그 가방, 그날 완전 작살났잖아요."

소원이 겸연쩍게 웃었다.

엄마들이 원래 다 그렇죠, 뭐. 은수에 대한 항변이라도 하듯 그녀가 중얼거렸다.

"무조건 만나지 말래요. 너 갖고 노는 거라고. 언니 생각도 그래요?"

어떤 말을 해 줘야 할지 쉽게 판단이 서질 않았다. 소원이 커뮤니티 사람들과 어울리다가 또 상처받는 걸 원치 않는 은수의 마음이 짐작되었던 까닭이었다. 무엇보다 자신의 어쭙잖은 말 한마디로 모녀 같은 둘 사이가 틀어지게 될까 봐 조심스러웠다.

"싫으면 싫다고 해요."

망설이던 끝에 지수가 내뱉었다.

"뭘요?"

"간섭하는 거요."

"싫다고 하라고요, 엄마한테?"

소원이 실소했다.

"다 날 위해서 그러는 건데, 어떻게 싫다고 해요."

"싫은 건 싫다고 해야죠. 아무리 엄마라도."

지수가 다시 한번 힘주어 말했다. 마치 스스로에게 당부하듯이.

전 엄마 없이는 못 살아요. 소원이 중얼거렸다.

일단 방문부터 잠가요, 하고 튀어나오려던 말을 꿀꺽 삼켰다. 방문의 도어록을 잠그지 못하는 건 피차 마찬가지였으니까. 입가로 커피를 가져가는 그녀의 왼손이 불안하게 흔들렸다.

"아, 이거? 별거 아니에요. 요새 좀 피곤해서 그래요."

지수의 시선을 느낀 그녀가 오른손으로 커피를 감싸며 말했다. 둘은 이윽고 말이 없어졌다. 이만 들어갈까요. 가라앉은 기분으로 막 자리를 털고 일어서려던 그때였다.

"실은 언니한테 물어보고 싶은 게 있는데요."

소원이 불쑥 내뱉었다.

"어떤 사람이 조사를 받다가 무죄로 풀려났는데…… 알고 보니 그 사람이 사건 현장에 있었던 게 맞았다면……. 그건…… 뭔가 수상한 거죠?"

"흠. 아마 그렇겠죠?"

"하지만 무죄라는 확실한 증거가 있다면요?"

"소원 씨, 지금 무교 씨 얘기하는 거죠. 왜, 뭣 때문에 그러는데요."

편의점에서 손님끼리 하는 말을 들었는데요. 머뭇거리던 그녀가 마침내 입을 열었다. 인부들이 주고받는 말을 엿들은 건 무교의 집에서 백골 시신이 발견된 지 며칠 지나지 않아서라고 했다.

공사 하루 전날, 현장에서 그를 목격한 이가 있었다. 새시가 뜯겨 나가 언뜻 폐가로 보이던 옆집에서는 알고 보니 부분 리모델링 공사가 진행되는 중이었다. 원래 살던 노부부가 실버타운으로 떠나 버린 후 몇 년째 방치되어 있다가 얼마 전 가까스로 새 주인을 찾은 집이라고 했다. 저녁 늦게까지 홀로 배선 작업을 하던 인부가 이웃집 마당을 서성거리는 그를 목격한 거였다.

"삽으로 나무 밑을 막 파더래요. 하늘색 유니폼 입은 남자가, 뭘 찾는 사람처럼 소나무 밑도 쑤시고, 꽃나무 밑도 쑤시고, 막 그랬대요."

하늘색 유니폼이면, 무교 오빠가 회사 갈 때 입는 옷 맞잖아요. 소원의 목소리가 떨렸다.

"그 사람들, 신고는 했대?"

"어차피 조사하면 다 나올 텐데, 뭐 하러 귀찮게 일을 벌이냐고 하더라고요."

"소원 씨는?"

그녀가 고개를 저었다.

"저도 똑같이 생각했거든요. 어차피 DNA 대조하면 다 밝혀질 거니까……."

소원은 지금이라도 경찰에 제보해야 하는 건지 고민하는 중이었다. 추가 조사를 하는 과정에서 제보자의 신원이 노출되지 않으리란 법이 없으니 주저하는 그녀의 마음도 이해가 갔다. 앞으로 얼마나 계속 한 식탁에서 밥을 먹게 될지 모를 사람이니까.

"나도 좀 고민해 볼게요. 일단은 아무에게도 알리지 않는 게 좋을 것 같아요."

네, 그렇게 할게요. 지수를 바라보는 그녀의 눈이 간절함으로 빛났다. 두 사람은 벤치에서 일어나 각각 비닐봉지를 들고 안음주택 출입구를 향해 걸었다.

어쩐 일인지 실버홈의 대문이 활짝 열려 있었다. 이윽고 담장 옆에 주차된 경찰차 한 대가 눈에 띄었다. 열린 대문으로 녹색 상자를 든 남자 둘이 잇따라 나오더니 이내 시끄러운 엔진음을 내며 골목길을 빠져나갔고, 지수와 소원은 서로 얼굴을 마주 보았다.

"거참, 이상하네. 대체 무슨 일이야. 전화기도 꺼져 있고……."

길분이 휴대폰을 내려놓으며 중얼거렸다.

"할머니, 왜? 무슨 일 있어요?"

"아니, 재원이 총각이 화요일부터 연락이 안 되네. 오늘도 안 오려는 건가……."

아, 맞다, 오늘 목요일이었지. 소원이 혼잣말을 하며 달력을 쳐다보았다. 벽에 걸린 5월 달력에는 27일에 동그라미가 그려져 있었다. 27일이 무슨 날이지, 누구 생일인가.

"그러게? 재원 오빠 지금까지 산책 약속 어긴 적 한 번도 없었잖아요. 집에 무슨 일 있나?"

소원이 길분을 곁눈질하며 말했다. 길분이 어서 주방을 뜨길 기다리는 눈치였다.

'재원이? 펫 시터하는 개? 개가 거긴 왜요.'

무서운 얼굴로 되묻던 무교가 떠올랐다. 그가 실버홈의 어머니를 뵈러 갔다는 말을 듣고 보인 반응이었다.

"무교 오빠는 아직이에요?"

길분이 방으로 들어가는 걸 확인한 뒤 소원이 나직이 물었다. 지수는 고개를 끄덕였다. 재원은 연락이 안 되고, 무교는 월요일부터 다시 집에 들어오지 않고 있었다. 혹시 둘 사이에 무슨 일이 있었던 건 아닐까. 무교에게 괜한 말을 했다는 생각에 머릿속이 복잡했다.

"저번에 소원 씨가 얘기했던 거 있잖아. 경찰에 지금이라도 알리는 게 좋을 것 같아. 그냥 내가 제보할게."

경찰이 신고자의 신원을 그리 쉽게 발설하지는 않을 것이고, 또 기약 없는 세월을 무교와 한집에서 지내게 될 소원에게 밀고자라는 부담을 지우고 싶지는 않았다.

"아니에요, 언니. 당연히 제가 해야죠."

나 그렇게 비겁한 사람 아니에요. 경찰이 최초 목격자를 찾으려면 어차피 자신이 진술하는 수밖에 없다고 소원은 말했다.

지난 월요일 밤 실버홈에서 노인 하나가 심장마비로 급사하면서 안음주택은 또 한 번 들썩거리고 있던 참이었다. 유족이 노인의 죽음을 미심쩍게 여겨 부검을 요청했다는 소식이 들렸다. 지수는 혁중과 나눴던 대화를 떠올렸다.

'실버홈에서 노인이 죽는 게 이상한 일은 아니죠. 그치만 며칠 전까지 멀쩡하던 분이, 이렇게 하룻밤 새 돌아가시는 게 이상하다는 거죠. 임종도 못 지켰다고 유가족들이 아주 황망해하더라고요.'

지수는 혁중에게서 실버홈 사망 사건을 전해 들었다. 투약 기록이나 환자 관리 기록에는 별문제가 없는 것으로 확인되었고, 따라서 의료사고보다는 타살에 무게를 두고 수사가 진행 중이었다.

'김무교는요? 아직도 집에만 있어요?'

'아뇨. 월요일에 나가서 아직 안 들어왔어요.'

백골 사체가 발견되기 하루 전날 김무교가 그 집 마당을 파고 있었다는 제보에 혁중은 잔뜩 흥미가 동한 것 같았다.

'국과수 분석 결과 70대 전후 남성이고, 사망 시기는 수년 내외로 나왔어요. 백골화가 끝난 상태라 뚜렷한 사인은 밝히지 못했고요. 피해자가 김무교의 아버지라면 여러모로 아귀가 들어맞았을 텐데, DNA 불일치로 나오니 경찰도 적잖이 당황한 눈치예요. 김무교의 주변 인물로 수사가 확대될 것 같네요.'

소원과 짧은 대화를 마치고 지수는 4층으로 향했다. 은수가 가져간 세나의 이불을 되가져 올 셈이었다. 어젯밤 세나는 4층에서 은수와 함께 잠이 들었다.

아이들 방으로 들어가니 퀸사이즈 침대 위에 반듯하게 개켜 놓은 이불 두 채가 보였다. 하나는 은수의 것이었고, 다른 하나는 세나의 분홍색 미니마우스 이불이었다. 은수와 세나의 이불이 나란히 겹쳐 있는 걸 보니 기분이 이상했다. 위에 있던 세나의 이불을 얼른 떼어 품에 안고 방 안을 둘러보았다.

지수는 책장 앞으로 다가가 선반에 전시된 세나와 하윤

이의 작품들을 살펴보았다. 조막손으로 만든 클레이 작품과 종이 동물 모형을 하나하나 보고 있으니 입가에 절로 미소가 번졌다. 일이 끝나는 대로 허겁지겁 세나를 데려와 재우기에 바빴기에 그녀는 지금껏 세나의 작품을 찬찬히 들여다볼 여유가 없었다. 탁자 위에 세나의 이름이 적힌 스케치북이 여러 권이었다. 직선 긋기, 곡선 긋기, 물결 긋기…… 손힘을 기르기 위한 목적의 연습 공책들이었다.

'난 민화가 좋아. 민화는 밑그림대로만 따라 그리면 망칠 염려가 없거든.'

그 언젠가 은수가 했던 말이 떠올랐다. 그래, 정말 언니답다. 입가에 쓴웃음을 머금고는 또 다른 스케치북을 집어 들고 한 장, 한 장 넘겨 보았다. 얼마 전 세나가 늦은 밤에 돌아온 지수에게 보여 주며 자랑했던 풍경화가 눈에 띄었다. 고운 파스텔 빛으로 피어난 연꽃 무리. 나뭇가지 위에서 힘찬 날개를 펄럭이는 까치와 그 시선 아래에서 튀어 오른 물고기, 그리고 그런 두 놈의 신경전 따위엔 아무 관심 없는 듯 유유히 떠가는 무지갯빛 원앙 한 쌍. 입에서 절로 감탄이 흘러나왔다.

'와, 이 그림 진짜 우리 세나가 그렸어?'
'응.'
'진짜? 세나가 상상해서 그린 거야?'

대답 없이 혀를 쏙 내밀며 배시시 웃던 세나의 얼굴이 떠올랐다.

지수는 이번엔 세나의 토끼 인형을 찾아 방 안을 두리번거렸다. 유치원에서 돌아와 샤워를 마친 세나는 으레 졸린 눈을 비비며 토끼 인형을 찾곤 했기 때문이었다. 허리를 숙여 침대 아래를 살피던 중 무언가 눈에 들어왔다. 침대 밑에 지퍼가 달린 수납함 하나가 덩그러니 박혀 있었다.

그녀는 팔을 뻗어 수납함을 밖으로 끌어냈다. 안에 든 건 어린이용 스케치북 몇 권과 그림 액자 한 개, 그리고 입구를 꽁꽁 묶어 놓은 비닐봉지였다. 물컹한 촉감에 호기심이 동해 손톱으로 비닐봉지의 단단한 매듭을 풀어냈다. 봉지 안에서는 겉에 오물 자국이 말라붙은 토끼 무늬 내복 한 벌이 나왔다. 여전히 시큼한 토사물 냄새가 코끝을 스쳤다. 헌 내복을 왜 이런 데 넣어 놓았을까. 분홍색인 걸 보니 하윤이 것 같지는 않은데. 비닐봉지를 원래대로 묶어 놓고는 이번엔 표구된 액자를 꺼내 들었다. 한 귀퉁이에 삐뚤삐뚤한 글씨로 쓴 서명이 보였다. 로아.

지수는 탁자 위 세나의 스케치북을 들어 액자 옆에 나란히 놓았다. 기본 스케치는 물론이고 색감과 구도의 디테일까지 서로 똑 닮은 모습이었다. 아니, 정확하게는 세나가 액자 속의 그림을 서툴게 모방했다고 보아야 맞았다. 수납함을 다시 침대 밑에 밀어 넣었다.

세나에게 누군가의 그림을 따라 그리게 했다는 것과 그 누군가가 하필 로아라는 아이였다는 것, 로아의 스케치북과 헌 내복이 세나가 자는 침대 아래 고스란히 있었다는 것까지 온통 찜찜하고 이해할 수 없는 것투성이였다.

방을 나서려는데 띠리릭, 현관문이 열리는 소리가 들렸다.

"자기 뭐 해. 아직 인형 못 찾았어?"

방에 들어온 은수가 미니마우스 이불과 지수의 얼굴을 번갈아 보았다. 은수는 침대 머리맡에 구겨져 있던 토끼 인형을 금세 찾아냈다. *참, 자기도 은근히 손이 많이 가는 사람이라니까.* 묘하게 달뜬 음성이 오늘따라 귀에 거슬렸다.

"어제 잘 시간 되니까 세나가 이 이불을 찾더라고. 그래서 가지고 올라왔어."

네, 괜찮아요. 지수가 애써 밝은 표정으로 고개를 끄덕였다.

"세나는 잘 지내고 있으니까 걱정하지 마."

은수가 꿰뚫어 보는 듯한 눈으로 지수를 바라보았다. 마치 네가 이 방에서 뭘 하고 있었는지 다 알고 있다는 듯이. 침대 아래 저 수납함은 무엇이냐고, 왜 세나에게 로아라는 아이의 그림을 따라 그리게 했냐고 따져 묻고 싶은 충동을 꾹 눌러 참았다.

"온 김에 여기 잠깐 앉아 봐. 자기한테 할 말이 있어."

어리둥절해진 지수가 침대 귀퉁이에 걸터앉자, 그녀가 결연한 얼굴로 입을 뗐다.

"요즘 세나……, 괜찮아? 어딘가 좀 이상하지 않아?"

"딱히 그런 건…… 왜요?"

"어르신이 싫다거나, 어디가 아프다거나…… 그런 말 안 해?"

지수가 고개를 내젓자, 은수는 심각한 표정으로 가만히 생각에 잠겼다. 지수의 채근에 그녀가 어쩔 수 없다는 듯 입을 열었다.

"어르신이 세나를 자꾸 방으로 데려가는 것 같아."

저녁 시간에 세나가 어르신 방에서 나오는 걸 몇 번 봤다고 그녀는 말했다. 주로 자기가 요리하느라 정신이 없거나 잠시 2층을 비웠을 때라고 했다. 일주일 전 세나가 했던 얘기가 떠올랐다. 할아버지와 함께 소파에 앉아서 티브이를 보다가, 은수가 들어오니 할아버지는 방으로 들어갔다고 했던. 세나가 어르신 얘기를 한 건 그때가 처음이자 마지막이었고, 그 이후로도 딱히 아이가 평소와 다르다고 느낀 적은 없었다. 요즘 들어 자꾸 사소한 데 어깃장을 놓고 짜증을 내곤 했지만, 호프집 일을 시작한 이래 세나는 항상 그래왔으니까.

"세나를 방으로 들이지 말라고, 자기가 직접 어르신한테 얘기하는 건 어때?"

"일단 아이한테 한번 물어볼게요."

대답이 성에 차지 않는지 그녀의 표정이 싸늘하게 식었다.

"아직 세나가 무슨 일을 당한 건 아니니까요. 좀 더 알아보고……"

"그걸 자기가 어떻게 알아?"

그녀가 지수를 빤히 쳐다보았다.

"아닌 것…… 같아요. 아닐 거예요."

간단한 인사 몇 마디, 어색한 눈 마주침과 헛기침. 질문을 하면 돌아오는 건 짤막한 대답이 전부인 노인이지만 그렇다고 자신이 조대수라는 인물의 됨됨이를 전혀 모르는 건 아니라 생각했다.

"그걸 자기가 알아? 어떻게?"

은수가 조용히 또 물었다. 잔잔한 눈에 살짝 비웃음이 어렸다. 네가 요즘 세나에 대해서 뭘, 얼마나 아는데. 그렇게 묻는 듯한 눈빛이었다.

"그런 식으로, 우리랑 계속 살 수 있겠어?"

안음주택의 임대 계약서에는 계약기간 동안 임차인이 성폭력이나 절도, 폭행 등의 범죄를 저지르는 경우 즉시 퇴거 조치한다는 조항이 있었다. 결국 이게 목적이었나. 조대수에게 지저분한 혐의를 씌워 안음주택에서 내칠 요량인가.

지수가 무언가 말하려던 순간 현관문이 벌컥 열렸다. 소원이 다급히 은수를 찾았다.

"엄마! 형사들이 무교 오빠를 찾아요."

3층 현관 앞에 서 있는 형사들은 처음 보는 사람들이었다. 그중 고참으로 보이는 형사가 둘을 보자마자 무교의 행방을 물었다.

"월요일 아침에 거실에서 본 게 마지막이에요. 그 후론 집에 안 들어왔어요."

"며칠째 안 들어왔다고요?"

지수의 대답을 듣고 형사들의 표정이 일그러졌다. 둘은 잠시 시선을 주고받더니 이내 서둘러 계단을 내려갔다.

"잠깐만요. 무교는 왜 찾으시는데요."

은수가 뒤에 대고 소리쳐 물었다. 계단의 서늘한 공기를 타고 굵직한 목소리가 올라왔다.

"실버홈 살인사건 용의자로 김무교, 공개 수배로 전환하고 위치 추적해."

4.

 초인종의 동그란 버튼을 누르고 지수는 한참 동안 기다렸다. 인터폰으로 신원을 밝힌 뒤에도 실버홈의 철제 대문은 좀처럼 열릴 줄 몰랐다. 그렇게 5분쯤 흘렀을까. 60대로 보이는 여자가 마침내 대문 사이로 모습을 드러냈다. 앞치마 가슴께에 '요양보호사 심연화'라는 명찰을 단 여자는 잔뜩 인상을 쓰며 지수를 위아래로 훑었다.
 "실례합니다. 뭐 좀 여쭤볼 게 있어서요."
 "기자는 아니죠?"
 그간 경찰과 취재진에게 적잖이 시달려 온 모양인지 찌푸린 얼굴에 짜증과 경계심이 가득했다. 안음주택에 사는 주민이라고 지수는 다시 한번 힘주어 말했다. 혹시 류재원이라는 사람을 아느냐고 묻자, 연화는 잠시 눈알을 되록거리더니 천천히 고개를 끄덕였다.

"안경 쓴 총각? 네, 근데 그 사람은 왜요."

"저희 집 개 산책시켜 주는 분인데, 요즘 통 연락이 안 돼서요. 은수 언니가 혹시 여기 다녀갔는지 알아보라고 해서……."

은수의 이름이 흘러나오자, 연화의 인상이 조금 부드러워졌다. 이어 김무교도 최근 여기에 다녀가지 않았느냐는 물음에 그녀는 대문 밖을 휘휘 살피더니 음성을 낮추었다.

"안 그래도 찾아와서 따지더라니까. 진짜로 보름 전에 그 총각이 여기 왔다 갔냐고. 와서 무슨 말 했냐, 어디에 앉아 있었냐, 아주 꼬치꼬치 캐묻는 거 있지. 보호자 동의도 없이 왜 면회시켜 줬냐고 눈을 희번덕거리는데, 어휴. 나 무서워서 입도 못 뗐지 뭐. 총각 마음씨가 이쁘고, 어르신도 안됐고 해서 내 딴에는 좋은 마음으로 들인 건데, 그걸 갖고 사람을 아주 쥐 잡듯이 하더라니까……."

연화가 부르르 몸서리를 쳤다.

"그럼, 류재원 씨는 부탁받지도 않았으면서 무교 씨 어머니를 뵈러 온 거네요."

"그렇죠……. 그건 지금 생각해도 좀 이상해."

당당하던 연화의 표정이 조금 떨떠름하게 바뀌었다.

"류재원 씨가 와서 뭔가 눈에 띄거나 이상한 행동을 하지는 않았고요?"

"글쎄. 그냥 음료수 나눠 주고, 너스레 떤 게 다야. 개 키우는 노인네 때문에 그 총각이 한동안 여기 들락날락했지 뭐야. 박경옥 할머니 입소할 때는 짐도 같이 날라다 주고 그랬어요. 김무교 그놈 엄마가 박경옥 씨야. 그분이 들어올 때 오동나무로 된 서랍장을 하나 갖고 왔는데, 그거 무거운 거 우리가 대문 앞에서 실내까지 옮겨다 줬거든. 근데 저번에 왔을 때는 갑자기 그걸 유심히 보더라고? 장이 좋아 보인다고 아주 서랍을 하나하나 빼 가면서."

"서랍에서 없어진 물건은 없죠?"

"에이, 들어올 때부터 텅 비어 있었는데 뭘."

연화가 말도 안 된다는 듯 도리질을 쳤다. *원래 개인 가구는 들이면 안 되거든. 근데 어르신이 친정에서 물려받은 거라고, 갖고 들어오면 안 되냐고 그 집 며느리가 사정하길래 내가 봐준 거야. 그 안에 물티슈나 옷 같은 거 넣고 그랬지, 귀중품 같은 건 아예 처음부터 있지도 않았어요.*

"지금 이 얘기, 김무교 씨한테도 하신 거죠?"

"했지. 그래도 막무가내로 장을 열어 보고 난리를 치는 거야. 그러고는 정리도 안 해 놓고 씩씩거리면서 가 버리데. 참 나, 원."

그간 실버홈에 뻔질나게 드나들면서 서랍장에는 아무 관심도 없더니 갑자기 왜 그랬는지 모르겠다며 연화는 고개를 갸웃거렸다. 경찰한테는 그 총각이랑 김무교라는 인간 찾아왔던 거 일부러 얘기 안 했어. 가족도 아닌 사람 실버홈에 들인 거 소문나면 또 난리 난다고. 가뜩이나 여기 관리 허술하다고 문 닫으라고 난리인데……. 그러니까……알죠? 마지막으로 연화가 이렇게 속삭였다.

무교는 월요일부터 행방불명이었고, 재원의 전화는 화요일부터 꺼져 있었다. 적어도 한 가지는 확실해 보였다. 무교가 경찰서에서 조사받는 틈을 타 재원은 무교 모친의 서랍장에서 뭔가를 찾으려 했고, 그게 무교의 심기를 건드렸다는 것.

무교의 행방을 쫓는 형사들에게 빨리 이 사실을 알려야 했다. 그러나 만에 하나 재원이 실종된 게 아니라면. 그저 무슨 급한 개인 사정이 있거나 휴대폰을 잃어버린 것뿐이라면. 만약 그가 실버홈을 방문했던 게 외부에 알려지면 보안에 취약한 가정식 요양 주택을 없애자는 여론에 더욱 힘이 실릴 테고, 그렇게 되면 실버홈의 노인들에게 피해가 돌아갈지도 모를 일이었다. 고민하던 지수는 꺼내 든 휴대폰을 다시 주머니에 넣었다. 잠적한 김무교와 류재원의 행방을 연관 지으려면 그의 실종을 증명할 만한 확실한 무언가가 필요했다.

그건 그렇고, 김무교는 어쩌다 실버홈 사건의 용의자가 된 것일까. 한밤중에 실버홈에 잠입해 노인을 죽이기라도 했다는 건가.

"같이 먹자니까, 또 먹고 왔어?"

도말희가 테이블에 웍을 내려놓았다. 볶음밥에서 모락모락 뜨거운 김이 피어올랐다.

"이왕 한 거니까 조금이라도 먹어요."

지수는 못 이기는 척 수저를 집어 들면서 오늘 아침 현관에서 보았던 장면을 애써 머릿속에서 밀어냈다. 유치원 가방을 멘 채로 은수의 다리에 매미처럼 찰싹 매달려 있던 세나.

이모, 나 카레. 오늘 저녁 카레 해 줘. 세나가 엄마가 아닌 누군가에게 그렇게 온 체중을 맡겨 의지하는 모습을 그녀는 처음 보았다. *세나 엊그제도 카레 먹었잖아. 카레 귀신 붙었어?* 은수와 세나가 짧은 혀로 입씨름하는 동안 지수는 그저 신발장 앞에 조용히 서 있었다. 은수가 꽂아 주었을 세나 머리 위의 흰색 공단머리핀을 멀거니 주시하면서. 이모가 시키는 대로 하라거나, 그냥 세나가 먹고 싶은 대로 해 달라는 말조차 나오지 않았다. 한순간 세나와는 아무 관련 없는

인물이 된 것처럼.

'세나에 대해서, 네가 뭘 아는데?'

은수의 휘어진 눈꼬리가 그녀를 또 비웃었다. 당연히 알 수 있어. 눈빛만 봐도, 숨소리만 들어도, 세나에게 안 좋은 일이 있었다면 바로 눈치챌 수 있다고. 미간에 주름을 세운, 엄마의 관심을 갈구할 때의 표정으로 세나가 끈질기게 은수를 올려다보았다. 가운데 토끼 얼굴이 박힌 흰색 공단머리핀은 그녀의 취향도, 세나의 취향도 아니었다. 지수는 불안한 마음을 움켜잡았다.

"애는? 저녁은 먹이고 나오는 거예요?"

"아뇨. 관리소장님이 따로 챙겨 주세요."

"지수 씨가 인복이 있나 보네."

지수는 대답 대신 쓴웃음을 지었다. 문득 도말희에게 아이가 있는지 궁금해졌다. 그러고 보니 그녀에 대해 거의 아는 것이 없었다. 아이가 있는지는커녕 정확한 나이며 결혼은 했는지, 집이 어디인지도 몰랐다.

"아이? 딸 하나. 전 남편한테 주고 왔어."

못 본 지 이제 7년이 넘었네. 대학생 됐다고 한번 찾아왔길래, 엄마 같은 건 잊어버리고 씩씩하게 잘 살라고 했지. 마치 남의 얘기를 하는 듯한 말투에 냉소가 묻어났다. 꽁꽁 단단하게 움츠러든 마음이 느껴졌다.

"따님이 많이 보고 싶으시겠어요."

주저하던 끝에 한마디 건네자 도말희가 흥, 하고 웃었다. 어색한 분위기 속에 지수는 말없이 입에 밥을 떠 넣었다.

"두 번째 남편 만나 치앙마이에 따라갔어."

도말희가 불쑥 내뱉었다.

"몇 년 같이 살다가 혼자 들어왔어. 식당도 망하고, 이런저런 일도 있고 해서."

알고 보니 그놈, 현지처가 있더라. 그녀가 씁쓸하게 중얼거렸다.

"후회 안 하세요?"

무례한 질문이라는 생각이 든 건 이미 말을 내뱉은 다음이었다. 얼굴이 화끈 달아올랐다. 첫 번째 남편과 이혼한 것, 딸과 연을 끊은 것, 망하고 배신당하는 결말을 향해 낯선 땅으로 떠난 것. 그녀가 이 중 후회해야 할 건 무엇일까.

"후회?"

도말희가 고개를 들어 지수의 눈을 쳐다보았다. 좌우로 미세하게 흔들리는 연한 갈색 동공에 의심과 망설임 같은 감정들이 스쳐 갔다.

"그런 걸 해서 뭐 해. 다시 살아도 또 그랬을 건데."

도말희가 졸린 듯한 눈을 가만히 깜빡이며 중얼거렸다.

"사람 잘 안 바뀌어."

그녀의 배경이 한국에서 치앙마이로 그리고 다시 한국으로 바뀌는 사이, 무수한 사건 사고들이 그녀의 몸과 마음을 통과하는 그 시간 동안, 도말희라는 여자는 한자리에 그대로 정지돼 있었던 것만 같았다. 그녀가 도말희로 존재하는 한 그런 사건 사고들은 영원히 반복될 거라는 생각이 들었다. 우리 각자가 돌고 있는 찌그러진 궤도를 우리는 결국 죽을 때까지 벗어나지 못하는지도 모른다고.

"정말 그럴까요? 저도 계속…… 이런 사람일까요?"

지수가 중얼거렸다. 어디선가 불길한 속삭임이 들려오는 듯했다. 네가 아무리 애써도 아무것도, 무엇도 달라지지 않을 거라는, 은수와는 한 치도 가까워질 수 없고, 안음주택은 영원히 네 집이 될 수 없을 거라는.

휴대폰 진동이 울렸다. 혁중이었다.

"지수 씨, 어디예요? 혹시 시간 돼요? 가게 오픈까지 시간 좀 있죠?"

지금 가게 앞에 차 세우고 있어요. 잠깐 나와요. 같이 갈 데가 있어요. 무슨 일이냐고 물어도 혁중은 그저 가 보면 안다고만 했다. *나간 김에 내 커피 한잔 사다 줘. 바쁜 거 없으니까 6시 30분까지만 들어오면 되겠네.* 말희가 카드를 건네며 의미심장한 미소를 지었다.

도로에 주차된 흰색 SUV 차량의 조수석 문을 열자, 회색 후드 티에 남색 재킷을 걸쳐 입은 혁중이 씩 웃으며 그녀를 맞았다.

"무슨 일인데요?"

"지수 씨가 그랬잖아요. 사체 발견 하루 전에 김무교가 현장에 있는 걸 공사장 인부가 목격했다고 했죠. 제가 아주 재미있는 걸 찾아냈으니, 같이 가서 보자구요."

우묵하고 기름한 두 눈이 총기로 반짝거렸다. 뭔가 알아냈다면 그냥 말로 알려 줘도 될 텐데, 굳이 현장에 함께 가볼 것까지 있나 싶었지만, 그 대단한 발견이 무엇인지 직접 확인하고 싶은 마음도 있었다.

"근데 거기 제가 들어가도 되는 거예요?"

"현장 감식은 끝났어요. 저는 출입 허가를 받았으니 상관없고. 지수 씨는 잠깐 확인만 하고 나가는 거면 문제없을 거예요. 아, 혹시 부담스러우세요? 그럼 거절하셔도 돼요. 괜히 저 때문에 꿈자리 사나우면 안 되니까."

"아뇨. 별로 이런 거 겁 안 내요."

지수가 피식 웃으며 대꾸했다. 참 일찍도 물어보는구나, 싶어서였다. *좋아요, 아주 좋습니다.* 신이 난 혁중이 흥얼거리듯 말했다.

무교가 예전에 살던 집은 마리비어에서 1킬로미터쯤 떨어진 곳에 있었다. 혁중은 편의점 모퉁이에 차를 붙여 세우고는 골목 안으로 성큼성큼 걸어 들어갔다. 사건 현장인 2층 양옥집은 3주 전의 풍경과 별반 다르지 않았다. 포클레인이 헤집어 놓은 마당에서 대체 뭘 찾아냈다는 것일까.

"지수 씨는 김무교가 찾던 게 뭐 같아요?"

"글쎄요. 나무 밑이라면…… 타임캡슐 같은 건 아닐 테고…… 돈?"

혁중이 굵은 눈썹을 끌어올리며 고개를 끄덕였다. 지수는 혁중이 이끄는 대로 붉은 토사를 밟으며 마당 안으로 들어갔다. 뿌리 뽑힌 나무들과 정원석을 모아 놓은 곳에서 혁중이 멈춰 서더니 쓰러진 화분 하나를 가리켰다. 높이가 가슴까지 오고 아직 잎사귀가 싱싱한 몬스테라 화분이었다.

"한번 만져 봐요."

어리둥절했지만 지수는 시키는 대로 했다. 지수의 눈이 커지는 걸 보고 혁중은 웃었다.

"진짜 감쪽같죠? 흙이 쏟아졌는데도 멀쩡한 게 이상하다 싶었는데."

근데 더 웃긴 게 뭔지 알아요? 혁중이 땅에 있던 화분 받침대를 집어 들었다. 화분 받침대에는 바퀴와 물받이가 달려 있었다.

"조화에 물받이가 왜……?"

그가 물받이 부분을 열자, 안쪽에 누런 테이프가 붙어 있던 흔적이 드러났다.

"생각해 봤죠. 조화에 가짜 물받이를 끼워 숨길 만큼 소중한 물건이 무엇이었을까."

혁중이 주변을 휘휘 살피고는 양옥집의 현관문을 조심스레 열었다. 둘은 조용히 시선을 교환한 뒤 안으로 들어가 문을 닫았다. 가구와 세간살이가 빠져나간 텅 빈 실내는 아라베스크 문양의 벽지와 갈색 몰딩, 목재로 짠 천장 같은 80년대 인테리어의 특색을 고스란히 간직한 모습이었다.

그는 지수를 안방으로 데려갔다. 낡은 황토색 비닐 장판이 제일 먼저 눈에 들어왔고, 그중에서도 장판 색깔이 조금 연해 보이는 네모반듯한 구획이 눈에 띄었다. 원래 농이 있던 자리였으리란 짐작이 들었다. 혁중이 디귿 자로 테이프가 붙은 곳에 쭈그리고 앉아 가장자리가 들뜬 봉합 부위를 들춰냈다. 그냥 찢어진 게 아니라 누군가 커터 칼로 예리하게 장판을 잘라 낸 뒤 테이프를 바른 흔적이었다. 장판 뚜껑을 들추자, 시멘트를 얕게 파내 만든 손바닥만 한 직사각형 공간과 거기 딱 맞게 제작된 네 칸짜리 나무틀이 나왔다. 맨 밑에는 언제 날짜인지도 알 수 없는 누렇게 변색된 신문지가 깔려 있었다.

"칸 한 개의 크기가 1킬로그램 금괴와 거의 같아요. 화분 받침대와 용적이 비슷한 걸로 봐선, 금괴 서너 개를 여기저기 옮기면서 보관했던 것 같네요. 아니면 여기 말고도 금괴가 더 있었거나."

"김무교 씨가 가져갔을까요?"

일단 그의 계좌에 갑자기 현금이 수억씩 늘어난 정황은 발견되지 않았다고 혁중은 말했다.

"집을 매각한 돈으로 아버지와 본인 빚을 갚고, 남은 2억은 주식에 넣었다가 고점에 물려서 손절매한 상황이랍니다."

"팔지 않고 그냥 가지고 있을 수도 있잖아요."

"맞아요. 하나는 금괴를 아직 가지고 있다는 가정. 또 하나는, 금괴가 있다는 사실은 알아냈지만 그게 어디 있는지는 모른다는 거. 지수 씨는 어느 쪽일 거 같아요?"

"전 왠지 두 번째일 거 같아요. 하필 공사 하루 전날에 나무 아래를 판 것도 그렇고……. 아, 어머니가 계신 실버홈에 들락거린 것도 설마 금괴를 찾으러?"

지수가 눈을 동그랗게 뜨고 혁중을 마주 보았다.

"재작년에 어머니를 실버홈에 입소시킨 사람은 김무교가 아니라 전처였어요. 살던 동네에서 죽고 싶다고 노인네가 전화로 하도 매달려서 차마 거절할 수가 없었다네요. 안음주택으로 이사 온 뒤 우연히 들러 본 옛집에서 금괴의 흔적을 발견하고는 어머니를 다그쳐서 그 소재를 알아내려고 했겠죠. 지금 모친의 상태로는 쉽지 않았을 거고요."

집 밖으로 나온 두 사람은 조심스레 폴리스라인을 들추고 골목을 빠져나왔다. 백골 사체 발견 전날 김무교가 사건 현장에 있었던 이유는 이로써 밝혀졌지만, 사체의 신원은 여전히 오리무중이었다. 실종자 가족의 DNA를 모아 놓은 데이터베이스에서도 사체와 일치하는 DNA는 검색되지 않았다. 김무교의 친척들과 주변 인물에 대해서도 수사가 진행되었으나 지난 5년간 실종되었거나 행방이 묘연한 사람은 없는 것으로 나왔다.

경찰이 이제 의심하는 건 한 가지뿐이었다. 이 집에 사람이 살지 않는다는 걸 알고 있는, 그와 무관한 누군가가 마당에 시체를 암매장했다는 것. 주택가 골목의 빈집을 범행 장소로 선택한 점으로 볼 때 범인은 이 동네를 자주 오가는 사람이거나 인근 주민일 가능성이 높다고 했다.

"쉽게 풀릴 줄 알았는데, 이러다 장기 미제 사건으로 남을 판이라고 담당 형사가 걱정하더라고요."

"그럼, 이제 수사는 어떻게 할 예정이래요?"

"최근 몇 년 사이 다른 지역으로 이사 간 주민들을 위주로 조사를 진행 중이랍니다. 피해자의 얼굴을 3D로 복원해서 탐문 수사를 할 건가 봐요. 이제부턴 뭐 거의 지푸라기 잡는 격이라고 할 수 있죠."

혁중은 이렇게 말하며 현장 주변을 진중히 둘러보았다.

밝은 자연광 아래 파란 면도 자국과 턱 주변의 작은 뾰루지를 드러낸 채 멍하게 입을 벌리고 있는 모습이 어쩐지 귀여웠다.

"아참, 김무교는 왜 수배자가 된 거예요?"

"실버홈의 요양사가 김무교를 목격했다고 진술했어요."

목격한 요양보호사의 이름은 쩌우 즈엉, 국적은 베트남이라고 했다. 사건 당일 밤 휴게실에서 잠시 눈을 붙이다 모니터에 빨간 불이 들어오는 걸 보고 황급히 병실로 달려가 불을 켰는데, 거기 김무교가 있더라는 게 그녀의 진술이었다. 쩌우 즈엉은 저녁 시간에 몇 번 면회를 왔던 그를 용케 알아보았다.

모니터에 이상 징후가 뜬 시간은 밤 12시 5분이었다. 그 시각 외부와 거실 CCTV를 확인한 결과, 그녀의 진술대로 자정에 실버홈의 뒷문으로 침입한 김무교가 5분쯤 지나 다시 뒷문을 빠져나가는 장면이 거실 CCTV에 포착되었다. 앞쪽 큰 골목과는 달리 뒷담 쪽 샛길에는 CCTV가 설치돼 있지 않아 그 이후 행적은 묘연했다.

"일단은 심정지로 인한 사망이라고 하는데, 정확한 부검 결과는 한 달 뒤에야 나올 거예요."

지수는 생각에 빠졌다. 뇌졸중으로 몇 년째 누워 지냈다던 피해자의 침상이 무교의 모친인 박경옥의 맞은편 위치라는 것, 둘 사이에 연관성이 있다면 겨우 그 정도가 전부인데.

혁중과 함께 있는 내내 그녀는 연락 두절 상태인 재원이 마음에 걸렸다. 박경옥이 집에서 쓰던 오동나무 서랍장을 굳이 실버홈에 들여왔다는 것에 재원은 의구심을 품었을 것이다. 무교네 집이 알부자였다는 건 조금만 수소문해 보면 알 수 있을 테고, 서랍장 안에 값나가는 물건이 있다는 심증을 굳히려 어쩌면 소원에게 목격되던 그날 새벽, 그는 이 집에 먼저 다녀갔는지도 모를 일이었다. 무교와 재원의 얽힌 실타래를 이제는 풀어내야 할 때였다.

혁중을 먼저 보낸 뒤 지수는 골목을 빠져나와 편의점 앞에서 횡단보도를 건넜다. 동광빌라. 편의점에서 우연히 만난 재원에게 들었던 네 글자가 신기하게도 아직 머릿속에 또렷했다. 우측으로 한 블록 걸어 들어간 골목길에 5층짜리 빌라 한 동이 보였다. 주차장 옆 출입구로 다가가 우편함에 꽂힌 각종 편지와 전단들을 살펴보았다.

"재원 씨, 혹시 안에 계세요?"

초인종을 눌러도 반응이 없자, 그녀는 홍보물이 덕지덕지 붙은 202호의 문을 두드렸다. 지팡이를 짚고 계단을 올라오던 노파와 마주친 건 그때였다. 혹시 오늘 202호 사는 남자를 못 봤느냐고 물으니, 노파는 고개를 저었다.

"못 봤어. 근데 아마 집에 없을 거야. 요 며칠 담배 연기가 안 올라오던데? 백수가 집에서 꼼짝 않고 밤새도록 담배질이니…… 그게 환풍구 타고 우리 집으로 다 올라오지. 아무리 잔소리를 해도 들어 처먹지도 않아."

금요일 저녁, 이르게 한 주를 마무리한 손님들이 호프집으로 몰려오기 직전의 시간이었다. 다시 매장으로 돌아온 지수는 서둘러 앞치마를 두르고는 미리 썰어 놓은 야채를 냉장고에서 꺼내 안주 접시에 나눠 담았다.

"내 커피 사 오라니까, 깜빡했구나?"

튀김기 앞의 도말희가 고개를 돌려 지수의 표정을 살폈다. 곱게 화장한 얼굴에 호기심이 어른거렸다. *아, 맞다. 죄송해요. 지금 가서 사 올게요.* 밖으로 나가려는 그녀를 도말희가 붙잡았다.

"됐어. 기자님은?"

"경찰서에 있을 거예요. 또 사건이 터져서……."

지수에게서 자초지종을 들은 도말희가 끌끌 혀를 찼다.

"둘이 데이트하라고 보냈더니…… 기껏 탐정 놀이나 하다 온 거야?"

"에이, 사장님. 데이트라뇨."

"으응? 청춘남녀가 데이트하는 게 뭐가 어때서?"

도말희가 장난스레 눈을 동그랗게 떴다.

"혁중 씨도 돌싱이라지, 아마."

다시 튀김기로 돌아선 그녀가 무심히 내뱉었다.

"네? 아…… 네."

지수는 말끝을 얼버무렸다. 형사와 통화한 이후로 흥분 상태가 좀처럼 가라앉지 않았다. 혹시라도 형사들이 마리비어를 찾아올지 모른다고 생각하니 더더욱 긴장의 끈을 놓을 수가 없었다.

재원이 집에 없는 걸 확인하고 지수는 혁중에게 전화를 걸었고, 그는 지수에게 담당 형사의 연락처를 알려 주었다. 류재원의 행방을 찾으려면 실종신고보다는 제보가 빠를 거라고 했다. 형사에게 무교의 옆집 이웃이라고 신원을 밝힌 지수는 재원이 무교와 어떤 식으로 얽혔으며 실버홈에서 어떤 이야기를 들었는지 모두 털어놓았다. 경찰이 그의 실종을 무교의 행방불명과 연관 지어 곧바로 위치 추적에 들어갔다는 건 뒤늦게 혁중에게서 전해 들은 사실이었다.

"사장님, 그 금괴 말이에요. 정말 그 서랍장 안에 있었을까요?"

그녀가 불쑥 도말희에게 물었다. 무교의 의심대로 금괴를 가져간 이가 정말 류재원이었는지, 아까부터 지수는 그게 궁금하던 참이었다.

"그 사람들, 서랍장 안쪽은 더듬어 봤을까?"

"서랍장 안쪽이요?"

"보통 금괴를 장에 숨길 땐 서랍 빼면 나오는 뒤쪽에 쌓아 놓거나, 안쪽에 뭐로 붙여 놓거나 하거든. 서랍에 그냥 넣어 놓으면 들킬 게 뻔하잖아."

잘 알아듣지 못하는 지수에게 도말희가 부연 설명을 했다.

"그런 방법이 있는 줄은 몰랐어요. 사장님은 어떻게 아세요?"

"그걸 왜 몰라? 영화나 드라마만 봐도 나오는데."

도말희가 피식 웃었다.

간판 불이 꺼진 시장 골목을 따라 걸음을 재촉했다. 으스스한 가로등이 발밑 아스팔트를 붉은 기운으로 물들였다. 점포와 점포 사이 음침한 샛길, 반쯤 내려진 셔터 아래 칠흑 같은 공백, 바닥에 드리운 까만 그림자 같은 것들이 어두운 골목 구석구석에서 그녀를 위협했다.

폐점 시간이 가까워지도록 혁중은 가게에 나타나지 않았다. 지수는 휴대폰 검색창을 띄워 사건과 관련해 새로 올라온 뉴스가 있는지 확인했지만, 실버홈에서 반신불수의 노인 환자가 의문사했다는 기사를 끝으로 아직 별다른 소식은 없었다.

— 어떻게 되고 있어요?

문자를 보낸 지 몇 분 만에 그에게서 전화가 걸려 왔다.

"지수 씨, 여기 현장이에요. 류재원 씨 찾았어요. 찾았는데……."

류재원의 시신이 발견된 곳은 무교의 옛집에서 그리 멀지 않은 재개발 해제 구역이었다. 혁중이 무거운 목소리로 상황을 전달해 주었다.

"지금 시신을 수습하는 중인데, 이미 부패가 진행돼서 상태가 엉망이에요. 칼에도 여러 번 찔린 것 같다고 하고……. 경찰은 일단 김무교의 범행으로 보고 있는데 CCTV 확보하고, 현장에서 나온 혈흔이랑 지문 채취해서 국과수에 넘기면 좀 더 확실한 물증이 나오겠죠."

사건 현장이 어디인지 정확히 알려 달라고 하자 혁중은 대답을 꺼렸다. 밤이 깊었고 너무 외진 곳이라 지금은 오지 않는 게 나을 거라고 했다.

류재원이 죽었다. 김무교의 칼에 찔려 죽은 것이다. 옆집 301호에 살던 김무교, 하윤이 아빠 김무교의 손에. 전화를 끊고 심호흡을 해 봐도 뛰는 심장을 진정시키기엔 역부족이었다.

잰걸음으로 골목을 빠져나와 익숙한 대로변으로 들어섰다. 왼편 주택가에 빨간 경광등을 깜빡이는 구급차 한 대,

그리고 방송국 로고를 단 취재 차량이 보였다. 철거 예정인 집들이 밀집해 있어 낮에도 오가는 사람이 드문 동네였다. 구급차가 세워진 곳은 언덕 위 동네로 향하는 좁은 계단 아래였다. 류재원이 살해된 현장이 틀림없었다.

쿵쿵 뛰는 가슴을 누르며 컴컴한 계단을 뚫어져라 주시하던 그때, 경찰로 보이는 남자 넷이 들것을 들고 조심스레 계단을 내려왔다. 피로 얼룩진 하얀 천이 경광등 불빛을 받아 번쩍이다 이내 열린 뒷문으로 사라졌다. 구급차가 떠나고 주위가 잠잠해지길 기다렸다 조심조심 계단을 올랐다. 서늘하고 축축한 시멘트 벽과 벽 사이로 시체 썩은 내가 유령처럼 떠다녔다.

오래전 버려진 동네임을 증명하듯 골목길에는 기울고 휘어진 지붕과 담벼락을 따라 온갖 쓰레기들이 널브러진 모습이었다. 폴리스라인으로 가로막힌 대문을 경찰 두 명이 지키고 섰고, 그 앞으로 감식반이 들락거렸다. 혁중이 무언가를 메모하며 한 사내와 한창 이야기 중이었다.

"어? 지수 씨. 여긴 어떻게 알고 왔어요?"

그녀를 알아본 혁중의 두 눈이 커다래졌다.

"오는 길에 우연히 봤어요."

"냄새가 역한데. 괜찮겠어요?"

언젠가 편의점에서 만난 재원에게서 풍기던 것과 흡사하

게 흉측한 냄새에 미간이 찌푸려졌지만 그래도 지금 당장은 아는 누군가를 만났다는 안도감이 더 컸다.

"수용경찰서 강력팀 강상민입니다. 안 그래도 다시 연락드리려고 했는데."

네모진 턱의 중년 사내가 지수에게 인사를 건넸다. 이름을 밝히기 전인데도 이미 형사는 그녀가 류재원 사건의 제보자임을 눈치챈 것 같았다. 지수가 엉거주춤 고개를 숙이던 찰나, 대문 너머에서 갑작스레 개 짖는 소리가 터져 나왔다.

"에이, 저 개새끼들 진짜. 한꺼번에 짖어 대니."

"동물보호단체는 아직인가요?"

"참……, 어떻게 여기서 개를 키울 생각을 했나 몰라. 이걸 똘똘하다고 해야 되나, 미친 똘끼라고 해야 되나……."

강 형사가 지수의 눈치를 보며 슬쩍 말꼬리에서 힘을 뺐다.

"돈 받고 데리고 있던 거라고 했죠?"

"종로에 있는 애견 호텔 주인한테 받아 온 걸로 확인됐어. 그놈도 잡아서 수사과로 넘겨야지."

몰골이 처참해. 몇 놈은 이미 죽었고……. 급한 대로 조 형사 시켜서 사료랑 물 갖다 놓긴 했는데. 이젠 하다 하다 개 수발까지 다 들어 보네, 나 원 참. 강 형사가 피식 웃으며 바지 자락을 탁탁 털어 냈다.

"계획범죄인가요?"

"피해자를 청 테이프로 결박한 흔적이 있어. 몸싸움하다 우발적으로 찌른 상황인데. 뭐 지금 파악되는 건 이 정도고, 정확한 범행 시간은 CCTV 돌려 봐야 하고."

"김무교 행방은 확인 안 되고요?"

"경기 서북쪽에서 신호가 끊겼어."

"류재원은 금괴 때문에 그랬다고 치고…… 실버홈의 피해자는 왜 죽였을까요?"

"글쎄. 거긴 또 왜 갔는지, 그 동기가 애매한데……."

"혹시, 어머니 서랍장을 다시 한번 확인하러 갔던 건 아닐까요?"

혁중과 강 형사의 시선이 일제히 지수에게로 쏠렸다.

"어디서 들었는데, 금괴를 서랍장 안쪽 벽에 붙여서 숨기는 방법이 있대요. 실버홈 요양보호사에게 듣기로는 류재원 씨나 김무교 씨나 서랍장 내부 공간까지 확인한 것 같지는 않아서요. 한밤중에 문득 금괴가 서랍장 안쪽에 붙어 있을지도 모른다는 생각을 떠올린 것 아닐까요?"

"그리고 서랍장에서, 누군가 금괴를 뜯어낸 흔적을 발견했다?"

강 형사가 휴대폰을 꺼내 들었다. *조 형사, 내일 아침에 실버홈에 있는 서랍장, 그거 국과수에 넘겨. 서랍 싹 빼고, 안*

쪽 벽에서 지문 나오는 거 있는지 감식해 달라고 해. 강 형사가 통화를 하는 동안 혁중이 씩 웃으며 엄지를 척 들어 보였다.

"그러면 용의자가 서랍장을 확인한 다음에 류재원한테 갔다는 얘기인데……."

"그러다 옆 침대의 노인을 우발적으로 살해했고요?"

강 형사가 아랫입술을 내밀고는 고개를 저었다.

"질식사한 흔적도 없고…… 살인 동기로는 너무 약해. 아무리 당황해도 그렇지, 정신 오락가락하는 노인네를 굳이? 아, 잠깐만."

강 형사가 전화를 받으며 혁중과 지수에게 이만 가 보라는 듯 눈인사를 했다. 폴리스라인 너머에서 또다시 개 짖는 소리가 터져 나왔다. 누구를 향한 원망인지 알 수 없는 공허한 짖음. 지수는 현장에서 눈길을 거두고 떨어지지 않는 발걸음을 옮겼다.

"아우, 피곤하다. 지수 씨, 내가 집까지 태워다 줄게요."

혁중이 입을 틀어막고 하품하며 말했다.

"괜찮아요. 얼른 기사 쓰고 집에 가서 쉬셔야죠."

"속보는 대충 써서 보냈어요. 어차피 또 경찰서 가야 돼요. 지나가는 길이니까, 사양 말고 타요."

지수가 선선히 호의를 받아들였다. 수용경찰서는 지하철

역 인근인데 지나가는 길이 맞나 싶었지만 그런 걸 따지기엔 사지가 녹아내릴 듯 피곤했다.

"저 개들은 이제 어떻게 되는 거예요?"

"아마 보호소 같은 데로 가겠죠."

사람 손에 구출된 줄로 알았을 개들은 저 지옥 같은 집에서 하룻밤을 더 견뎌 낼 것이다. 그리곤 공간을 옮겨 철창 안에서 어리둥절한 채로 얼마간 살다가 안락사를 맞이할 테지.

"지수 씨 혹시, 반려견 키워요?"

운전대를 잡은 혁중이 물었다.

"반려견은 없고…… 딸이 하나 있어요. 흠. 어째 말이 좀 이상하다."

"세나? 이제 여섯 살이라고 했죠?"

지수가 고개를 끄덕였다. 세나가 있다는 얘기는 도말희에게 들었겠지 싶었다. 혁중 씨는요, 하고 물으려다 잠시 생각한 끝에 그만두었다. 혁중 씨도 돌싱이라지, 하던 사장의 말이 문득 떠올라서였다. 그에게 아이가 있건 없건 어차피 나와는 상관없는 일이니까.

"집, 안 무서워요?"

"무섭죠. 무서워서 요새 잠도 안 와요."

"거기로 가진 않을 테니까 너무 걱정하지 마요."

과연 그럴까. 아들 하윤이가 안음주택에 살고 있는데.

"실버홈에 그렇게 드나들었으면서, 김무교는 왜 서랍장을 한 번도 의심하지 않았을까요?"

"어머니가 입소하던 날 김무교는 강릉에 있었어요. 전처가 와서 입소 절차를 도와드렸죠. 그래서 서랍장을 못 봤나 봐요."

"아무리 그래도 원래 집 안에 있던 가구를 못 알아봤다는 게……."

"본인의 관심사 외에는 세상 모든 것에 철저히 무관심한 그런 사람들이 있거든요."

세상의 크고 작은 일에 지대한 관심을 품고 있는 사람. 무교의 대척점에는 혁중과 같은 사람들이 버티고 있는 게 아닐까, 하는 생각이 들었다.

"그런데 지수 씨는 어떻게 실버홈에 찾아갈 생각을 다 했어요?"

기자는 내가 아니라 지수 씨가 해야 할 것 같아. 혁중은 그녀가 홀로 실버홈이며 류재원의 집을 찾아간 게 신기한 눈치였다.

"김무교한테 재원 씨 얘기를 했던 게 찜찜해서요."

거실에서 그와 마주쳤던 날 사실대로 말할 게 아니라 그저 설렁설렁 웃으며 둘러댔더라면. 아니면 무교가 그의 행적을 알고 있다는 사실을 그날 재원에게 귀띔이라도 해 주었더라면.

"언젠가는 벌어졌을 일이에요. 지수 씨 탓 아니에요."

"네. 그렇게 생각해야죠."

"그 대신 강아지들은 살렸잖아요."

저 강아지들, 관리도 안 되고 대부분 노견이라 더 방치됐으면 얼마 못 가 죽었을 거래요. 지수 씨가 개네 살린 거예요. 혁중이 위로했다.

"그렇구나. 그건 다행이다."

그녀가 마음속 앙금을 털어 내듯 길게 한숨을 내뱉었다.

"비누꽃을 나한테 양보하고, 꽃집을 박차고 나갈 때부터 알아봤어. 이 사람한테는 뭔가 특별한 게 있다."

지수가 피식 웃었다.

"특별한 게 있죠. 의절한 엄마."

"의절? 어머니랑?"

혁중이 되물었다.

"잘했어요."

얼마간 침묵이 이어진 끝에 마침내 그가 입을 뗐다.

"지수 씨가 그랬다면, 분명 무슨 이유가 있었겠죠."

지수는 고개를 돌려 혁중을 쳐다보았다. 그는 정면에 시선을 고정한 채로 말이 없었다. 오래전부터 알아 온 누군가와 함께 있는 듯, 익숙하고 포근한 온기가 온몸에 퍼져 나가던 그 순간 지수는 직감했다. 저 옆모습을 어쩌면 앞으로 꽤 오랜 세월 바라보게 될 것 같다고.

늦봄의 햇살이 2층 창가를 달구었다. 햇빛이 내려앉은 따뜻하고 네모진 공간에 잠든 초코가 엎디어 있었다. 설거지를 끝낸 지수는 적막한 거실을 둘러보았다. 다들 나가고 없나. 아니면 방에서 자고 있나. 일요일 오후, 고양이의 작은 뒤척임까지 들릴 것처럼 집 안은 온통 고요했다. 아이들이 지저귀는 소리, 길분이 즐겨 보는 티브이 드라마나 누군가와 통화하는 소원의 달뜬 목소리도 들려오지 않았다.

재원을 죽인 범인이 김무교로 밝혀지면서 공포가 또 한 번 안음주택을 휘감았다. 백골 시신 사건으로 그가 경찰 조사를 받을 때와는 차원이 다른 불안감이었다. 각층 현관문의 비밀번호가 모두 바뀌었고, 사람들은 식사를 마치고 나면 조용히 각자의 방에 틀어박혔다. 당장이라도 김무교가 도어록을 해제하고 3층 현관으로 쳐들어올 것만 같아 요 며칠간 지수도 새벽잠을 설쳤다.

오전에는 아이들을 데리고 키즈카페에 다녀왔다. 더 놀겠다며 버티는 하윤이와 세나를 겨우 달래 집으로 돌아와 막

늦은 점심을 먹은 참이었다. 뚝딱 한 그릇을 비운 아이들은 은찬이 얼마 전 새로 데려온 고양이와 놀겠다며 포르르 4층으로 올라가 버렸다.

아빠가 없어도 다행히 하윤의 표정은 밝았다. 여섯 살은 여섯 살이구나. 트램펄린 위에서 방방 뛰는 하윤을 보며 지수는 한결 마음이 놓였다. 무교가 수배된 직후 은수는 하윤의 같은 반 친구 엄마들에게 일일이 전화를 돌렸다. 출판사에서 후원받은 동화책과 간식을 예쁘게 포장해 아이들에게 하나씩 선물하기도 했다. 하윤이가 이웃들의 부주의한 혀놀림에 다치지 않고 평범한 일상을 보내는 건 모두 그런 은수의 정성 덕분이었다. 아이들을 위하는 은수의 마음엔 티끌만 한 거짓도 없어 보였다. 대수 어르신을 쫓아낸 것 역시, 세나를 위하는 그녀의 진심이었을 터였다.

"내가 당신 같은 여자를 모르는 줄 알아?"

노인의 까랑까랑한 음성이 은수와 맞선다.

"나 쫓아내려고 수 쓰는 거, 내 다 알고 있어!"

"그래서, 어르신이 세나를 안 만지셨어요? 그것만 말씀해 보세요."

차분한 음성에는 어떠한 격한 감정도 섞여 있지 않지만, 듣는 사람은 안다. 그 안의 흔들리지 않는 단호함을, 그리고 한번 마음먹은 이상 누구도 그 결정을 뒤집을 수 없다는 걸.

세나의 울음소리에 뛰어가 보니, 조대수가 아이의 치마 속에 손을 넣어 더듬고 있었다고 했다. 바닥에는 인스턴트커피 가루가 온통 흩뿌려져 있었고, 어찌 된 일인지 캐물어도 그는 우물거리기만 할 뿐 속 시원한 해명을 하지 못했다고. *자기야. 내가 두 눈으로 똑똑히 봤어. 그냥 내가 알아서 할게.* 은수는 딱 잘라 말하곤 고개를 돌렸다. 분노를 간신히 억누르고 있는 듯한 한마디에 지수도 감히 무슨 말을 덧댈 수가 없었다.

"세나야. 괜찮아?"

"응. 나 괜찮아."

"엄마가 미안해. 그때 엄마가 곁에 있어야 했는데……"

"나 진짜 괜찮아, 엄마."

"혹시 그전에도…… 할아버지가 세나 만졌어?"

"아니."

"그러면…… 오늘만 그런 거야?"

"아, 몰라. 생각 안 나."

세나가 인상을 쓰며 도리질을 쳤다. 잠든 세나의 머리를 쓸어 주며 지수는 생각에 잠겼다. 아이의 치마 앞면이 흰 설탕과 프림 가루로 지저분했다. 지수가 인스턴트커피를 마실 때마다 세나는 나도 한 모금만, 하며 떼를 쓰곤 했다. 여섯 살짜리가 커피는 무슨, 안 돼, 하면 세나는 치, 하며 조그만 입을 삐죽거렸다.

사건이 일어난 지 이틀 만에 조대수는 짐 가방 하나에 옷과 소지품을 챙겨 노인주간돌봄센터로 거처를 옮겼다. 자포자기한 듯 사회 복지사의 지시대로 한 손에 여행 가방을 끌며 안음주택을 나선 조대수는 골목 모퉁이를 도는 마지막 순간까지 한 번도 뒤를 돌아보지 않았다고 했다. *나 빼고 아무도 할아버지한테 인사 안 했어.* 베갯머리에서 소곤거리는 세나의 눈망울에 슬픔이 어렸다.

"세나야, 그날 있잖아."

"그날?"

"할아버지가 세나를……"

"엄마, 나 너무 졸려."

세나가 조막손으로 눈을 비비곤 돌아누웠다. 오르내리는 숨결을 들으며 지수는 세나가 했던 말들을 곱씹었다.

거실을 가로지르는 발소리에 단잠이 깬 초코가 등을 곧추세우며 하품했다. 은수를 찾아 이야기를 좀 나눠 볼 생각이었다. 일요일 점심을 먹고 나면 은수는 나른해진 몸을 끌고 으레 텃밭으로 향하곤 했다. 방울토마토 모종의 키가 자라면서 지지대를 세우거나, 굵은 열매를 맺을 수 있도록 곁순을 따 주어야 했기 때문이었다.

타박타박 계단을 내려가 출입구 밖으로 나섰다. 벌써부터 후텁지근한 공기가 티셔츠 아래로 꿉꿉하게 감겨 들었다. 못 본 사이 텃밭의 모종들은 싱싱한 가지를 허리 높이까지 뻗었다. 아래로 늘어진 줄기마다 연녹색 열매가 조롱조롱 매달려 익기만을 기다리고 있었다. 텃밭 끄트머리에 웅크리고 앉은 은수가 보였다. 농기구 수납장 바로 옆, 흰 블라우스를 입은 그녀의 머리 위로 검붉은 장미꽃 수십 송이가 무겁게 쏟아져 내렸다. 지난달 그녀가 울타리 바깥에 구덩이를 파고 심은 덩굴장미들이 5월을 맞아 화려한 꽃망울을 터뜨리는 중이었다.

"언니, 여기서 뭐 해요?"

지수가 고랑을 따라 조심조심 발을 내디디며 그녀에게 다가갔다. 은수가 몸을 일으켜 세웠다.

"그냥. 꽃이 예뻐서."

은수가 힘없이 읊조리며 손가락 끝으로 장미 꽃잎을 매만졌다.

"와, 장미 향기."

지수가 울타리 앞으로 한 걸음 다가와 크게 숨을 들이마셨다.

"어릴 때 살던 동네 생각 나요. 담벼락에 이런 덩굴장미 많았는데."

"그래? 자기는 이런 냄새 좋아해?"

"네?"

은수가 농담이야, 하며 픽 웃었다. 어젯밤 잠을 설쳤는지 핼쑥한 얼굴이었다. 고개를 갸웃거리며 다시 한번 코를 벌름거리자, 장미 특유의 고릿한 향기가 콧속으로 밀려들었다. 발치에 시선을 떨군 채 은수는 멍하니 생각에 잠긴 모습이었다. 잠시 눈치를 살피다 지수가 입을 열었다.

"어르신은 이제 어디로 가신대요?"

"아직 정해진 건 없어. 왜?"

"그냥요. 너무 갑작스레 떠나신 것 같아서……"

그녀는 말이 없었다.

"세나한테 물어봤는데, 통 말을 안 해요."

"당연한 거 아냐? 그런 일을 당했는데."

"그래도…… 무슨 일이 있었는지 정확히 알아야……"

"알면? 뭐가 달라져?"

그녀는 피로가 깃든 날카로운 눈으로 지수를 쏘아보았다.

"사람이 참…… 별나."

그녀가 비꼬듯 말했다. 엄마라는 사람이, 아이 편을 들어야지. 아이를 먼저 보호해야지. 시답잖은 사실 여부를 따질

게 아니라. 뒤에 생략된 말들을 지수는 알아들었다. 별나다는 그 한마디가 묵혀 둔 감정에 불을 지폈다. 별난 건 내가 아니라 당신이야. 죄 없는 어르신을 못 잡아먹어 안달을 낸 당신, 보이지도 않는 벌레를 죽인답시고 온 집에 쿰쿰한 식초 물을 뿌려 대는 당신, 베이킹 소다로 세탁한 시대착오적인 원피스만 입는 당신, 세나에게 로아의 그림을 따라 그리게 한 당신이 별난 거라고. 모녀의 스케치북은 왜 몰래 가져갔느냐고 따지고 싶은 충동에 사로잡히던 순간, 은수의 다리에 매달려 있던 세나의 모습이 머리를 스쳤다. 은수에게서 세나를 떼 놓았을 때 자신이 맞닥뜨리게 될 그 모든 현실도.

"그 말하러 온 거야?"

은수가 팔짱을 끼고는 지수를 똑바로 쳐다보았다. 아무 대꾸도 하지 못하는 지수를 그녀는 뚫어지게 바라보기만 했다.

"자기, 실버홈에 찾아갔다면서."

은수는 알고 있었다. 어쩌면 더 많은 것들을 이미 알고 있는지도 몰랐다. 혁중과 함께 무교의 옛집에 기웃댄 것, 재원의 실종을 강 형사에게 제보한 것, 소원과 단둘이 장을 보러 간 것부터 침대 밑 수납함을 발견한 것까지.

"없어진 사람을 자기가 왜 묻고 다녀?"

"무교 씨랑 거실에서 했던 얘기가 생각나서 혹시나 하고 찾아갔던 거예요. 그것뿐……"

"아주 큰일 날 사람이네, 지수 씨. 내 말 똑바로 들어요."

그녀가 말을 딱 잘랐다.

"우리 식구 얘기를, 내가 다른 사람 입에서 듣지 않았으면 좋겠어. 알아들어요?"

"네, 언니."

자신도 모르게 대답이 흘러나왔다.

"자기 아니더라도, 나 요새 너무 힘들어. 몰라?"

"제 생각이 짧았어요."

"키즈카페는 다녀왔어? 애들은."

"밥 먹고 4층에 올라갔어요."

"뭐? 4층엔 왜."

그녀의 언성이 돌연 높아졌다.

"새로 온 고양이랑 논다고……"

"지금 은찬이 없는 거 몰라?"

바삐 텃밭을 가로지르는 그녀의 뒤를 당황한 지수가 쫓아갔다.

엘리베이터 앞에 도착한 그녀가 버튼을 연거푸 눌렀다. 완전히 얼이 빠진 표정이었다. 지수는 이 상황이 도무지 이해되지 않았다. 아이들만 4층에 올려 보낸 게 그렇게 큰 잘못인가. 지금껏 한 번도 그런 적이 없긴 하지만, 그래도.

"하윤아! 세나야!"

4층 현관문을 열어젖히며 은수가 소리쳤다. 현관과 마주한 은찬의 방문이 빼꼼히 열려 있었다. 안에서 아이들의 키득거리는 웃음소리가 조그맣게 흘러나왔다.

문이 벌컥 열리자 앉아 있던 아이들이 놀란 눈으로 어른들을 쳐다보았다. 회색 고양이가 헝겊 물고기 장난감을 부여안고 방바닥에 누워 꿈틀거리고 있었다.

"얘들아! 여기 들어오면 안 돼! 얼른 나와."

은수가 하윤이와 세나의 팔을 잡고 밖으로 거칠게 끌어냈다. 잔뜩 겁을 먹은 세나가 울음을 터뜨리고, 곧이어 하윤의 표정도 울상으로 변했다. *허락도 없이 삼촌 방에 들어오면 어떻게 해! 괜찮아? 뭐 만지진 않았어?* 야단스레 아이들의 손과 두 볼을 쓰다듬고 살피는 그 모습이 지수는 어리둥절할 뿐이었다. 우는 아이들의 등을 다독이며 시선은 자연스레 열린 문 안쪽으로 이끌렸다.

창문에는 짙은 우드 블라인드가 드리워졌고, 검정 갓을 씌운 주광색 조명이 방 안을 은은하게 밝혔다. 싱글 침대에 잘 정돈된 회색 침구, 검정 철제가구가 배치된 무채색 계열의 깔끔한 실내는 참으로 은찬이다웠다. 밝은 자연광과 흰색 가구로 채워진 다른 호실과는 달리 그의 방에선 어딘가 은밀한 공기가 흘렀다. 현관에 들어선 아이들이 자연스레 이 방으로 이끌린 것도 어쩌면 그래서였을 것이다.

은찬이 쓰는 호실에도 작은 방 하나가 딸려 있었다. 아직 미혼이니 창고나 취미 공간으로 쓰고 있겠지. 허리께까지 드리워진 블라인드 틈새로 베란다의 화초들이 엿보였다.

삑삑, 도어록 버튼을 누르는 소리가 들렸다. 현관문이 열리고, 흰색 반팔 티셔츠를 입은 은찬이 얼굴을 내밀었다. 방금 감은 듯 촉촉하게 젖은 머리에서 샴푸 향이 풍겨 왔다.

"어, 다들 여기서 뭐 해요?"

"너, 왜 문 안 잠그고 나갔어."

말이 끝나기가 무섭게 은수가 쏘아붙였다.

"그냥 잠깐…… 왜, 무슨 일인데."

"애들이 네 방에 들어갔잖아. 대체 넌 왜 그렇게 조심성이 없니!"

"아, 그랬구나. 누나, 미안."

은찬이 별일 아니라는 듯 씩 반죽 좋게 웃어 보였다.

"원예 칼이랑 가위랑…… 베란다에 위험한 도구가 좀 많아서요."

노여워하는 은수 곁에서 어쩔 줄 몰라 하는 지수를 보고 은찬이 말했다.

"너 지금 그런 말이 나와? 사고라도 나면 어쩔 뻔했어. 너 오늘이……."

은수가 채 말을 잇지 못하고 입을 다물었다. 오늘? 오늘은 5월 27일이었다. 달력에 동그라미가 그려져 있던 게 생각났다. 27일이 무슨 날인지 은수에게 물어본다는 걸 그만 잊고 있었다.

"이게 뭐니, 맨날 컴컴하게 블라인드나 쳐 놓고. 이게 사람 사는 거야?"

은수가 악을 썼다.

"도구인지 뭔지 다 버려. 오늘 당장!"

누나, 오케이. 알았어. 앞으론 잘 잠그고 다닐게. 이제 거기까지. 은찬이 하윤이의 머리를 쓰다듬으며 지수에게 한쪽 눈을 찡긋하고는 방으로 들어가 버렸다.

"분명히 다 버리라고 했어!"

이미 닫힌 문에 대고 은수가 다시 한번 고함을 쳤지만, 방 안에서는 아무 대답도 들려오지 않았다.

은수가 거실 의자에 털썩 주저앉았다. 화를 내는 은수의 모습이 낯설고 무서웠던지 세나가 엄마의 품을 파고들었다.

"그 방에서 사고가 났었어. 지금도 그날만 생각하면 식은땀이 흘러."

은수가 늦은 밤 지수에게 털어놓았다. 로아가 은찬의 방에서 놀다가 다친 적이 있었다고 했다. 지수도 대충 짐작하는 바였다. 그런 게 아니라면 단지 방문을 잠그지 않았다는 이유로 은찬에게 그렇게 불같이 화를 내진 않았을 테니까. 그녀의 날 선 반응을 조금은 이해할 수 있을 것 같았다. 그렇다 해도, 은수의 토로에서 보이지 않는 올 하나가 미세하게 빠진 듯한 느낌은 여전했다. 앞으로 조심하면 되지, 방 안도 아니고 베란다에 있던 물건 가지고 너무 동생을 몰아붙이는 것 아닌가. 게다가 도구를 다 버리라니 너무 과한 것 아닌가. 늘 그래 왔듯 그녀에 대한 질문은 부메랑이 되어 자신에게로 돌아왔다. 왜 나는 언니의 말을 온전히 받아들일 수 없을까, 이 집에 들어온 이후로 줄곧 어긋나 있던 사람은 언니가 아니라 혹시 내가 아닐까, 하는.

"자기는 내가 그렇게 강해 보여?"

식탁 위에는 손수 구운 초코칩 쿠키와 소주 한 병이 놓여 있었다.

"난 이 집에서 아무도 의지할 사람이 없는데."

그녀가 초코칩 쿠키를 반으로 잘라 천천히 씹었다. 흙덩이를 씹는 사람처럼 아무 맛도 느끼지 못하는 듯한 표정이었다.

"한잔할래?"

은수가 소주잔을 손가락 끝으로 밀었고, 지수는 미안한

표정으로 고개를 저었다. 그럴 줄 알았다는 듯, 은수가 비뚜름한 미소를 지었다.

언니, 힘들게 해서 미안해요. 앞으로는 제가 더 잘할게요. 그녀는 결국 그런 말밖에 할 수 없었다. 적당한 거리에서 무심하지만 다정하게, 그녀의 그런 고충을 이제야 알게 되었다는 듯이. *그래, 알았어.* 은수가 중얼거렸다.

지수는 막 손님이 빠져나간 테이블에서 빈 접시와 맥주잔을 거둬들여 주방으로 날랐다. 행주질하는 내내 느껴지는 시선에 무심코 고개를 들었다가 혁중과 눈이 딱 마주쳤다. 그가 재빨리 노트북 화면으로 눈을 내리깔았다.

"CCTV에서는 뭐가 나왔대요?"

지수가 언 잔에 맥주를 따르며 혁중에게 말을 건넸다. 짐짓 심각한 얼굴로 화면을 들여다보던 그가 다시 고개를 들었다.

"예상대로예요. 밤 12시 40분경 김무교가 피해자의 뒤를 따라가는 게 피해자가 살던 빌라 골목 CCTV에 찍혔어요. 피해자가 손에 봉지 같은 걸 들고 있던 걸로 봐서는 아마도 강아지들한테 가던 길이 아니었나 싶어요. 재개발 구역으로 올라가는 걸 보고 뒤따라간 거예요. 협박하려면 주택가보다는 인적이 드문 곳이 낫겠다 싶었겠죠."

"요양보호사가 김무교를 목격한 게 자정이 갓 넘은 시각이었으니까, 예상대로 서랍장을 확인한 뒤에 재원 씨를 찾아간 거네요."

국과수 감식 결과, 서랍장 안쪽 벽면에는 테이프를 붙였다 뗀 듯한 본드 자국이 남아 있었고, 또한 거기에서 김무교의 지문이 검출되었다. 서랍 안쪽에 붙어 있던 금괴를 류재원이 가져간 것이라고, 김무교는 확신했던 것이다. 살해당한 노인의 침상 주변에서는 김무교의 지문이 나오지 않았다고 했다.

"빈집에서 피해자를 청 테이프로 결박한 다음, 금괴를 찾으러 다시 피해자의 빌라로 향했어요. 새벽 1시 20분경 김무교가 빌라 골목 CCTV에 또 찍혔거든요. 아마, 피해자가 도망갈 시간을 벌려고 집에 금괴가 있다고 거짓말한 게 아닌가 싶어요."

"집에서 금괴가 안 나오니, 결국 칼로 협박한 거네요. 사전에 치밀하게 준비한 것 같지는 않은데……. 도대체 칼은 어디서……?"

"피해자 집에서 식칼이 없어진 게 확인됐어요. 우발적 범행이죠. 마지막까지도 죽일 마음은 없었던 것 같아요. 그냥 겁만 주려던 건데, 집에 들어서는 순간 어둠 속에서 결박을 푼 피해자를 맞닥뜨리고 당황했겠죠. 피 묻은 범행 도구는 골목 쓰레기 더미에서 발견됐고요."

"정말로 류재원 씨가 금괴를 가져갔을까요?"

"그건 아닌 것 같아요. 통장 잔액이 그대로예요. 금괴는 일련번호만 훼손하면 주인이 아니라도 누구나 팔 수는 있거든요. 제값을 못 받아서 그렇지……. 그날 실버홈에 다녀온 이후에도 변함없이 집에서 게임에 접속한 기록이 있고, 게임 아이템을 왕창 결제했다거나 누굴 만나 거하게 유흥비를 쓰고 다닌 정황도 없고요."

경찰은 무교의 전처도 불러 조사했으나 그녀가 딱히 금괴를 가져갔다고 할 만한 증거를 찾아내지는 못했다. 시어머니 박경옥이 실버홈으로 입소하던 당일, 이삿짐센터를 불러 시어머니의 오동나무 서랍장을 새 거처로 옮겨 주긴 했지만 그 안에 그렇게 값나가는 물건이 붙어 있으리란 예상은 전혀 하지 못했던 눈치였다.

어쩌면 금괴는…… 오래전에 처분된 게 아닐까요. 혁중의 말을 끝으로 두 사람은 입을 다물었다. 금괴를 찾으려다 동네 청년 하나가 목숨을 잃었고, 친아들은 살인범에 도망자 신세가 되었지만, 정작 금괴의 주인인 박경옥은 침대에 누워 침묵하고만 있었다. 그녀가 누구인지, 어떤 사람이었는지 이제 누구도 제대로 알지 못한다. 그녀가 아들 손주와 함께 살던 집은 담장의 허리가 끊긴 채 폐허로 변해 버렸고, 그녀에

게 자신의 존재를 희미하게나마 되새겨 줄 물건은 그 서랍장 외엔 이제 무엇도 남아 있지 않았다.

스산한 감정이 밀려들었다. 어제의 분위기와 조금도 다르지 않은 왁자지껄한 이 호프집이, 마치 오늘 처음 들어와 본 장소처럼 생경하게 느껴졌다. 알지 못하는 몸뚱이에서 떨어져 나와 이리저리 부유하는 깃털이 된 듯한 기분이었다.

"무슨 생각해요?"

지수의 표정을 살피던 혁중이 그녀에게 물었다.

"있잖아요. 혁중 씨는 누군가에게 비밀이 있는 것 같을 때 어떻게 해요?"

"비밀?"

"정확히는 모르겠지만…… 자꾸 내게 뭔가를 숨기는 기분이 들거나 그럴 때요."

"글쎄요. 비밀이라……."

혁중이 턱을 문지르며 잠시 생각에 잠겼다.

"어차피 내가 그 사람의 모든 걸 알 수는 없지 않나요?"

우묵한 두 눈이 진지하게 반짝였다.

"진실은 언젠가 드러나게 되어 있으니 그때까지는, 그 사람을 그냥 믿을 것 같은데요."

"뭔가 숨기고 있는 걸 알면서 믿는다는 게 가능해요?"

"내게 얼마나 소중한 사람인가에 달렸겠죠. 가족처럼, 절대 놓을 수 없는 사람이라든가."

 일을 마치고 집으로 향하는 길에도 혁중과의 대화가 머릿속에 맴돌았다. 어차피 놓을 수 없는 사람이라면, 그렇다면 비밀 같은 건 차라리 모르는 게 나을 수도 있었다. 남들이 알지 못하는 어두운 귀퉁이 하나쯤 누구에게나 있는 거니까. 내가 알지 못한다고 해서 그게 꼭 나쁜 건 아닐 테니까.

 골목 중간쯤에서 지수는 그 여자를 보았다. 펑퍼짐한 몸에 앞치마를 두른 그녀는 가로등 아래를 서성이며 누군가와 통화 중이었다. 여자의 벌린 입에서 푸르스름한 연기가 피어올랐다.

 다가오는 인기척을 느낀 그녀가 담벼락 쪽으로 몸을 돌렸다. 둘 사이의 거리가 가까워지는 만큼 여자의 목소리도 잦아들었다. *네…… 네…… 알아요……*. 발음도 억양도 부자연스러운 한국어가 간헐적으로 들려왔다. 실버홈에서 무교를 목격한, 쩌우라는 베트남 국적의 요양보호사가 틀림없었다. 요양사가 담배라니. 게다가 실버홈의 야간 근무자는 한 명뿐이라고 들었는데, 한밤중에 저렇게 밖에 나와 있어도 되는 건가.

 한참 걸어가다 지수는 뒤를 돌아보았다. 지수의 시선이 신경 쓰였던지 그녀는 결국 담배를 발로 비벼 *끄곤* 불빛이 닿지 않는 어둠 속으로 숨어 버렸다. 실버홈의 불은 꺼져 있었고, 담뱃불을 끄고도 그녀는 한동안 들어갈 생각이 없는 것 같았다. 지수는 왜인지 모르게 쩌우의 어두운 귀퉁이를 막 목격한 기분이었다.

5.

 돌덩이가 얹힌 것처럼 명치가 답답했다. 자리에서 일어나 크게 심호흡을 해 봐도 소용이 없었다. 지수는 창문을 열고 바깥 공기를 들이마셨다. 아침으로 뭘 잘못 먹었나, 생각해 봤지만 냉장고에 있던 삶은 달걀 하나와 아몬드 몇 개가 전부였다.
 텃밭 주변을 에워싼 도래산 밑자락이 온통 개나리며 진달래꽃의 물결로 어지러웠다. 파스텔 색조로 뒤덮인 풍경 속에서 울타리 근처의 검붉은 장미 덩굴이 잘못 떨군 물감 한 방울처럼 홀로 불그스름한 기운을 뿜어냈다. 빨간 장미가 봄에 어울리는 색은 아니라는 걸 지수는 새삼 깨달았다. 며칠 전 은수와 텃밭에서 나누었던 대화가 떠올랐다. 사람이 참 별나, 하며 자신을 바라보던 그녀의 절박하고도 어딘가 슬퍼 보이던 눈빛도.

방 안이 깜깜했다. 3층 모녀의 침대에 은수가 잠들어 있었다. 서로 엉켜 잠든 어둠 속 하나의 덩어리. 침대 머리맡의 수면 등을 켰다. 건조대에 가지런히 널어놓은 모녀의 속옷이며 티셔츠가 눈에 들어왔다. 지수가 그녀를 조용히 흔들어 깨웠다.

"언니, 저 왔어요."

"응? 아…… 내가 깜빡 잠이 들었나 봐. 세나만 여기서 재운다는 게 그만……."

은수가 조심스레 아이에게서 팔을 떼고 사뿐히 몸을 일으켜 이불을 들추고는 허벅지 위로 한참 올라간 치마를 잡아 내렸다. 맨발로 침대에 가부좌를 틀고 앉아 천천히 헝클어진 머리를 모아 고무줄로 묶는 그녀의 모습을, 지수는 낯선 생물종을 관찰하듯 바라보았다.

"세나가 많이 피곤했나 봐. 엄마 침대에서 일찍 자고 싶대서."

그녀가 나지막이 속삭였다. 괜찮지? 커다란 눈망울이 이렇게 묻고 있었다.

"힘드셨겠네요. 얼른 올라가서 주무세요, 언니."

"빨래가 쌓였길래, 내가 좀 해서 널었어."

"네. 고마워요, 언니."

"그래, 자기도 얼른 씻어."

은수가 나가려던 발길을 멈추고 뭔가 할 말이 있는 듯 가방과 코트를 옷걸이에 거는 지수를 돌아보았다.

"세나가 그림에 소질 있다고, 내가 말했었나?"

"아, 그래요?"

솔직히 그런 말을 들은 적이 있는지 잘 기억나지 않았다. 혼란스러운 마음에 그저 빨리 대화를 끝내고 싶은 생각뿐이었다.

"이모를 닮아서 그런가."

은수가 농담을 건넸다. 어째서 엄마가 아니고 이모인가. 은수가 민화를 그린다는 사실을 그녀는 가까스로 기억해 냈다. 아이들 방 침대 밑에서 발견한 로아의 작품과, 그 작품을 모방한 세나의 서툰 그림이 떠올랐다. 그저 웃어넘겨야 할지, 이참에 한마디 해야 할지 마음을 정하지 못한 채 그냥 서 있었다. 그런 그녀를 가만히 바라보며 은수가 넌지시 한마디를 보탰다.

"왜, 질투 나?"

"아니에요. 그냥 좀 피곤해서 그래요."

"……자기, 기분이 안 좋아?"

은수의 두 눈이 동그래졌다.

"맞구나."

지수는 입을 굳게 다물었다. 그러면 그렇지. 이번에도 똑

같은 실수를 또 되풀이하고 말았다. 참고 참다가 최악의 타이밍에 감정을 드러내는 것.

"자기 일할 때 난 세나랑 맨날 부둥켜안고 잤어. 몰랐어?"

"그건 아는데……."

"그냥 내가 싫은 거구나."

"아니, 그런 게 아니라……."

지수는 그녀의 눈을 쳐다볼 수가 없었다. 침침한 방 안에 무거운 침묵이 흘렀다. 목이 바짝바짝 타들어 갔다. 그게 아니라고 확실히 말해야 했다. 싫은 게 아니라고, 단지 시간이 필요한 것뿐이라는 따위의 말이라도 해야 했다. 하지만 이상하게도 입이 떨어지지 않았다. 침묵이 길어질수록 은수의 눈빛도 점점 차갑게 식어 가는 게 보였다.

"아니, 넌 내가 싫은 거야."

그녀가 지겹다는 듯 내뱉었다. 마치 넌 여기까지야, 라고 알려 주듯이.

무엇이 그리도 껄끄러웠을까. 그녀가 모녀의 방에 들어간 것? 부탁하지도 않은 빨래를 해서 널어놓은 것? 모녀의 침대에서 한 이불을 덮고 잠든 것? 속옷과 맨살을 태연히 드러내고도 전혀 민망해하지 않은 것? 하지만 민망해한다면 무엇을? 그녀의 말대로 여태껏 그 둘은 내내 그렇게 껴안고 잠이 들었을 것이고 달라진 거라곤 그 장소가 모녀의 침대라는 것뿐인데.

 오늘 아침 그녀는 지수와 눈을 맞추지 않았다. 용기 내어 아침 인사를 건네기도 전에 은수는 자리를 피해 버렸다. 그날 밤, 오늘따라 엄마 방에서 자고 싶다고 말한 건 정말 세나의 의지였을까. 혼란한 마음의 틈을 비집고 스멀스멀 또다시 피어오르는 의심을 지수는 애써 떨쳐 냈다.
 기분 나쁘게 올라오는 신물을 눌러 삼키며 책상 위에 놓인 연한 주황색 알약을 집어 들고 살펴보았다. 한쪽 면에 새겨진 '1'이라는 숫자가 눈에 띄었다. 잠이 잘 오게 해 준다며 엊그제 소원이 몇 알 나눠 준 것이었다. 요즘 불안해서 새벽잠을 설친다고 하자, 소원이 방에 들어가 흰 약병 하나를 들고나왔다.
 "엄마한테 받은 약인데 언니도 먹어 봐요. 허브로 만든 거래요. 저도 불안장애가 심했을 때 잠을 거의 못 잤는데 이거 먹은 뒤로는 잘 자요."
 약병 겉면에는 라벨이 붙어 있지 않았다. 그럼 속는 셈 치고 한 알만 먹어 볼까, 싶어 지수는 순순히 그녀가 주는 대로 약 세 알을 받아 들었다.
 "손 떨리는 건 여전하네."
 요즘 들어 손 떨림 증상이 더 심해진 소원은 애견 미용 학원도 당분간 쉬는 중이었다.

"계속 그러네요. 가위질하는 것도 불안하고…… 눈도 좀 흐릿하고……."

"그러지 말고, 병원에 한번 가 봐."

"엄마가 푹 쉬면 괜찮을 거래요. 너무 스트레스받으면 그럴 수 있다고……. 엄마가 간호사였으니까 그렇다면 그런 거겠죠, 뭐."

얼마 전 실습 시간에 소원은 하마터면 포메라니안의 귀 끝을 자를 뻔했다. 아직도 그녀의 오른쪽 손등에는 그때 강아지에게 물린 자국이 선명했다.

"엄마는 애견 미용이 나랑 안 맞는 것 같대요."

"왜? 소원 씨 강아지 좋아하잖아. 수업도 재미있다며."

"엄마는, 내가 그냥 집 밖으로 나가는 게 재밌는 거래요. 나가서 맘대로 노는 게 좋은 거라고."

"에이, 그런 거 아니잖아."

나도 잘 모르겠어요. 그녀가 웅얼거렸다.

"자기가 하고 싶은 거랑 할 수 있는 건 다르다고들 하니까."

지수는 입을 다물었다. 그건 아니라고, 그런 헛소리는 믿지 말라는 말 같은 건 차마 나오지 않았다.

"나도 언젠가 언니처럼 살게 될 날이 올까요?"

"나처럼?"

"좋아하는 일 하면서, 앞만 보고 달리는 거요."

"당연히 오지. 달리는 게 아니라 아마 그땐 날아다닐걸."

달리긴 뭘 달려. 매일 절뚝거리기 바쁜데, 하고 지수는 내심 씁쓸히 생각했다.

이름도 모르는 약을 알아보지도 않고 넙죽 받아먹었다는 게 한심했지만, 수면제를 처방받으러 병원에 가는 건 그것대로 또 번거로웠다. 소원이 준 알약은 확실히 숙면에 효과적이었다. 속이 울렁거리는 증상이 혹시 약 부작용 때문이라면, 이와 비슷한 성분의 다른 약을 알아보면 되지 않을까. 지수는 책상 위의 알약을 파우치에 챙겨 넣었다. 명치를 손가락으로 꾹꾹 누르며 그녀는 엘리베이터를 타고 2층으로 내려갔다. 2층 수납장의 구급상자 안에서 아스피린과 소화제를 봤던 게 생각났다.

거실에는 아무도 없었다. 은수는 출근해 관리사무실에 있을 것이고, 야간 아르바이트를 마친 소원은 방에서 한창 단잠에 빠져 있을 시간이었다. 거실을 가로지르며 그녀는 조대수의 방문을 지나쳤다. 방문이 열려 있었고, 방 한가운데 선 길분의 뒷모습이 보였다.

"할머니, 여기서 뭐 하세요?"

길분이 화들짝 놀라 뒤를 돌아보았다. 그녀가 지수를 알아보고는 특유의 어정쩡한 웃음을 지으며 응, 응, 아는 척을 했다.

지수도 호기심에 방 안으로 발을 들였다. 못 자국이 군데군데 드러난 휑한 벽면이 제일 먼저 눈에 들어왔다. 천으로 된 옷장, 체크무늬 커버를 씌운 매트리스, 합판으로 된 5단짜리 서랍장과 책걸상이 가구라 할 만한 것들의 전부였다. 벽걸이 티브이가 마주 보이는 위치에 바둑판과 바둑알 세트가 놓여 있었다. 방바닥에 앉은 조대수가 돋보기안경을 끼고 바둑을 두며 때때로 티브이를 힐끔거리는 모습이 자연스레 연상되었다. 책상 위 책꽂이에는 귀퉁이가 닳은 영어와 중국어 회화 책들이 꽂혀 있었고, 맞은편 벽의 낡은 코르크판에는 잡지에서 오려 낸 듯한 북극광과 피오르의 풍경, 그리고 회화 문구가 적힌 노란 메모지가 다닥다닥 붙어 있었다. 전원이 꺼진 채로 머리에 뽀얀 먼지를 뒤집어쓴 돌봄로봇을 발견하자 입가에 미소가 번졌다. 주인이 없는 방에서는 헌책방 골목과 비슷한 냄새가 풍겼다.

"짐을 거의 다 가져가셨네요. 그래서 문이 열려 있구나."

지수가 방 안을 둘러보며 길분에게 말을 걸었다.

"응, 문을 안 잠그고 갔네. 그 영감쟁이가."

그 영감쟁이가, 하는 목소리에서 쓸쓸함이 묻어났다. 조대수가 없는 자리에서는 고집불통 영감, 괴팍한 노인네, 하며 흉을 보던 그녀였다. 바닥에 놓인 액자 서너 개 가운데 지수가 흑백 사진이 붙은 액자를 꺼내 길분에게 들어 보였다.

"와, 어르신 젊을 때 사진인가 봐요. 비율도 좋고 완전 훈남이시다."

"그 영감쟁이가 인물은 좋았어. 대머리라 그렇지."

슬쩍 올라간 입꼬리를 억지로 끌어 내렸다. 언젠가부터 지수는 근엄하고 무뚝뚝해 보이는 조대수의 얼굴을 보고 있으면 왠지 모르게 웃음이 났다. 그가 소시지 반찬을 좋아한다는 걸 다른 이들은 알까. 못 쓰는 칫솔로 몰래 화장실 하수구를 청소해 놓거나 손수건으로 아이들의 볼과 입가를 슬쩍 닦아 주곤 했다는 것도.

"사람 한 번씩 들고 날 때마다 기분이 아주 허전해."

한집에서 식구처럼 살다가도, 나가 버리면 끝이야. 길분이 뒷짐을 진 채로 중얼거렸다. 처음엔 로아의 엄마, 그다음엔 로아도, 길분은 이런 식으로 갑작스레 떠나보냈을 것이다.

"로아 엄마는 무슨 사정이 있어서 로아를 맡기고 떠났던 거예요?"

그녀가 천천히 몸을 돌려 지수의 얼굴을 쳐다보았다. 그 뜨악한 표정에 어리둥절해진 건 오히려 지수였다.

"세나 엄마가 그걸 어떻게 알아?"

"언니한테 들었어요. 로아 엄마가 나중에 와서 로아를 데려갔다고 하던데요."

"엄마가 데려간 거 아니야." 길분이 읊조렸다.

"네?"

그녀가 한숨을 쉬며 지수에게서 등을 돌렸다. 자신도 모르게 지수는 그녀의 팔을 붙잡았다.

"그게 무슨 말씀이세요?"

"아이, 왜 이래."

"어르신. 엄마가 데려간 게 아니라니, 그게 무슨 말씀이냐고요."

지수가 길분의 얼굴을 똑바로 마주했다. 지수의 두 눈을 피해 천장으로 벽으로 어지러이 굴러다니던 시선이 마침내 체념한 듯, 서서히 그녀에게로 고정되었다. 이렇게 가까운 거리에서 길분과 마주 보는 건 처음이었다. 주름진 눈꺼풀 아래 탄력을 잃은 홍채가 희미한 원망의 빛을 뿜어냈다. 밤이 지나고 날이 밝으면 또 하루를 살아 내야 한다는 막막함, 한 해 한 해 쪼그라드는 육신과 반비례해 속절없이 부풀어 갔을 삶에 대한 두려움이 그 안에 고스란히 담겨 있었다.

"로아는 지금 어디 있어요?"

"알면 뭐 하려고?"

길분의 얼굴이 한순간 일그러지며 두 눈에 서서히 눈물이 고였다. 그녀가 표정을 원래대로 수습하고는 침착하게 팔을 비틀어 빼냈다.

"난 아무것도 몰라."

"알고 계시잖아요."

지수가 나가려는 길분의 등에 대고 따졌다.

"세나 엄마는 뭐 하는 사람이야?"

그녀가 뒤돌아 지수를 흘겨보았다.

"허구한 날 들쑤시고 다니기나 하고, 우리랑 무슨 원수졌어?"

약국으로 가려면 노인복지관을 지나쳐 가야만 했다. 그러니까, 일부러 찾아가는 게 아니라 가는 길에 들르는 거다. 그렇다면 하필 복지관의 점심시간에 맞춰 약국에 가는 건? 아니, 굳이 해명할 필요가 없는 일을 난 왜 이렇게까지 고민하는 걸까.

건물 전면이 녹색 유리로 된 노인복지관 건물 앞에서 지수는 한참 망설였다. 오후 12시 30분. 평소대로라면 조대수가 식당에서 점심을 먹고 있을 시간이었다. 길분의 말대로 저 문을 열고 들어가는 순간, 그녀는 가만히 두면 아무 문제도 없을 벌통을 또 한 번 들쑤시는 꼴이 될 터였다.

지수는 로아의 행방을 여러모로 추측해 보았다. 길분은

아이를 로아 엄마가 데려간 게 아니라고 했다. 그럼 아이 엄마가 아닌 다른 누군가가 데려갔다는 건가. 로아 엄마가 끝끝내 아이를 찾으러 오지 않아서 은수는 로아를 보육원에 보냈다, 그렇게 이해하면 큰 무리가 없었다. 그렇다면 길분이 보인 눈물의 의미는 뭘까. 그걸 묻는 상대방에게 비난의 화살을 돌리면서까지 길분은 왜 침묵을 택했을까.

그녀가 마침내 복지관의 문을 열고 들어갔다. 경로식당은 2층이었다. 고개를 숙인 채 묵묵히 식사 중인 수십 명의 노인 중에서 앉은키가 크고 베레모를 쓴 남자를 찾아 그녀는 주위를 두리번거렸다. 그가 앉은 곳은 테이블 끄트머리 창가 쪽이었다. 주간돌봄센터에서 지내는 중에도 체크 셔츠를 입은 모양새가 평소와 다름없이 단정해 보였다.

식사를 끝낸 노인들로 곳곳에 막 빈자리가 생겨나던 무렵이었다. 그의 옆자리 노인이 식판을 들고 엉거주춤 일어나는 틈을 타 지수가 얼른 다가갔다. 조대수는 밥을 먹으며 휴대폰으로 동영상을 보는 중이었다. 쳐다보는 시선을 느꼈는지 그가 젓가락질을 멈추고 고개를 돌렸다. 꾸벅, 하는 지수를 멀뚱멀뚱 쳐다보며 그가 천천히 귀에서 이어폰을 뺐다.

"여긴 어쩐 일이야?"

"약국 가는 길에 들렀어요."

조대수는 잠시 뚱한 얼굴로 그녀를 쳐다보다가 이내 식판으로 고개를 떨구었다.

"뭐, 날 경찰에 신고라도 할 셈이야?"

"아니에요, 어르신. 그런 거 아니에요."

그냥 뭘 좀 여쭤보러 왔다고 하는데도 잔뜩 찌푸려진 미간은 펴지지 않았다.

"어르신, 그날 진짜 우리 세나한테 그러셨어요?"

조대수는 묵묵부답이었다. 너무 직설적으로 물었나 싶었지만 후회하기엔 이미 늦었다. 옆 테이블의 노파가 고개를 들고는 둘을 힐끔 쳐다보았다. 굵은 주름이 잡힌 표독스러운 얼굴에 빨간 립스틱이 발린 조그만 입술이 도드라져 보였다.

"믹스커피, 세나한테 주셨어요? 애가 달라고 했어요?"

지수가 목소리를 낮췄다. 대답할 듯 말 듯 입을 벙긋거리는 조대수를 그녀는 초조하게 지켜보았다.

"미안해요. 내가 가끔 커피를 남겨 줬어."

그가 마지못해 입을 뗐다. 초등학교의 방과 후 수업을 끝내고 집에 돌아와 믹스커피를 타 마시는 게 조대수의 습관이었다. 그 앞에서 침을 꼴깍거리고 있는 모습이 귀엽고 짠해 커피를 몇 방울 남겨 줘 버릇한 게 화근이었다고 했다. 몇 번 그렇게 얻어 마시며 달콤한 인스턴트커피에 맛을 들인 세나는 사건이 있던 그날 어르신에게 직접 커피를 타서 주겠다며 고집을 부렸다. 믹스커피 봉지를 세나에게 빼앗기지 않으려 실랑이를 벌이다 그 사달이 난 모양이었다.

"왜 은수 언니한테 그렇게 말씀 안 하셨어요."

은수라는 이름이 나오자, 조대수의 표정이 다시 고집불통으로 변했다.

"말하면 뭐 해. 뭐가 바뀌는데."

"언니를 왜 그렇게 미워하세요. 언니는 어르신이 염려돼서……"

"염려? 사지 멀쩡한 사람 병신 만드는 게, 그게 염려하는 거야?"

그가 역정을 냈다.

"멀쩡한 사람을 맨날 혈압이니 혈당이니 체크해서는 집에 계셔라, 우울증이 있으니 약을 먹어라 말아라. 집으로 오는 택배며 우편물은 다 뜯어서 보지를 않나……. 그건 염려가 아니라 병이야, 병."

"그래도 이렇게 나와 계시면 억울하잖아요. 잘못하신 것도 없는데……"

"어제 그 여자한테 전화가 왔어. 다시 들어오면 시키는 대로 잘할 거냐고. 무슨 아동 성추행 기록이 남아서 어차피 다른 데로는 못 들어간다고 하더구먼."

지수는 귀를 의심했다.

"그래 놓곤 날 보면 지 아버지 보는 것 같아서 마음이 아프다나 뭐라나. 허, 참…… 기가 차서."

통화하던 당시의 감정이 되살아난 듯 조대수가 코웃음을 치며 한숨을 쉬었다.

"난 아주 학을 뗐어. 차라리 쪽방에 가면 갔지, 그 집구석엔 안 들어가."

식사를 마친 그가 지수를 옆에 두고 자리에서 일어났다. 위태롭게 식판을 들고 퇴식구로 향하는 뒷모습을 망연히 보고 있을 때였다.

"안음주택 살아요?"

누군가 말을 걸었다. 아까부터 이쪽의 대화에 두 귀를 쫑긋 세우고 있던 옆 테이블의 노파였다. 지수가 쳐다보건 말건 그녀는 제육볶음 국물을 밥에 비벼 한가득 입에 떠 넣고는 우물거렸다. 교활해 보이는 두 눈에 호기심이 가득했다.

"거기 관리소장이 혹시 간호사 아니에요?"

맞다고 하자 그녀는 흐응, 그 여자가 맞구나, 하며 콧방귀를 뀌었다.

"김은수 소장님을 아세요?"

"알지. 우리 옆집 빌라에 살던 여잔데."

내가 저 아래 살았거든. 삼아단지라고, 큰 단독주택 많은 데 있잖아. 여자가 기다렸다는 듯 자기 얘기를 풀어놓기 시

작했다. 젊었을 때는 남편과 둘이 택시 회사를 운영해 큰돈을 벌었고 슬하에 아들만 둘 있다는 것, 서울대를 나온 장남은 미국으로 이민 갔고 차남은 국내 굴지의 로펌에 있다는 것까지 끼어들 틈도 없이 쉬지 않고 주워섬기는 여자의 이야기를 지수는 무방비로 듣고만 있었다.

"그럼, 지금도 이 동네 사세요?"

"아니!"

더없이 흡족해 보였던 노파의 표정이 단번에 구겨졌다.

"그 집은 지금 헐려서 주차장이 돼 버렸는데 무슨 소리야. 팔아서 둘째한테 물려주고, 같이 한남동으로 이사 갔어. 걔들은 지금도 한남동 살아."

말에 독이 묻어 있다면 이런 느낌일까. 그저 아직 이 동네에 살고 있느냐고 물었을 뿐인데, 그 무심한 한마디가 노파의 연약한 부위를 대차게 꼬집은 듯했다.

"내가 3년 만에 이 동네에 온 거야. 둘째네한테 일이 생겨서 잠깐 따로 살고 있거든. 며느리가 호텔 방을 잡아 줬는데, 거기가 5성급인데도 조식이 영 별로더라고? 그래서 아는 형님이랑 잠깐 같이 지내고 있어."

"아, 네, 네. 그러시구나."

지수가 마지못해 미소를 지어 보였다. 지금 본인이 노인복지관에서 주는 공짜 점심을 먹고 있다는 사실을 노파는 잠시 잊은 것 같았다.

"근데 아까 그 영감 말이야. 거기서 쫓겨난 거야?"

노파가 잔반을 국그릇에 긁어 담으며 물었다.

"아니요, 뭐 그냥…… 의견 충돌 같은 게 좀 있었어요. 여럿이 모여 살다 보면 그럴 때도 있잖아요."

"에휴, 노인네가 젊은 사람들 틈에 섞여 살기가 어디 쉬워."

노파가 그럴 줄 알았다는 듯 비뚜름하게 입꼬리를 올렸다. 다 늙은 게 주제도 모르고 공동주택에 어리대더니, 그것 참 고소하다는 표정이었다. 혹시 이 노인은 임대주택에 들어가고 싶어도 입주 자격이 안 되어 못 들어가는 게 아닐까, 하는 생각이 머리를 스쳤다.

"그런 데서 괜히 고생하지 말고, 나 지금 있는 데로 오라고 해. 방 값 싸지, 저녁밥 주지, 외출 자유롭지. 똥오줌만 가릴 수 있으면 여기만 한 데가 없어. 남녀 혼숙이래도, 뭐 다 늙어서 내외할 거 있어?"

노파는 지금까지의 대화를 깡그리 잊은 듯 영 딴사람이 되어 버린 느낌이었다.

그녀가 말한 하숙집은 세나의 어린이집 골목길을 따라 안쪽으로 좀 더 들어간 어디쯤이었다. 안음주택 가까운 곳에 그런 시설이 있었다는 걸 알고 나니 기분이 묘했다. 소리 소문 없이 흘러 들어온 노인들이 한데 고여 웅덩이를 이룬, 평범한 2층 단독주택의 외양을 가진 간판 없는 하숙집. 수백 갈래 미세혈관처럼 뻗은 도래동의 뒷골목에는 또 어떤 사람들이 흔적을 지운 채로 숨죽여 살아가고 있을까.

지수는 새로 들어온 맥주를 냉장고에 차곡차곡 정리했다. 바야흐로 과일맥주와 칵테일 주류의 매상이 오른다는 초여름의 시작이었다. 가게 안에는 구수한 된장 냄새와 수산물의 비릿한 내음이 뒤섞여 감돌았다. 도말희는 검은 봉지 안의 참소라를 싱크대에 쏟아붓고 솔로 박박 씻는 중이었다. 매년 6월 이맘때면 그녀는 제철 참소라로 만든 숙회와 무침을 단골들에게 서비스로 내놓는다고 했다.

"사장님, 혹시 삼아단지라고 아세요?"
"삼아단지? 재개발하다 멈춘 거기 말하는 거야?"

도말희가 끓는 솥 안에 참소라를 넣으며 물었다. 결혼 전까지 도래동에서 살았다던 그녀는 오래된 이 동네의 지리를 훤히 꿰뚫었다. 설명을 듣고 보니 재원의 시신이 발견되던 날 구급차가 서 있던 주택가 근처인 것 같았다. 노파는 그 동네에서 은수의 옆집에 살았었다고 했다. 노파에게 은수에 대해 좀 더 물어보지 못한 게 후회가 되었다. 단독주택 옆 빌라라고 했지. 지금은 헐려 주차장이 되었다고도 했고. 조금만 기웃거리면 혹시라도 은수가 살던 빌라를 찾아낼 수 있지 않을까.

'제나팜이네요. 알프라졸람 성분의 항불안제예요.'

'이거…… 허브로 만든 건가요?'

'허브요? 그런 일반의약품 아니에요. 의사 처방받아야 되는 거예요.'

'정확히 무슨 약인데요?'

'주로 불안 증세나 공황장애 앓는 분들이 많이 드세요. 1밀리그램이면 용량이 꽤 높은데. 어지럽고 메스껍다고 하셨죠? 그럼, 약 부작용이 맞는 것 같네요.'

제나팜 같은 벤조디아제핀계열의 약물은 장기간 복용하면 의존성이 생길 수 있다고 했다. 소원이 겪고 있는 손 떨림이나 시야가 흐려지는 증상도 제나팜의 부작용일 수 있다고. 소원은 은수가 일러준 대로 이 약을 아침저녁으로 두 알씩 복용했다. 처음 은수에게 약을 받았을 땐 이 정도 용량이 아니었을 것이다. 0.125밀리그램 하루 한 알, 그다음엔 0.25밀리그램 하루 한 알에서 하루 두 알…… 약물에 내성이 생기면서 약의 용량과 복용 횟수도 자연히 늘어났겠지. 소원이 가지고 있던 약병에는 제나팜 200정이 들어 있었을 거라고 했다. 그렇게 많은 약을 은수는 대체 어떻게 구했을까. 어쩌면 그녀는 자신이 처방받은 약을 그동안 소원과 함께 먹어 온 건 아닐까. 불미스러운 의료사고로 간호사 일을 그만두게 된 은수는 그 후로 어쩌면 만성적인 불안이나 공황장애를 앓아 왔던 건 아닐까.

"말도 안 돼. 약사가 뭘 착각했겠지."

소원은 간단히 현실을 부정해 버렸다. 지수가 계속 설득하려 하자 눈빛이 공격적으로 변했다.

"엄마에 대해서 언니가 뭘 알아. 언니는 원래 엄마 싫어하잖아요."

그녀는 지수를 밀쳐 내고 있었다. 메마르고 헐거운 그녀의 세상에서 은수라는 뿌리를 뽑히지 않기 위해.

소원의 말을 곱씹으며 지수는 솥에서 건져 올린 참소라에서 속살을 발라내는 도말희를 바라보았다.

"뜨끈할 때 먹자. 자기, 내장 먹어?"

도말희가 도마 위에 김이 무럭무럭 나는 소라 살을 올려놓고 어슷하게 썰었다. 전복의 내장도 여태까지 별 거부감 없이 먹었던 터라 지수는 그렇다고 했다.

"소라는 내장에 독 있다. 많이 먹으면 안 돼."

그녀가 접시에 진녹색 내장을 두어 개 담아내며 말했다.

"어, 독이 있으면 아예 안 먹어야 되는 거 아니에요?"

"독이 있어도 맛있는걸?"

도말희가 수증기로 촉촉하게 젖은 얼굴을 들었다.

"사람마다 달라. 한 다섯 개 먹으면 배 아프다는 사람도 있는데, 어떤 사람은 아무리 많이 먹어도 괜찮대."

어쨌든 그녀는 손님 접시에 내장을 함께 담아낸다고 했다. 살만 먹으면 무슨 맛이야. 소라를 반만 먹는 거지. 그녀가 확신에 찬 목소리로 말했다.

소원이는, 또 나는 몇 개의 내장을 먹을 수 있는 사람으로 타고났을까. 중요한 건 소라 독 자체가 아니라 용량일까. 그 용량만 지킨다면 소원과 나는 계속 안음주택에서 은수와 함께 살아갈 수 있을까. 그렇게 먹게 되는 것이 설령 독일지라도.

"기자님 먹을 복 있네. 어서 와요."

열린 출입구에서 혁중이 모습을 드러냈다. 흰 티 위에 데님 셔츠를 걸친 가벼운 차림이었다. 어디서 막 씻고 오는 길인지 금방 감고 말린 듯한 머리카락이 부스스했다.

"어제 당직이어서, 오늘은 그냥 일찍 나왔어요. 아, 덥다. 이제 여름인가."

혁중이 입고 있던 셔츠를 벗어 의자에 걸치고는 테이블 위에 휴대폰을 내려놓았다. 바뀐 케이스가 눈에 띄었다. 그 물건을 지수는 단박에 알아보았다. 지수에게 휴대폰을 들어 보이며 그가 쑥스러운 미소를 지었다.

"온라인 굿즈 숍에 들어가 보니까 진짜 있더라고요."

"사라고 알려 준 거 아닌데…… 어쨌든 고마워요."

얼마 전 지수는 혁중에게 자신의 홍보용 SNS 계정을 알려 주었다. 지금까지 외주 작업을 했던 그림들과 함께 온라인 굿즈 숍의 링크가 연결된 계정이었다.

"근데 이 그림 속 여자, 맥주잔 거품 넘치기 직전의 지수 씨 표정이랑 닮지 않았어요?"

"설마."

그녀가 애써 심드렁한 얼굴로 노즐을 꺾어 유리잔에 맥주를 채우며 대꾸했다.

"봐 봐, 지금 그 표정. 똑같네."

지수는 더 참지 못하고 쿡, 웃음을 터뜨렸다.

"기자님. 앞으론 좀 쉬엄쉬엄해요. 죽어라 일만 하다 이혼당했다며."

"에이, 이혼당한 거 아니라는데 자꾸 그러신다."

도말희가 테이블에 소라 접시를 올려놓고는 맞은편 의자를 당겨 앉았다. 둘이 주고받는 농담을 흘려들으며 지수는 말없이 소라 한 점을 집어 들었다. 혁중은 저 달팽이처럼 생긴 암녹색 내장을 먹을지, 먹는다면 몇 개나 먹을 수 있을지 궁금해하면서.

"참, 실버홈 사건 말이에요. 부검 결과가 나왔다면서요."

오늘 아침 온라인 뉴스 면에서 지수는 그가 작성한 기사를 발견했다.

 5월 14일 자정, 서울 수용구 도래동 소재 임종주택에서 뇌졸중과 치매 증상을 앓던 입소자 전 모 씨(85세·남)가 병원에 실려 가던 중 급성 심정지로 사망했다. 이상 징후를 제일 먼저 발견한 사람은 베트남 국적의 요양보호사 D씨(39세·여)였다. 야간 근무 중이던 D씨는 휴게실의 모니터로 전 씨의 상태가 급격히 악화된 것을 확인해 병실로 달려갔으며, 병실 안에서 도래동 백골 시신 사건의 유력 용의자로 조사받은 이력이 있는 김 모 씨(35세·남)를 목격하여 김 씨가 뒷문으로 도망치는 걸 확인한 즉시 119에 신고했다고 진술했다. 김 씨의 범행에 무게를 두고 수사를 벌이던 경찰은 부검 결과 전 씨의 사인이 약물에 의한 것으로 밝혀지자, 임종주택 내부인들을 조사한 끝에 어제 요양보호사 D씨를 긴급 체포했다.

 "혈액검사에서 디곡신이 검출됐어요. 디곡신은 심장의 리듬을 조절해 주는 약이고 부정맥 환자에게 주로 처방되는데, 문제는 피해자가 심장 관련 질환이 없었다는 거예요. 누군가 피해자에게 치사량의 디곡신을 투여한 거죠. 사체에 주삿바늘 자국이 없고 위 내용물에서 디곡신 검출이 안 되는 걸로 봐선 원래 피해자 팔에 꽂혀 있던 주사관으로 주입한 것 같아요."

"김무교가 그런 약물을 갖고 다니진 않았을 것 같은데요. 그래서 경찰이 쩌우를 의심하는 거네요."

"맞아요. 요양원은 통상적으로 디곡신 주사액을 취급하지 않지만, 알약은 구비되어 있기 때문에 맘만 먹으면 손에 넣을 수 있다는 거죠. 특히 취침 전에 피해자에게 투여한 약물을 의심하고 있어요. 약제실의 관리기록도 조사 중이고요."

"그게 정말이라면…… 대체 왜 그랬을까요?"

"실버홈에서 사망한 노인들의 기록에서 뭐가 더 나왔을까요? 한번 맞춰 봐요."

혁중이 그녀를 응시하며 익살스럽게 눈썹을 씰룩거렸다.

"음…… 급성 심정지로 사망한 노인이 또 있었다거나…… 뭐 그런 거?"

"정답입니다."

"그럼, 연쇄살인이라는 거예요?"

지수의 두 눈이 휘둥그레졌다.

"지난 1년간 네 명의 환자가 원인 불명의 심정지로 급사했어요. 응급실에 온 시간대도 거의 비슷하고요. 두 명은 감기가 폐렴으로 진행돼 이미 위독한 상태였고, 남은 두 명은 원래 심장질환이 있었던 걸로 밝혀졌고요."

"사람이 넷이나 죽을 때까지 아무도 의심하지 않았다는

게……."

"워낙 고령이었으니까요. 하지만 연쇄살인으로 추정될 뿐이지, 딱히 검증할 방법은 없어요. 부검 절차 없이 시신을 모두 화장해 버렸으니."

경찰은 쩌우가 노인들을 학대한 정황을 조사하는 한편, 베트남 정부에 요청해 그녀가 베트남의 종합병원에서 간호사로 재직할 당시 이와 비슷한 혐의로 조사를 받은 적이 있는지 알아보는 중이었다.

"지수 씨, 혹시 일본 요코하마 요양병원 살인사건이라고 들어봤어요?"

혁중이 휴대폰으로 뉴스를 검색해 지수에게 보여 주었다. '환자 링거에 계면활성제 투입…… 귀찮아서' 15년 전 날짜가 찍힌 기사 전면에는 40대 중반쯤으로 보이는 여자의 얼굴이 커다랗게 실렸다.

"수습기자로 일할 때 봤던 기사인데, 내용이 하도 충격적이라 아직도 기억해요."

용의자는 자신의 근무 시간에 환자가 사망하게 되면 유가족들에게 경위를 설명해야 하는 게 번거롭고 귀찮아서 교대 시간 전에 맞추어 환자들을 살해하게 되었다고 경찰에게 진술했다. 그녀가 석 달에 걸쳐 살해한 노인의 수는 무려 마흔여섯 명이었다.

"간호사가 환자들을 살해한다는 게 도무지 이해가 안 되죠. 이것 말고도 다른 사건이 또 있어요. 9년 전 독일 뉘른베르크의 요양원에서 검거된 간호사 미하엘 회겔. 인슐린을 과다 투여해 무려 100명이 넘는 노인을 죽인 놈이죠."

그가 노인들을 살해한 이유는 비뚤어진 영웅심리 때문이었다.

"환자의 목숨을 자신이 좌지우지하는 듯한 그 기분이, 이 놈에게는 커다란 쾌락이었다는 거예요. 실제로 몰래 인슐린을 과다 투여해 놓고 유가족들 앞에서 응급 처치를 하는 퍼포먼스를 펼치기도 했다니……. 내가 죽어 가는 환자를 살렸다, 나는 신적인 존재다……. 일종의 인정 욕구, 과대망상이라고 할까요."

'인슐린 과다 투여'라는 말이 뇌리에 박혀 떠나지 않았다. 언젠가 은수에게서 비슷한 말을 들은 적이 있었기 때문이었다.

'대학병원 소아과 병동에서 일했어. 의료사고가 났거든. 인슐린 과다 투여.'

양파를 썰며 코를 훌쩍이던 은수의 옆모습이 고스란히 눈앞에 떠올랐다. 간호사 면허가 취소될 정도로 파장이 큰, 어쩌면 환자가 사망했을지도 모르는 5년 전의 의료사고. 그건 정말 사고였을까.

며칠 전 집을 나간 초코가 문 앞에 있었다.
야옹.
너 왜 여기 있어?
야옹.
왜. 배고파?
지수가 샴 고양이에게로 손을 뻗었다. 무심히 등을 돌린 초코가 꼬리를 흔들며 현관문 밖으로 걸어 나갔다. 따라오라는 뜻이었다.

총, 총, 총, 계단을 타고 내려가는 초코의 뒤를 따랐다. 집을 빠져나간 고양이는 골목을 가로질러 도래산 입구 쪽으로 걸어갔다. 고양이가 다다른 곳은 방울토마토가 자라고 있는 주말농장이었다. 입에서 아, 하는 감탄이 새어 나왔다. 방울토마토 텃밭의 울타리 경계면에서 도래산 밑자락에 이르기까지의 모든 땅이 온통 진분홍색의 거대한 강아지풀로 넘실거렸다.

초코는 방울토마토 줄기 사이를 사뿐사뿐 지나 열린 울타리 문으로 빠져나갔다. 울타리 사이로 언뜻언뜻 보이던 형체는 이내 꽃밭 속으로 완전히 숨어들었다. 야옹, 가까운 어딘가에서 울음소리가 들렸다.

그녀가 울타리 문을 열고 꽃밭으로 들어갔다. 거대한 분홍색 강아지풀은 가까이에서 보니 길쭉한 줄기에 나팔 모양의 진분홍색 꽃을 다닥다닥 매달고 있는 생소한 형태의 식물이었다. 야옹, 야옹. 울음소리를 따라 그녀는 꽃밭 안으로 몇 걸음을 더 뗐다. 꽃들 사이에 갈색 요크셔테리어 한 마리가 앉아 그녀를 뚫어지게 쳐다보았다. 여기엔 초코만 있는 게 아니야. 직감이 속삭였다. 바람이 불자 분홍 강아지풀들이 부스스 좌우로 몸을 흔들었다.

문득 뒤를 돌아보았다. 비닐하우스의 문이 열려 있었다. 벌어진 문으로 보이는 비닐하우스의 내부가 분홍색으로 가득했다. 터진 둑에서 밀려 나온 강물처럼, 나대지를 가득 채운 분홍색 물결도 저 비닐하우스에서 시작된 것 같았다.

울타리 안에서 낮은 흐느낌이 들려왔다. 소리를 따라 그녀는 울타리 문을 열고 다시 텃밭 안으로 들어갔다. 붉은 장미 덩굴 아래, 농기구 수납장이 있던 자리에 누군가 웅크리고 앉아 있는 게 보였다. 세나였다.

세나야, 네가 왜 여기 있어.

엄마.

세나가 흐느꼈다.

엄마는 왜 날 그냥 지나쳤어?

무슨 소리야.

나 여기 있는데, 왜 그냥 내버려뒀어?

아니야, 아까 너 여기 없었어.

엄마가 그냥 지나갔잖아. 나 계속 여기 있었는데.

발 아래가 질퍽했다. 텃밭은 어느새 시커먼 펄 구덩이로 변한 뒤였다. 움츠린 아이의 엉덩이와 발목이 펄 속으로 차츰차츰 잠겨 들었다.

세나야, 거기서 나와.

그녀가 외쳤다. 걸음을 떼려 했지만, 석고 틀에 갇힌 것처럼 두 발이 꼼짝도 하지 않았다.

세나야, 세나야.

터져 나오지 않는 목소리가 성대를 짓눌렀다. 쥐어짜듯 목이 메어 왔다.

눈을 떴다. 창밖 하늘이 검푸르게 밝아오는 이른 아침이었다.

깊게 잠든 세나의 얼굴을 한참 내려다보다가 천천히 침대에서 몸을 일으켰다. 그 모든 광경이 아직도 눈앞에 생생했다. 일요일 아침 5시 30분. 모두 잠들어 있을 시간이었다.

습한 밤의 기운이 아직 물러가기 전이었다. 식물의 풋내와 흙냄새로 가득한 텃밭 한가운데에서 그녀는 이른 아침 도래산 자락과 텃밭 너머 땅이 자아내는 어둡고 축축한 풍경을 다소 두려운 마음으로 바라보았다. 비닐하우스. 그래, 비닐하우스에 가려고 했었지. 그제야 그녀는 잠든 세나를 방에 놔둔 채 홀로 집을 빠져나온 이유를 생각해 냈다.

밭고랑을 따라 텃밭 끄트머리에 이르렀다. 세나가 웅크리고 있던 곳, 장미 덩굴을 등진 농기구 수납장에 시선이 머물렀다. 가리개를 걷고 내부를 살폈다. 삽과 괭이, 호미와 조리개 여러 개. 흙바닥을 뒹구는 초코칩 쿠키 몇 개가 눈에 띄었다. 세나가 들어와 놀다 갔나. 그래서 그런 꿈을 꿨나. 그냥 꿈이라는 걸 그녀도 알고 있었다. 그저 도무지 나와 보지 않고는 견딜 수 없는 기분에 휩싸였던 것뿐이다.

울타리 문을 열고 조심조심 샛길을 따라 걸었다. 반신반의하며 비닐하우스의 문을 밀자 스르륵, 하고 문이 움직였다.

한 달 전보다 모판의 개수가 더 늘어난 것 같았다. 어떤 약초들은 어느새 무릎 높이만큼 자라 알록달록한 꽃을 피워 내는 중이었다. 꿈에서 보았던 거대한 분홍색 강아지풀은 당연히 거기에 없었다.

"누구예요?"

은찬의 목소리였다. 급히 비닐하우스를 빠져나와 미닫이문을 닫았다. 울타리 안에서 은찬은 가만히 이쪽을 쳐다보았다. 그는 웃고 있지 않았다. 눈은 이쪽을 보고 있지만 머리로는 딴생각을 하는 듯 무표정한 얼굴이었다. 그녀가 먼저 인사를 건넸다.

"잘 잤어요?"

"네. 누님은요?"

"새벽에 깼어요. 잠이 안 와서 그냥 나와 봤어요."

나쁜 짓을 하다 들킨 사람처럼 심장이 쿵쿵거렸다. 멋대로 비닐하우스 안에 들어가서 미안하다고 해야 할까. 은찬은 말없이 텃밭 오른편의 고랑을 따라 걸음을 옮겼다. 목장갑을 낀 한 손에 박스 테이프가 들려 있었다.

"왜 나왔어요? 이렇게 이른 시간에……."

아무 대꾸 없이 은찬은 흙바닥에 한쪽 무릎을 꿇었다. 가지가 부러진 식물이 흙 속에 고개를 처박고 있었다. 주렁주렁 매달린 열매의 무게를 이기지 못하고 부러진 가지를 그가 조심스레 들어 올렸다. 찌직, 찍. 테이프를 뜯어내는 소리가 텃밭의 적요한 공기를 갈랐다. 뜯어낸 테이프로 그는 가지의 꺾인 부위를 둘러 감았다.

"이맘때 부러지는 놈들이 간혹 나오거든요."

"그렇게만 해도 붙어요?"

은찬은 대답하지 않았다. *아니, 그냥 신기해서요. 테이프로 붙여 놓기만 해도 된다는 게…….* 괜한 질문으로 심기를 거스른 건 아닐까 싶어 지수가 황급히 덧붙였다.

"붙죠. 부러진 가지는 땅에 꽂아 놓기만 해도 자라요."

"그러면 뿌리가 저절로 생겨요?"

"네."

"유기묘도 데려다 키우고…… 부러진 모종도 되살리고……. 은찬 씨는 뭐랄까, 살리는 사람이네요."

그가 또다시 부러진 가지를 찾아 텃밭을 휘둘러보았다. 한껏 어색해진 분위기에 무슨 말을 해야 할지 모르는 채로 그녀는 서 있었다.

"그냥 누나 때문에 하는 거예요."

은찬이 줄기를 만지작거리며 말했다. 그리곤 한동안 말이 없었다.

"난 식물이 좋아요. 아무것도 묻지 않고, 그냥 사니까. 씨앗을 틔우고 뿌리를 내린 곳이 어디든, 그냥 거기서 사니까. 근데 인간은…… 참 슬퍼. 자꾸 쓸데없는 생각을 하잖아요. 안 그래요, 누님?"

그렇죠. 지수가 천천히 고개를 끄덕였다.

"누님도 그냥 받아들여요."

그의 시선은 여전히 가지에만 머물렀다.

"그냥 살아요. 그거면 됐지, 다른 게 뭐가 그렇게 중요해."

어긋나기 시작한 은수와의 관계를 은찬은 이미 알고 있는 게 분명했다. 그녀의 머릿속이 온통 불온한 의심과 불안으로 가득 차 있는 것도.

"은찬 씨도 그냥 사는 중이에요?"

은수의 히스테리를 고스란히 감내하던 그의 모습이 떠올랐다. 은찬이 그녀를 올려다보았고, 굳이 지수도 그의 시선을 피하지 않았다. 무슨 뜻인지 물어 온다면 생각한 대로 말해 줄 작정이었다.

"네."

그가 망설임 없이 대꾸했다.

"살아남는 중이에요. 그리고 난 죽을 때까지 누나를 못 떠나요. 그건 누나도 마찬가지고요."

"왜요. 가족이라서?"

죽어도 떠날 수 없는 관계 같은 건 없다고, 지수는 은찬에게 말하고 싶었다. 굳이 견디지 않아도 된다고, 그냥 거기에서 나오라고. 이 세상에 영원한 관계는 없고, 그건 가족도 예외는 아니었다.

"그냥 마음의 빚 같은 거예요. 내가 아니었으면, 누나가 이렇게까지 됐을까…… 하는."

가족이 원래 다 그런 거 아니에요? 그의 마지막 말이 귓가에 맴돌았다. 1층에서 엘리베이터를 기다리며 지수는 엄마를 생각했다. 사업이 망한 뒤로 사회적 불구자가 되어 버린 아빠를 대신해 보험 가방을 메고, 은갈치 색 하이힐을 신고 두 자매를 먹여 살렸던 엄마. 나와 언니가 없었더라면

엄마의 삶도 그것보단 편했을 것이다. 가족의 생계가 엄마의 어깨를 그토록 짓누르지 않았더라면, 자식의 마음에 남긴 생채기를 들여다볼 여유가 엄마에게도 있었더라면.

방문을 여는 소리에 세나가 눈을 떴다.

"엄마, 어디 갔다 왔어?"

세나가 이불을 덮은 채로 물었다.

"응, 잠깐 텃밭에 갔다 왔어."

"왜?"

"꿈속에서 분홍 꽃이 물결치는 풍경을 봤거든. 그 모습이 너무 생생해서."

"꿈꿨어?"

"응."

"꿈에 나도 나왔어?"

"아니……. 세나는 안 나왔어."

펄 속으로 서서히 잠겨 들어가던 웅크린 세나의 모습이 찜찜하게 되살아났다.

"응, 그렇구나."

아이의 눈에 서서히 눈물이 고이는 걸 보고 지수는 당황했다.

"세나야, 왜."

"엄마, 나 두고 아무 데도 가지 마."

"엄마가 왜 세나를 두고 가."

"방금 그랬잖아."

"응, 이젠 안 그럴게. 미안해."

지수는 옷소매로 아이의 눈물을 닦아 주었다. 아이의 흐느낌은 멈출 줄 몰랐다. 울음소리는 점점 커져 어느덧 대성통곡으로 변했다. 지수는 어쩔 줄 몰라 아이를 와락 품에 꺼안았다. 세나가 목메어 흐느꼈다.

"엄마, 가지 마. 나 두고 가지 마."

"세나야, 왜 그래. 엄마 아무 데도 안 간다니까."

"엄마가 세나 놔두고 멀리 갈 거래. 이모가 그랬어."

휴대폰에 손가락을 대고 서서히 사진을 확대하자, 진분홍 꽃 한 송이가 화면을 꽉 채웠다. 중앙의 꽃술에서 흘러나온 개구리알 같은 검은 반점 무늬가 꽃잎 안쪽 굴곡을 따라 밖으로 퍼져 나가는 형상이었다. 그 기분 나쁜 무늬를 지수는 한참 동안 들여다보았다. 세나가 보여 주기 전까지 그녀는 휴대폰 갤러리에 이런 사진이 있는 줄도 몰랐다. 세나가 은찬의 방에 들어갔을 때 베란다에서 찍은 사진이었다. 지수는 그날 세나가 식탁에 있던 자신의 휴대폰을 가져갔다는 걸 나중에 알게 되었다.

"이게 베란다에 있던 꽃이야?"

"응. 엄마가 말한 분홍색 강아지풀, 거기 아주 많았어."

사진은 크게 확대해서 찍은 꽃 한 송이가 전부였다. 지수처럼 세나도 꽃잎 안쪽에 박힌 반점 무늬가 신기해 찍은 것이라 했다. 꿈속에서 선명히 보았던 그 꽃이, 은찬의 베란다에 피어 있던 것이라니. 그저 단순한 우연의 일치일 리가 없다. 어디서 분명히 본 적이 있었을 것이다. 어쩌면 그 방에 들어갔을 때 보았던 베란다의 풍경이 무의식에 각인되었는지도 모르고.

골목에 선 지수는 4층 베란다를 향해 눈을 가늘게 떴다. 베란다는 새시와 모기장으로 시야가 가로막혀 안쪽에 어떤 식물이 자라고 있는지 잘 보이지 않았다. 모기장 아래쪽으로 거뭇거뭇한 그림자가 불규칙하게 드리워져 무언가 저기 있다는 정도만 알 수 있을 뿐이었다.

실버홈 모퉁이를 돌아 걸어 내려갔다. 세나의 유치원 안쪽으로 구불구불 뻗어 들어간 샛길 초입에서 걸음이 멈췄다. 복지관에서 만난 노파가 말했던 노인 전용 하숙집이 저 안쪽 골목 어딘가에 있을 터였다. 큰길에서 횡단보도 하나만 건너면 노파가 살았다던 삼아단지가 나왔다. 재개발 해제 구역에서 재원의 시신이 발견되던 그날 밤, 그녀가 구급차를 보았던 장소와 가까운 곳이었다.

그녀는 단독주택들이 밀집한 골목에 들어섰다. 기와의 폐인트칠이 벗겨지고 정원의 나무가 몸통이 잘린 채로 방치된 집들이 높은 담을 맞대고 늘어서 흉물스러운 분위기를 자아냈다. 지수는 주차장과 맞붙은 빌라를 찾아 두리번거렸다. 그런 조건에 맞는 곳은 눈에 띄지 않았다. 공터가 있다 싶으면 빌라가 없었고, 빌라가 용케 있다 싶으면 공터가 보이지 않는 식이었다.

이제 방법은 하나뿐이었다. 하숙집을 찾아가 노파에게 직접 물어보는 것. 차마 은수에게 드러내지 못하고 묻어온 많은 것들이 이제 와 부르르 한목소리로 떨쳐 일어나 시위를 하는 기분이었다. 어째서 은수는 로아를 친모가 데려갔다는 거짓말을 했으며, 로아의 소지품을 침대 아래 보관하고 있었는지, 의사 처방도 없이 소원에게 고용량의 항정신성 약물을 먹여 온 것과 은찬이 누나가 그렇게까지 된 건 나 때문이라고 말하는 이유를 이제는 꼭 알아야 할 것만 같았다. 오늘 아침 세나에게서 그 말을 들었을 때 그녀는 사지에서 피가 빠져나가는 느낌이었다. 내가 세나를 두고 떠난다니. 로아 엄마처럼, 그렇게 사라져 버릴 거라니. 배신감보다는 의중을 알 수 없는 은수에 대한 불안감이 더 심장을 옥죄었다.

오후 5시 30분. 출근까지는 아직 30분 정도 시간이 남았다. 마침 저녁 식사 시간이니 어쩌면 하숙집에서 노파를 만

날 수도 있겠다고 생각하며 지수는 서둘러 걸음을 옮겼다.

"아무도 안 계세요?"

방충망으로 가로막힌 현관 앞에서 목청을 높였다. 철망에 눈을 바짝 대 보았지만, 정면에 보이는 건 누런 테이프로 찢어진 부위를 덕지덕지 이어 붙인 회색 가림막이 전부였다. 방충망 너머 불 꺼진 어둑한 실내에서 반찬 냄새와 오줌 지린내, 쿰쿰한 이부자리 냄새가 뒤섞여 풍겨 나왔다. 가림막 앞에 누군가 불쑥 모습을 드러낸 건 그때였다.

"네, 누구 찾으시는데요."

미닫이로 된 방충망이 열렸다. 덩치가 크고 머리를 박박 깎은 40대 남자였다. 반팔 티셔츠 위로 풍선 같은 아랫배가 불뚝했다.

"어떤 분을 좀 만나러 왔는데요. 은색 챙 있는 모자 쓰시고 보라색 바람막이 점퍼 입으셨던 어르신인데……."

남자의 얼굴에 귀찮아하는 기색이 떠올랐다. 차라리 가족이라고 할걸 그랬나. 지수는 뚱한 남자의 표정을 살피며 조심조심 이곳에 찾아온 이유를 설명해 나갔다. 이윽고 '삼아단지'라는 말이 나오자, 그의 입가에 비웃음이 어렸다. *기다려 봐요.* 짧은 한마디를 남기고 남자는 다시 미닫이문 너머로 사라졌다.

잠시 뒤 스르륵, 열린 방충망으로 무늬가 화려한 카디건을 걸친 노파가 모습을 드러냈다.

"누구예요?"

지수를 전혀 기억하지 못하는 듯 노파는 미간을 찌푸리며 그녀를 훑어보았다.

"아, 어르신. 안녕하세요. 저 그때 복지관에서 잠깐 뵀었는데. 혹시 기억나세요?"

조대수의 인상착의를 설명한 뒤에야 노파는 그녀를 알아보는 것 같았다.

"응, 이제야 기억나네. 그런데 여긴 웬일이야. 그 영감이 여기 들어오겠대?"

"아니, 그런 건 아니고요. 김은수 소장님에 대해서 좀 여쭤볼 게 있어서요."

"그 여자? 내가 알지. 그런데 내가 지금 목이 좀 마르네. 가방 안에 뭐, 마실 것 좀 있어?"

노파의 탐색하는 듯한 눈길이 지수가 멘 에코백을 훑었다. *아, 죄송해요. 제가 급하게 오느라……*. 그녀가 얼른 가방 안에서 프로틴바 한 개를 찾아냈다. 넘겨받은 간식거리를 노파는 카디건 주머니에 야무지게 챙겨 넣었다. 옆집에 살던 김은수에 대해 기억나는 대로 알려 달라고 하자, 그녀는 천천히 눈알을 굴렸다.

"글쎄. 뭐 별게 있나?"

"간호사라는 건 어떻게 알게 되셨어요?"

"간호사, 그래. 이제 기억난다."

은수가 살던 빌라 2층에서는 그녀의 안방이 훤히 내려다보였다고 했다. 어디서 건축허가를 그 따위로 내줘 가지고서는. 그 빌라 때문에 해도 안 들어오고 내가 얼마나 피해를 봤는데. 노파가 옆집에 살던 기억을 떠올리며 툴툴거렸다.

은수가 그녀를 찾아온 건 3년 전 여름이라고 했다. 외출에서 갓 돌아와 땀에 전 속옷을 선풍기 바람에 말리며 티브이를 켰을 때였다. 좋아하는 트로트 곡을 두어 곡쯤 듣고 났을 무렵 초인종이 울렸다. 헤실헤실 잘 웃는 삐쩍 마른 여자. 노파가 기억하는 은수의 첫인상은 그러했다.

"아주머니, 티브이 소리 좀 줄여 주시면 안 돼요? 저희 아버지가 시끄럽다고 뭐라고 하시네요."

하루 종일 누워 계셔서, 좀 예민하시거든요. 불쾌해하는 기색을 읽은 옆집 여자가 애교스럽게 덧붙인다. 누워 지낸다는 말에 호기심이 동한 노파에게 은수는 자신이 원래 대형 병원에서 일하던 간호사였지만 현재는 일을 관두고 암말기 노인을 자택에서 돌보고 있다고 털어놓는다.

"아버지요? 확실히 아버지라고 했어요?"

"그랬던 것 같은데. 기억이 가물가물하네."

"남자분이었던 건 맞죠?"

"고함치는 소리 듣기론 영감 같던데. 암튼 밖에 나온 거는 한 번도 못 봤어."

노파의 표정이 다시 짜증스럽게 바뀌었다. 프로틴바 한 개와 맞바꾼 면회 시간이 슬슬 끝나가는 중이었다.

"말씀 감사해요. 그나저나 여기서 지내시려면 불편하시겠어요. 어서 아드님 댁으로 들어가셔야 할 텐데."

"당신이 그놈을 어떻게 알아?"

노파의 얼굴이 일순간 확 구겨졌다.

"내가 그놈한테 왜 가? 나 죽으라고?"

노기로 번뜩이는 노파를 보며 어쩔 줄 몰라 하고 있는데 방충망이 열리더니 남자가 재활용 쓰레기 박스를 들고나왔다. *에미 죽일 호래자식 새끼……*. 노파가 중얼거리며 열린 방충망 안으로 인사도 없이 들어가 버렸다.

"저 할매가 하는 말 믿지 마요."

마당 한편에서 재활용품을 정리하던 남자가 지수를 보지도 않은 채 내뱉었다.

"네?"

"무슨 말을 들었건, 믿지 말라고요. 치매 걸린 할매니까."

아들 얘기 안 해요? 집이랑 땅이랑 다 해 먹은 아들. 아들이 자기 죽이러 올 거라고 믿는다고요, 저 노인네가. 지수는 허탈한 심정으로 하숙집 골목을 빠져나왔다. 복지관에서

횡설수설할 때부터 알아챘어야 하는데. 은찬은 자신의 아버지가 10여 년 전 정선에서 죽었고 그 사실도 뒤늦게 알았다고 했다. 모든 게 노파의 망상이거나, 아니면 은찬이 거짓말을 했거나 둘 중 하나인 셈이었다. 혹시 은수가 간호했던 노인이 남매의 친부가 아니었다면? 은수는 실버홈에서 내내 봉사활동을 해 왔고, 조대수를 아버지라 스스럼없이 부르던 걸 떠올려보면 갈 곳 없는 노인을 자택에서 돌봤다고 해도 말이 영 안 되는 건 아니었다. 아무 소득 없는 짓을 벌였다는 생각에 절로 한숨이 흘러나왔다.

'그 여자한테 전화가 왔어. 다시 들어오면 시키는 대로 잘할 거냐고. 지 아버지 보는 것 같아서 마음이 아프다나 뭐라나……'

조대수가 했던 말이 떠올랐다. '아버지'라는 단어를 끼워 넣으니 조대수에 대한 그녀의 뜨겁기도, 차갑기도 한 감정을 얼핏 이해할 수 있을 것 같기도 했다.

"지수 씨, 내 말 듣고 있어요?"

귓가를 파고든 목소리에 그녀는 퍼뜩 고개를 들었다. 은수 남매와 길분, 소원의 눈길이 일제히 이쪽을 향하고 있었다.

"일요일까지 대청소한다고요. 쓰레기 버릴 거 있으면 오늘 다 묶어서 내놔요. 은찬이랑 나는 벌써 끝냈어요. 소원이랑 엄마도요. 알았죠?"

월요일까지 마감인지라 청소에 주말을 쓸 여력은 없었지만, 지수는 일단 알겠다고 했다. 잠시 쏠렸던 시선들이 다시 원래대로 흩어졌다. 그녀가 3층 침대에서 잠들었던 그날 밤 이후로 은수는 그녀를 '지수야'가 아닌 '지수 씨'로 불렀다.

"그리고 세나 재우는 거 말인데."

은수가 무미건조한 어조로 말을 이었다.

"요즘 내가 몸이 안 좋아요. 조금 일찍 마쳐 달라고, 사장한테 한번 부탁해 보세요."

지수는 잠시 할 말을 잃었다. 그러면 사장님 혼자서 마감을 해야 할 텐데 그런 조건으로는 호프집 사장이 굳이 아르바이트를 써야 할 이유가 없었다.

"네……. 한번 여쭤볼게요."

"아예 이참에 다른 아르바이트를 알아보는 건 어때요?"

"네?"

"세나도 곧 학교 들어갈 텐데, 언제까지 엄마가 호프집에 다닐 순 없잖아요? 늦은 밤까지 취객들 상대하다 험한 꼴 당할 수도 있고……. 그러다 남자랑 눈 맞아서 애는 내팽개치고 밖으로 나도는 여자들도 있으니까."

은수가 그녀를 힐끔 쳐다보며 덧붙였다.

"물론 지수 씨가 그렇다는 게 아니라."

얼굴이 뜨거워졌다. 지난번 집 앞에서 혁중의 차를 봤구나. 틀림없었다. 그녀가 지수에게서 서늘한 눈길을 거두었다. 가냘픈 턱선이 오늘따라 베일 듯 날카로워 보였다. 소원은 잠자코 눈치를 살폈고, 길분은 밥이 잘 넘어가지 않는지 흠흠, 하며 목을 가다듬었다.

이사 온 지 두 달이 채 되지 않아 딱히 대청소랄 게 없었지만 그래도 지수는 최대한 쓰레기봉투 속을 채우려고 애썼다. 뭐라도 묶어 내놓지 않으면 그것으로 또 트집이 잡힐 것 같아서였다.

안음주택 모퉁이를 돌아 주차장으로 갔다. 오래된 밥상과 협탁, 헌 옷가지나 뜯지도 않은 일회용품이 든 쓰레기봉투로 이미 쓰레기장이 어지러웠다. 늘 주차돼 있던 은찬의 차가 없어졌다. 은수도 보이지 않는 걸로 보아 남매끼리 어디 외출한 것 같았다.

은수가 버린 봉투를 찾는 건 그리 어렵지 않았다. 물감이 비쳐 보이는 돌돌 말린 한지 뭉치가 밖으로 삐죽 튀어나와 있었기 때문이었다. 주변을 살핀 뒤 봉투로 다가가 벌어진 비닐 틈으로 손을 넣었다. 다 쓴 화장품 샘플, 영수증과 광고지, 약봉지……. 약국 봉투의 겉면에 적혀 있는 건 평범한 감기약 처방이었다. 한 움큼 꺼낸 종이 부스러기를 쥐고 하나하나 살펴보는데 조그만 증명사진 한 장이 바닥에 떨어졌다. 40대 중반쯤으로 보이는 남자였다. 가족일까. 옷차림으로 보나 배경으로 보나 최근에 찍은 사진 같지는 않은데. 지수는 사진을 바지 주머니에 챙겨 넣었다. 바닥에 늘어놓은 쓰레기들을 다시 봉투 안에 주워 담고 있을 때였다.

야옹.

깜짝 놀라 뒤를 돌아보았다. 다섯 걸음쯤 떨어진 곳에 샴고양이가 앉아 이쪽을 쳐다보고 있었다. 초코다. 며칠 전 현관문이 열린 틈을 타 집을 나가 버린 초코. 냐, 냐, 하고 우는 고양이의 눈망울이 마치 말을 거는 듯했다.

"초코야, 여기 있었어?"

어젯밤 꿈에서처럼 초코가 무심히 등을 돌렸다. 지수는 홀린 듯 초코의 뒤를 따라나섰다. 고양이가 모퉁이를 돌아 느릿느릿 골목길을 걸어갔다. 실버홈의 대문이 열려 있었다. 앞치마를 두른 50대 여자가 붉은 비니를 쓴 노인의 휠체어를 밀며 대문 밖으로 막 나서는 게 보였다. 자원봉사자, 아니면 심연화를 대신해 주말 근무를 서는 요양보호사일 것이다. 초코는 망설임 없이 그녀에게 다가갔다. 정강이에 머리를 살갑게 비벼 대는 고양이를 여자가 쓰다듬으며 아는 척을 했다. 초코를 바라보는 서글서글한 눈에서 애정이 담뽁 배어났다. 아무리 관심을 구걸해도 늘 샐쭉하게 외면하던 녀석이었는데.

"초코야, 이제 집에 가자."

지수가 여자에게 묵례하자, 여자도 따라서 고개를 숙이며 미소 지었다.

"얘 원래 되게 까칠한 앤데. 너무 신기해요."

"우리 알밤이를 아세요?"

그녀가 신기하다는 듯 물었다. 안음주택 3동에서 함께 살다가 얼마 전 가출해서 찾아다니는 중이었다고 하자 그녀는 우리 알밤이가 그랬어, 이웃집에서 잘 지내고 있었어요, 하며 고양이 정수리를 긁어 주었다.

"알밤이 원래 여기 살던 고양이예요. 작년에 돌아가신 어르신이 데리고 있던 아이인데, 그분이 구급차에 실려 가시고 나서 알밤이도 함께 사라졌어요. 어디로 갔을까 궁금했는데 그 집에 있었구나."

한순간 숨이 쉬어지지 않았다. 분명히 은찬은 초코를 유기묘 센터에서 데려왔다고 했는데.

어르신, 알밤이 기억나요? 얘 작년까지 우리랑 있었잖아요. 여자가 초코를 안아 들고는 휠체어에 앉은 노인에게 보여 주었다.

노파가 벌린 입으로 초코를 응시하며 눈을 끔뻑거렸다.

"응, 그래."

"야, 우리 어르신 이제 대답도 곧잘 하시네. 금방 좋아지시겠어."

여자가 흐뭇한 미소를 지으며 지수를 쳐다보았다.

"우리 어르신, 파킨슨병 증세 때문에 거동도 못 하시고, 아들 얼굴도 못 알아보고 그랬는데, 드시던 약 개수를 줄였더니 얼마 전부터 이렇게 정신이 많이 돌아왔어요. 자기들 편하자고 말 못 하는 노인분들한테 신경안정제를 마구 투여했으니…… 우리나라 요양원들 참 문제가 많아요."

요양보호사인 줄 알았던 여자는 알고 보니 성당에서 나온 자원봉사자였다. 실버홈의 약물 처방과 관리 실태에 대한 조사가 이루어지면서 노인들에게 항정신성 의약품을 주먹구구식으로 처방해 온 사실이 드러났다고 했다.

"그럼 혹시 이분 성함이……"

"맞아요. 박경옥 어르신이에요."

여자가 지수에게 눈을 찡긋거렸다. 아들 이야기는 꺼내지 말라는 의미였다.

그만해. 본능이 속삭였다. 여기서 멈추라고 바보야.

그녀는 4층 은찬의 방문 앞이었다. 됐어, 어차피 잠겨 있으면 못 들어가는 거야. 심호흡을 하고는 손잡이를 잡고 돌렸다. 스르르, 원망스럽게도 손잡이가 돌아갔다.

블라인드 쳐진 방 안이 그때처럼 어두침침했다. 방 안을 가로질러 창고 문 앞으로 갔다. 은찬의 비밀은 이 안에 있을 것이다. 은찬이 유기묘 센터에서 데려왔다던 초코가 원래는 실버홈에서 기르던 고양이었다니. 은찬이 자원봉사를 하는 보호센터는 우면산 근처였기에, 작년까지만 해도 실버홈에서 살았다던 고양이가 거기서 발견되었을 확률은 희박했다. 아이들이 방에 들어왔을 때 은수가 보였던 과민반응도 마음에 걸렸다. 어쩌면 이 창고에서 답을 찾을 수 있을지 모른다.

창고는 베란다 쪽으로 창문을 낸 세 평 남짓한 공간이었다. 방 안에 희미하게 알코올 냄새가 감돌았다. 창문 아래 관엽식물이 놓인 철제 책상이 하나, 왼쪽 벽에 또 하나, 오른쪽 벽에는 육묘 화분이 여럿 거치된 선반이 자리했다. 비닐하우스에서만 모종을 키우는 게 아니었구나. 원래 무거운 가구들이 놓였다 치워진 듯 군데군데 눌린 자국이 있는 장판과 테이프로 대충 막아 놓은 창문 새시의 틈을 주의 깊게 살피며 지수는 묘한 위화감을 느꼈다. 사무용 책상과 의자, 그리고 화분들. 주인의 소소한 취향이나 애착이 전혀 느껴지지 않는 황량하기만 한 취미 방.

이제 베란다를 확인해 볼 차례였다. 세나가 목격한 분홍 강아지풀이 아직 있기를 기대하며 검은 우드 블라인드를 조심스레 걷어 올렸다. 한 칸 한 칸 어둠이 걷히자 눈부신 햇살이 방 안에 들어찼다. 활짝 드러난 베란다는 김빠질 만큼 텅 빈 공간이었다. 한편에는 빈 사각 화분이 여남은 개 쌓여 있었고, 붉은 타일 바닥은 물청소를 했는지 윤기로 반들거렸다.

웅, 하는 소음에 지수가 창밖을 내다보았다. 보닛에 고양이 스티커를 붙인 은찬의 흰색 승용차가 막 골목으로 들어오는 중이었다. 얼른 베란다를 나와 창문을 닫고 블라인드를 내렸다. 완전히 닫혀 있었나, 아니면 반쯤 열려 있었던가. 하지만 블라인드 끈이나 만지고 있을 시간이 없었다. 창고 문과 방문을 차례로 닫은 뒤 발에 슬리퍼를 꿰고 계단을 살금살금 내려갔다. 3층 현관문 손잡이를 잡은 채로 그녀는 귀를 곤두세웠다. 1층 출입구에서 두런두런 말소리가 들려왔다.

"언제까지 그렇게 놔둘 거래?"

"분류해서 돈 되는 건 알아서 팔겠지."

"……."

"걱정 좀 하지 마, 누나. 직접 가 보고도 못 믿겠어?"

엘리베이터 문이 열리고, 이내 대화는 끊겼다. 집 안에 들어와 방문을 닫고 기대어 가슴을 쓸어내렸다. 곧바로 혁중에게 전화를 걸었다. 방에서 그림을 그리던 세나가 걸어와 엄마에게 두 팔을 뻗었다. 안아 달라는 뜻이었다. *세나야, 엄마 전화 한 통화만 하고.* 엉겨 붙은 아이의 팔을 간신히 뗐다. 아이가 티셔츠를 당기며 칭얼거렸다.

"네, 지수 씨. 어쩐 일이에요?"

"박경옥 씨가 정신을 차렸어요."

"박경옥 씨? 김무교의 어머니, 박경옥 씨가요?"

"네. 이제 말도 얼추 알아듣고, 대답도 하시더라고요."

지수는 자원봉사자에게서 들은 얘기를 혁중에게 전달했다.

"그래서 말인데…… 혹시 그날 일을 기억하고 계시진 않을까요?"

"피해자 맞은편 침대였죠. 범행 시각에 깨어 있었다면…… 네, 그럴 수도 있을 것 같은데요. 강 형사님한테 알려 줘야겠어요. 고마워요, 지수 씨."

이따가 마리비어에서 보자며 혁중이 서둘러 전화를 끊었다. 아들이 사람을 죽이고 수배 중인 걸 알게 되면 가여운 박경옥은 맨정신이 돌아온 걸 오히려 후회하게 되지 않을까.

쩌우는 범행 사실을 완강히 부인하는 중이었다. 베트남에서 간호사로 근무할 당시의 기록에도 의료사고나 의문사에 연루된 적은 없는 것으로 나왔다. 실버홈의 동료 직원들이나 입소 노인들의 진술을 들어 봐도 쩌우는 그저 매사 적당히 무심하고 손이 느린 평범한 외국인 노동자일 뿐이었다. 투약 기록은 정상이었고, 디곡신의 약물 관리기록에서도 이상한 점이 발견되지 않았다. 무엇보다도 실버홈의 약제실에 디곡신 주사액이 구비되어 있지 않다는 게 그녀를 용의자로 지목하기 어려운 가장 큰 이유였다. 그녀가 주사액을 손에 넣게 된 경로가 도무지 파악되지 않기 때문이었다. 디곡신 정제를 분쇄해 액상으로 만들어 사용했을 거란 가정은 피해자의 혈액에서 셀룰로오스나 전분과 같이 알약을 구성하는 성분이 검출되지 않으면서 자연스레 배제되었다.

"엄마는 나 안 사랑해."

전화를 끊자마자 으아앙, 세나가 울음을 터뜨렸다. 지수는 아이를 폭 껴안았다.

"엄마가 세나를 왜 안 사랑해. 엄마한텐 세나뿐인데."

"이모는 아니래. 엄마가 나 안 사랑한대."

지수의 배에 얼굴을 묻은 채로 세나는 흐느낌을 그칠 줄 몰랐다.

"그래서 밤늦게까지 일하는 거래! 세나 안 사랑한대! 세나가 귀찮은 거래!"

"뭐? 무슨 말도 안 되는 소리야!"

한 대 얻어맞은 것처럼 머리가 멍해졌다. 서럽게 우는 세나를 그녀는 넋을 놓고 바라보았다.

6.

하이고, 밥이 다 머리로 가나. 이 머리숱 많은 거 봐라. 식판에 든 국을 조심스레 떠서 입으로 가져가는 양진주의 머리채를 심연화가 한 손으로 거칠게 쥐었다 놓았다. 허공에 들린 숟가락에서 국물이 가슴팍으로 흘러내렸다. 진주는 고개를 들고 연화에게 웃어 보였다. 시골 촌년 같은 미소. 연화는 그녀의 미소가 그렇다고 했다.

양진주는 수시로 촌년처럼 웃었다. 예의 바른 미소로 위장한 무시와 경멸, 냉혹함 이면의 뜻 모를 호의 같은 것들에 종종 상처를 입거나 어리둥절해지기 일쑤였던 그녀는 언젠가부터 모든 상황에서 그냥 웃기로 했다. 누구에게나 무해한 사람. 아니, 거슬리지 않는 어떤 무엇으로 보이기만 한다면 그걸로 충분하다고 생각하면서.

촌년이라는 단어에 대해 그녀는 이따금 생각해 보았다.

순박한 것과 순박해 보이는 것의 차이에 대해서도. 그럴 때마다 명치를 콕 찔리는 듯한 통증과 후련한 해방감을 동시에 느끼곤 했다. 느슨해진 머리채를 모아 다시 고무줄로 단단히 묶었다. 연화가 옷장에서 외투를 꺼내 입으며 말했다.

"주방 언니 애가 아프대서 오늘 내가 일찍 가라고 했어. 밥 거의 다 먹었지? 어르신들 식사 마치면 양치시키고 약 먹여. 박경옥 씨랑 할아버지 체위 바꿔 주고. 진주야, 알아들었나?"

신발장에 선 연화가 평소와 다를 것 없는 내용들을 오늘도 빠짐없이 읊었다. 출근 첫날부터 연화는 그녀를 살짝 모자란 사람 취급했고, 그렇게 능숙하게 그녀의 우위에 올라섰다. 오후 5시 30분. 교대 시간까지는 아직 30분이 남아 있었지만 진주는 일단 고개를 끄덕였다. *궁둥이는 태산만 해 가지고 밥을 또 저래 퍼먹고 앉았네.* 열린 현관문 사이로 연화의 중얼거림이 들려왔다. 그녀 말고도 식탁 둘레에는 여자 노인 넷이 앉아 함께 식사 중이었다. 노인들은 미용실 가운처럼 생긴 턱받이를 두르고 합죽이 같은 입으로 무른 반찬과 야채죽을 우물거리며 티브이 드라마에 멍하니 시선을 고정하고 있었다.

업무 매뉴얼대로라면 연화는 노인들이 식사를 마칠 때까지 기다렸다 6시에 맞춰 퇴근해야 했다. 오늘은 노인들의 식사 보조와 양치, 식후 약 복용은 물론 일찍 가 버린 주방 언니를 대신해 식판을 닦는 일까지 그녀의 몫이 된 셈이었다. 지금껏 그래 왔듯 진주는 이번에도 그냥 그런가 보다, 생각하고 말았다. 어찌할 수 없는 일에는 헛심을 쓰지 않는 게 그녀가 살아가는 방식이었다.

맞은편에 앉은 노인이 사레가 들렸는지 연거푸 기침을 해 댔다. 주름진 입과 콧구멍에서 밥물이 흘러내리고, 노인은 고통스러운 표정으로 턱받이를 들어 입가를 훔쳐 냈다. 음식물이 기도로 들어가지 않도록 떠먹여 주어야 했으나, 진주는 그럴 마음이 없었다. 지금은 엄연한 직원 휴식 시간이었고, 의무가 아닌 일에도 그녀는 굳이 헛심을 쓰지 않았다. 먹어, 아, 먹어, 하며 수저 가득 뜬 죽을 쉴 새 없이 입안으로 밀어 넣는 연화를 생각하면 알아서 먹도록 두는 게 차라리 저 노인을 위한 일인지도 몰랐다. 노인네들이 어설프게나마 숟가락질을 하기에 망정이지, 여차했다간 식사 뒤치다꺼리를 하느라 밥 한술 뜨기도 힘들었을 거였다. 실버홈의 야간 간병 인력은 양진주 그녀 혼자뿐이었다. 방 안 노인네들처럼 다 같이 콧줄하고 누워 있으면 좀 편할 텐데. 음식을 먹는지 물고만 있는지 도무지 알 수 없는 맞은편 노인을 힐끔거리며 진주는 생각했다.

'적당히 먹이고 치워 버려. 많이 들어가면 싸기밖에 더 해?'

일을 시작한 지 얼마 안 되었을 때 들었던 연화의 귀띔을 떠올리며 그녀는 자리에서 일어나 반쯤 비워진 식판을 노인의 앞에서 거두었다. 숟가락을 뺏긴 노인은 모처럼 초점이 돌아온 눈으로 식기를 정리하는 진주의 얼굴과 살진 가슴께를 유심히 뜯어보다가 이내 흥미를 잃곤 다시 티브이로 얼굴을 돌렸다.

"에라이, 천벌 받을 년."

진주는 순간 움찔해 노인들을 쳐다보았으나, 티브이 드라마로 향해 있는 무심한 표정들을 확인하고는 하던 정리를 계속했다.

설거지를 끝낸 다음엔 저녁 약을 챙길 차례였다. 노인네들이 굼뜬 손으로 알약을 하나씩 하나씩 집어삼키고 나자, 그녀는 물수건과 함께 칫솔과 양치 컵이 담긴 조그만 대야를 가져와 앞에 차례로 놓았다. 노인들은 휠체어에 앉은 채로 식탁에서 양치를 하고, 물수건으로 얼굴을 훔쳐 냈다. '죽는 날까지 나답게, 내 손으로.' 보건복지부에서 만든 포스터가 벽에 떡하니 붙어 있었지만, 휠체어 탄 늙은이들이 번갈아 화장실을 드나들며 옷을 적시고, 또 젖은 옷을 갈아입히느라 취침 시간이 늦어지는 것보다는 이편이 훨씬 수월했다.

휠체어에 앉은 노인 넷을 거실에 두고 진주는 방으로 들어갔다. 뇌졸중과 파킨슨병으로 거동이 아예 불가능한 환자

둘이 지내는 곳이었다. 두 늙은이의 하복부에는 초음파 센서가 부착되어 있었다. 대소변이 나올 가능성이 높은 시간을 요양사에게 알람으로 미리 알려 주는 센서였다. 알람이 울리면 대소변 처리기의 입구를 노인들의 사타구니에 끼워 배설물을 흡입했다. 기저귀를 갈면서 엉덩이를 닦아 줄 필요도, 짓무름 걱정을 할 필요도 없었다.

유동식이 콧줄을 통해 모두 들어간 걸 확인한 뒤 먼저 뇌졸중을 앓는 노인에게 취침 약을 투여하고는 평소처럼 물수건으로 노인의 끈끈한 얼굴과 목을 닦아 주었다. 쓸데없는 짓인가 싶었지만 노인을 위한 마지막 배려라고 생각하기로 했다. 딸과 사위에 의해 이곳에 입소하기 전까지 노인은 한 달 이용료가 몇백씩 드는 고급 요양병원에서 지냈다고 했다. 매주 면회 올 것처럼 눈을 부라리던 노인의 딸은 해가 바뀌며 점점 방문 횟수가 줄더니, 지금은 벌써 두 달째 아무런 소식이 없었다.

반짝반짝하게 닦인 얼굴, 평온하게 잠든 아기 같은 표정. 몇 주에 한 번, 몇 달에 한 번씩 찾아오는 자식들이 원하는 부모의 모습이란 겨우 그런 것들이다. 노인네들의 정신이 약물에 야금야금 갉아 먹혀 사실상 껍데기만 남았다는 사실은 애써 모른척하면서. 치매 치료제, 각종 항정신성 약물과 수면제 예닐곱 가지가 하나로 뒤섞인 물약이 흡수되고 나면 오늘 밤 이 노인네도 죽은 듯 잠들 것이다. 그리고 두 번 다시 깨어나지 못할 터였다.

마지막으로 담요를 덮어 준 뒤 맞은편 침대로 몸을 돌렸다. 이제 빨간 비니를 쓴 박경옥의 차례였다. 그녀에게 약을 투여한 다음 옆으로 뉘여 등 마사지를 해 주었다. 파킨슨병을 앓는 박경옥은 낮에 무기력하게 누워 거의 잠만 잤다.

박경옥의 아들은 면회를 올 때마다 요양보호사들의 간식이며 음료수를 잊지 않고 챙겨 왔다. 그러면서도 수면양말이나 욕창 방지 매트처럼 정작 환자에게 꼭 필요하니 사 오라고 몇 번이나 일러준 물품은 까먹기 일쑤였다. 머리를 짧게 깎은 박경옥이 지금 쓰고 있는 불그죽죽한 비니도 원래는 연화의 것이었다. *집에서 안 쓰는 모자 하나 가지고 왔어. 아들이 일하느라 바쁜데, 나라도 챙겨야지 별수 있어.* 연화는 사람 좋게 웃으며 생색을 냈지만, 그가 어머니에게 꼭 필요한 물건을 매번 깜빡하는 건 바빠서가 아니라는 걸 아마 모르진 않을 것이다.

마침내 취침 준비가 모두 끝나고, 그 일만이 남았다.

양진주가 고대하던 순간. 이 몇 초의 희열만으로 양진주는 다음 날 새벽까지 이어지는 고된 야간 근무를 견뎌 낼 수 있었다. 인슐린 주사기를 꺼내 다이얼로 용량을 맞추고, 당뇨를 앓는 박경옥의 복부에 바늘을 찔러 넣었다. 당뇨 환자라면 누구나 가정에서 직접 인슐린 주사를 놓을 수 있지만, 요양원 안에서 주사를 놓을 수 있는 사람은 오로지 자격증을 가진 간호사뿐이었다. 스스로 존재를 일깨우는 의식과 같은 이 행위로 양진주는 자신이 원래 누구인지를 마음에 되새겼다. 주사도 못 놓는 것들이, 사람 무시하고 있어. 연화와 주방 언니는 할 수 없는 일을 하고 있다는 쾌감이 혈관을 타고 퍼져 나갔다. 양진주(梁眞珠), 아니 쩌우 즈엉(Châu Dương)은 한국에 오기 전까지 호찌민의 한 대학병원에서 간호사로 근무했다.

다섯 살 딸아이를 친정엄마에게 맡기고 쩌우는 재작년에 한국에 왔다. 간호사 근무 경력과 요양보호사 자격증에 더해 한국의 한 보건대학에서 잠시 교환학생으로 공부했던 이력을 인정받아 그녀는 꿈에 그리던 D-10 비자를 취득했다. 한국에서는 D-10 비자를 보유한 외국인이 요양시설에서 2년 이상 근무하면 영주권을 받을 수 있었다. 앞으로 50일 뒤면 그녀에게도 영주권 신청 자격이 생길 터였다.

50일…… 한 달 하고도 20일만 더……. 외국인 전용 임대주택의 다섯 평 남짓한 공간에 누워 희끄무레 밝아오는 창밖을 바라보고 있으면 조급한 마음이 가까운 미래를 헤집고 다녔다. 처음 한국 땅을 밟은 20년 전, 한국 남자와 연애하고 결혼하기를 꿈꿨던 스무 살 대학생에게는 이제 마약과

투계 노름판에 빠져 허우적대는 남편과 서글프도록 자신을 쏙 빼닮은 딸 타오가 있었다. 그리고 여느 친정집이 다 그러하듯, 아픈 엄마와 딸린 식구가 많은 장녀에겐 늘 돈이 필요했다.

그녀는 영주권을 따는 대로 실버홈을 그만두고 제대로 된 요양병원에 간호사로 취업할 작정이었다. 지방의 요양병원에서는 일손이 모자라 외국인 간호사를 더러 채용한다고 들었다. 불법체류 중인 남동생과 힘을 합쳐 셋집을 얻은 다음엔 호찌민 시장에서 건어물 장사를 하는 친정엄마와 딸 타오를 데려올 것이다. 그렇게 하루하루 살다 보면 무려 이 한국 땅에서 언젠가는 셋방살이를 벗어나 허름하나마 진짜 내 집을 가지게 될 날이 올지도 모른다. 한국으로 귀화한 다음 상가주택을 매입해서 임대까지 놓고 번듯하게 사는 저 늙은 조선족 연화처럼.

낯선 이들의 적의와 호의에 휘둘리는 타국 생활에 그녀는 지쳤다. 집에서만이라도 그녀는 양진주가 아닌 쩌우 즈엉으로 지내고 싶었다. 촌년처럼 웃는 대신 와하하 웃고, 어쩔 땐 찡그리고, 화가 날 땐 소리를 지르며 그렇게 살고 싶었다. 엄마와 딸 타오, 남동생과 함께라면 그런 삶이 다시 가능해지리라 믿었다. 환기를 위해 열어 놓았던 현관문을 닫고 흩어진 슬리퍼로 어지러운 신발장을 정리했다. 연화의 슬리퍼를 집어 들고 그녀는 소리 없이 침을 뱉었다. 그러고 나니 조금은 마음이 후련해지는 듯했다.

9시가 되자 쩌우는 거실의 노인들을 데려다 침대에 뉘었다. 방의 불을 막 끄려던 그때였다. *아으, 어, 어.* 박경옥의 신음에 쩌우는 뒤를 돌아보았다. 박경옥이 눈을 뜨고 있었다. 혹시나 해서 가만히 지켜봤지만 노인의 시선은 어디로도 향해 있지 않았다. 아마 환시를 보고 있겠지. 저것 말고도 오늘 밤 박경옥은 또 다른 헛것을 보게 될 터였다. 언젠가는 죽겠지만, 오늘 밤은 아니야. 쩌우는 박경옥을 바라보며 선심을 쓰듯 중얼거렸다. *적어도 내가 실버홈에 있는 동안은.*

'나, 시키는 대로 다 해요. 그런데 빨간 모자 할머니는 빼고요.'

놈에게 처음으로 협박을 받던 날이었다. 그는 쩌우의 조건을 선선히 받아들였다.

1년 전 어느 날, 070 번호로 시작되는 전화가 걸려 왔다. 나직하고 다정해서 더 소름이 돋는 음성이었다. 그는 남동생이 군산의 공단에서 근무하던 시절 의도치 않게 마약 배달에 관여됐던 사실을 알고 있었다. 오토바이로 간단히 할 수 있던 고수익 아르바이트는 알고 보니 유통책에 마약을 전달하는 일이었고, 마약 밀매 조직의 협박을 받은 남동생은 겁을 먹고 일터를 달아나 불법체류자 신세가 되고 말았다.

'이제 1년 남았잖아. 남동생 때문에 영주권 못 따면 억울하지. 안 그래요?'

남동생의 범죄 이력이 영주권 심사에 불리하게 작용하지 않으리란 보장이 없었다. 다른 것도 아니고, 외국인 노동자의 마약 범죄가 아닌가.

'알잖아. 죽어야만 끝나는 그 시간이 가족에게 얼마나 큰 고통인지. 겪어 보지 않은 사람은 몰라. 그게 어떤 건지.'

살짝 떨리는 그 목소리에서 쩌우는 그가 자신의 이야기를 하고 있음을, 거기에 담긴 모종의 진심을 느꼈다. 그녀는 결국 놈의 요구를 따르기로 했다. 어차피 그냥 둬도 1~2년밖에는 더 살지 못할 노인들이고, 그렇게는 살아도 산목숨이 아니라는 말에는 그녀도 공감하는 바였다.

'불 끄고, 방으로 들어가요. 뒷문만 열어 두면 돼요. 그냥 그러기만 하면 돼. 당신은 아무것도 모르는 거야.'

쩌우는 불을 끈 뒤 딱딱하고 차가운 소파에 몸을 뉘었다. 모니터에서 원색의 숫자들이 형형한 빛을 뿜어냈다. 모니터 화면에는 혈압, 맥박, 체온 등 노인들의 활력 징후가 한눈에 실시간으로 나타났다. 놈이 원하는 시간대에 그녀는 직원 휴게실 안에서 문을 닫고 잠자코 있기만 하면 됐다. 그러고 있으면 실버홈의 사신이 담을 넘어 열린 뒷문으로 들어왔다가 사라졌다.

놈은 실버홈의 거실에 달린 CCTV를 크게 신경 쓰지 않는 것 같았다. 프라이버시 문제로 방 안에 CCTV가 설치되어 있지 않은 게 그나마 다행일 터였다. 사신이 실버홈을 떠나고, 알림음과 함께 모니터의 빨간 불이 요란하게 깜빡이면 병실로 달려가 심한 경련과 구토가 시작된 환자의 상태를 확인한 뒤 구급차를 부른다. 실려 나갈 때만 해도 붙어 있던 미약한 숨은 응급실로 이송되는 도중 대부분 끊어졌다.

쩌우는 속이 울렁거렸다. 오늘따라 일이 틀어지고 말 거라는 서늘한 예감이 흉골을 죄어 왔다. 지난 희생자들과 다르게 이번 뇌졸중 노인은 별다른 기저질환을 앓고 있지 않을뿐더러 여느 환자들처럼 독감이나 폐렴과 같은 합병증으로 위독한 상태도 아니었다. 노인이 급사한다면 유족의 의심을 살 수도 있었지만, 그래도 놈의 결심은 바뀌지 않았다.

'이번이 다섯 번째야. 죽어 나가도 아쉬워할 사람 아무도 없어. 아직도 모르겠어?'

흥, 흥, 하고 놈은 생각할수록 재미난다는 듯 웃었다.

'나도 어쩔 수 없어. 그냥 그런 줄 알아.' 그 한마디가 마지막이었다. 어쩔 수 없다니, 뭐가. 가지고 노는 듯한 놈의 음성이 귓가에 꺼림직하게 맴돌았다. 은밀한 노인 살해가 거

듭되면서, 놈은 변해 버렸다. 아니면 바보같이 처음부터 놈의 알량한 연기에 내가 속아 넘어가 버렸거나.

쩌우는 단단한 껍질 속에 갇혀 버린 기분이었다. 흠결 없던 과거나 꿈꾸던 미래는 모두 껍데기 저 바깥에 남겨둔 채, 지금은 웅크린 어둠 속에서 무력하게 누군가를 기다리고만 있는. 안과 밖, 그렇게 자신이 영원히 둘로 나뉘었음을 깨달은 순간, 이곳을 영영 빠져나갈 수 없으리란 공포가 한기가 되어 그녀를 에워쌌다. 쩌우는 팔뚝에 얼굴을 파묻고 눈을 감았다.

끼이익, 뒷문의 녹슨 경첩이 희미한 비명을 내질렀다.

김무교는 도래동에서 서북쪽으로 60킬로미터 떨어진 소하시의 한 모텔에서 검거되었다. 도래동 금괴 강도 살인사건의 용의자로 전국에 수배령이 떨어진 지 한 달 만이었다. 진술서를 쓰고 현장검증이 끝나는 대로 실버홈 사건의 참고인으로 다시 조사를 받게 될 거라는 소식이었다.

"사장님, 안녕하세요. 지수 씨, 오랜만. 별일 없죠?"

밤 10시가 넘은 시각, 혁중이 마리비어의 문을 열고 터덜터덜 들어왔다. 피곤에 찌든 얼굴이었지만 입가에는 특유의 사람 좋은 미소가 어렸다.

"어서 오세요. 어이구…… 다크서클이 판다 저리 가라 네?"

"한시름 놓나 싶으면 뭐가 또 터지고, 계속 그렇네요. 오늘은 물을 먹든 말든 에라 모르겠다, 하고 나왔어요."

"집으로 곧장 안 가고? 우리 가게에 꿀이라도 발라 놓으셨나."

혁중이 멋쩍게 웃었다. 김무교가 잡히고 수사가 급물살을 타면서 그도 후속 보도를 위해 며칠째 야간 근무를 이어 오던 참이었다.

박경옥은 그날 자정 실버홈에 들어온 침입자의 뒷모습을 기억해 냈다. 한밤중 손이 떨려오는 증상으로 눈을 뜬 그녀는 좀처럼 다시 잠들지 못하고 누워 눈만 말똥거리고 있던 상황이었다. 방문을 통해 얌전히 들어온 남자는 중풍을 앓는 전 씨의 침대로 다가가 이불을 들췄다. 잠시 뒤 전 씨는 토악질을 하며 침대가 들썩거릴 정도로 몸을 뒤틀었고, 남자는 그런 전 씨를 잠시 내려다보다 사라졌다. 어두운색 티에 시커먼 모자와 마스크, 다부진 체격의 젊은 남자였다고 했다. 생각보다 상세하게 되짚은 증언으로 보아 그녀가 작달막한 키에 살집이 있고 긴 생머리를 묶어 내린 쩌우를 범인과 혼동하기는 쉽지 않아 보였다.

"김무교일까요?"

"그것도 물어봤는데 아들은 아니래요."

"그럼, 대체 누구⋯⋯."

"제3의 인물이죠."

"제3의 인물?"

"정문 쪽 CCTV를 다시 돌려 보니까, 11시 40분경 김무교가 실버홈의 담을 넘어 창문으로 들어가는 모습이 간신히 잡혔어요. 그리고 12시 10분쯤 다시 같은 방법으로 실버홈을 빠져나오고요. 그러니까 자정쯤 뒷문으로 침입해 12시 5분경 다시 뒷문을 빠져나간 놈은 김무교가 아니었던 거예요. 처음에 쩌우의 진술만 믿고 거실 CCTV만 확인한 데다가 두 용의자의 체격과 차림새가 흡사해서 경찰이 착각했던 거죠. 모자와 마스크 때문에 식별은 어렵지만, 범인은 170센티미터 중반 정도 키에 나이는 20대 후반에서 40대 초반 남성으로 추정되고 있어요. 요새 어지간한 요양병원에는 지능형 CCTV가 다 설치돼 있는데, 아무래도 여긴 영세한 시범 시설이다 보니 수사에 이런 허점이 생기네요."

그 늦은 밤 실버홈에 침입한 이가 하나가 아니고 둘이었다니. 박경옥의 증언이 없었다면 상상도 못 할 일이었다.

'금괴? 그런 게 어디 남아 있간. 애저녁에 팔아서 빚 갚는 데 써 버렸지. 무교가 와서 자꾸 보채 쌌는데, 말도 못 허니

속이 답답하드라고. 그리고 막말로 암것도 없다고 하면 그 놈이 날 보러 여길 오것어?'

예상했던 대로 박경옥의 금괴는 이미 오래전에 처분한 뒤였다.

마감 시간이 되자 도말희와 지수는 남은 손님들을 내보내고 가게 청소와 설거지를 했다. 지수가 앞치마를 벗는 순간에 맞추어 혁중도 노트북을 덮었다.

"가요. 바래다 드릴게요."

"조심해서 잘들 들어가. 내일 봐."

도말희가 혁중을 힐끔 보며 웃었다.

"관리소장인가 하는 그 사람은 요즘 어때요?"

운전석에 앉은 그가 물었다. 은수와 관련한 일들을 이미 혁중은 알고 있었다. 입주민에 대한 그녀의 지나친 집착과 로아라는 아이의 실종, 그리고 최근엔 세나에게 자꾸 이상한 말을 해서 모녀 사이를 갈라놓으려 하는 것까지. 해소되지 않는 의문들이 풍선처럼 부풀어 오르다 펑 터지기 직전이어서 누군가에게 털어놓아야만 숨을 쉬고 살 수 있을 것 같았다. 직업의식의 발로인지, 아니면 개인적인 호감의 표시인지 모를 혁중의 관심이 그녀는 기분 나쁘지 않았다. 심지어 그게 전자 때문이라면 꽤나 슬플 것 같다는 생각까지 들었다. '남자랑 눈 맞아서 애는 내팽개치고 밖으로만 나도는 여자.' 은수의 한마디에 얼굴이 화끈거리던 순간이 불현듯 떠올랐다.

"그래서 말인데……." 혁중이 잠시 뜸을 들였다. "지수 씨, 그 집 나오면 어때요?"

세나 데리고, 제 오피스텔로 와요. 좀 불편하더라도 당분간 그렇게 합시다. 작은 방이 하나 있어요. 좁고 불편하겠지만 그래도 지낼 만할 거예요. 유치원도 걸어 다닐 수 있고, 마리비아는…… 이제 거기서 계속 일하기는 힘들겠지만, 애가 좀 더 크면 다른 길이 또 생기겠죠. 모든 걸 미리 심사숙고해 본 사람처럼 그는 막힘없이 말을 이었다.

"그 여자 확실히 비정상이에요. 계속 거기 있다가 무슨 일을 당할지 몰라요."

안음주택을 나오면 세나를 맡길 사람이 없어 호프집 아르바이트는 그만둘 수밖에 없을 테고, 낮에 할 수 있는 일이 구해진다 쳐도 그만큼 작업에 쏠 수 있는 시간은 마찬가지로 쪼그라들 터였다. 통장 잔고를 헤아려 보며 그녀는 입술을 깨물었다. 나온다 하더라도 무슨 핑계를 대야 하나. 은수가 순순히 모녀를 놓아줄 리 없었다. 아버지인 대수와 어머니인 길분, 두 동생 은찬과 지수, 그리고 딸 소원과 두 명의 조카로 이루어진 완벽한 안음주택의 가계도에 공란이 생기는 꼴을 그냥 두고 볼 리가 없었다. 각자의 몸에 맞춘 교묘한 올가미로 그녀는 입주민들을 옭아맸고, 조대수를 제외하고 거기서 벗어났던 이는 로아 엄마가 유일했다. '로아 엄마. 그래, 그거였어.' 송곳 같은 깨달음이 찾아왔다. 로아 엄마는 사라진 게 아니라 도망친 거였다. 은수에게서 아이를 데려갈 수 없게 되자 홀로 도망친 것이다. 연기처럼 증발해 버린, 오로지 은수의 증언에 의해서만 살아 있고 존재하는 여자. 이번엔 내가 그 여자처럼 사라질 차례인지도 모른다.

"한번 생각해 보고 얘기해 줘요."

혁중이 골목에 차를 세웠다. 차에서 내린 지수는 멀어져 가는 백라이트 불빛을 잠시 바라보다 마지못해 걸음을 뗐다.

4층 아이들 방에 불이 환했다. 창가에 머물던 어두운 그림자 하나가 순식간에 방 안으로 물러났다. 은수였다. 세나가 아직 깨어 있는 모양이었다. 지수는 엘리베이터를 타고 곧장 4층으로 올라갔다. 은수와 단둘이 대면할 생각을 하니 심장이 요동쳤다.

"언니, 저 왔어요."

조심스레 노크한 뒤 방문을 열었다. 침대 위에 얇은 크림색 리넨 티셔츠를 입은 은수가 앉아 있었다. 가녀린 체구의 그녀가 뿜어내는 안광에 지수는 곧바로 주눅이 들었다. 은수는 팔짱을 낀 채로 방 안에 들어오는 지수를 가만히 쳐다보았다. 세나가 보이지 않았다.

"세나는 3층에 있나 봐요."

당황한 지수가 중얼거렸다.

"정말이었구나."

은수가 내뱉었다.

"세나는 나한테 맡겨 놓고, 자기는 밖에서 연애질하느라 바빴구나."

"언니, 그게 무슨 말씀……"

"그래서 뭐, 사랑해?"

은수가 그녀를 물끄러미 쏘아보았다.

"결혼이라도 할 거야?"

"언니, 오해예요. 저 사람 이 동네 사건 취재 기자고, 호프집 단골이에요. 그냥 그거뿐이에요."

"아, 자기가 흘린 정보 주워 먹는 인간. 내가 모를 줄 알았어? 그래서, 그걸로 자기는 돈이라도 좀 벌었어?"

은수의 입가에 비웃음이 어렸다.

"세나가 거추장스러우면 언제라도 말해."

"언니, 무슨 말씀을 그렇게……"

"솔직히 말해. 그게 세나를 위하는 일이야. 오늘 세나 다친 것도 모르지? 엄마라는 사람이."

"네? 세나가 다쳤어요?"

"놀이터에서 놀다 그네에서 떨어졌어. 크게 다친 건 아니야. 그래도 애가 많이 놀랐는지 열이 나더라. 칭얼대다 방금 잠들었어."

"저한테 왜 전화 안 하셨어요."

"그러려고 했는데."

은수가 날카로운 눈을 깜빡이며 뜸을 들였다.

"애가 엄마를 찾아야 말이지."

"네?"

"세나도 아는 거지. 엄마가 자기한테 관심 없는 거."

"아니에요. 그럴 리가 없어요."

그녀가 단호하게 되받아쳤다. 자신도 모르게 복부에 힘이 들어갔다.

"우리 세나, 그네 무서워서 잘 안 타요. 정말 그네 타다가 떨어진 거 맞아요?"

"떨어진 게 아니면? 내가 뭐 밀기라도 했다는 거야?"

은수가 조소 어린 눈으로 그녀를 바라보았다. 지수는 입을 다물었다. 그녀의 굳은 표정을 빤히 바라보던 은수가 천천히 자리를 털고 일어났다.

"하여간 잊을 만하면 똥파리 같은 것들이 달라붙어."

은수가 탁, 불을 끄고 나가 버렸다. 컴컴한 방 안에 지수는 한동안 우두커니 서 있었다.

마침내 정신을 차린 그녀는 현관문을 빠져나와 계단을 내려갔다. 세나가 잠든 방의 스위치를 눌러 불을 환하게 켰다.

"세나야, 일어나 봐."

그녀가 아이를 흔들어 깨웠다.

"눈 떠. 엄마가 물어볼 게 있어."

세나가 얼굴을 찡그렸다.

"엄마가 묻는 말에 똑바로 대답해. 이모가 너 그네에서 밀었어?"

"엄마, 눈 아파."

"정신 차리고 대답해. 이모가 너 밀었냐고!"

언성을 높여 다그치자, 겁을 먹은 세나가 도리질을 치며 울음을 터뜨렸다.

"밀었어, 안 밀었어!"

"아니야! 아니야!"

"아니긴 뭐가 아니야! 너 원래 무섭다고 그네 안 탔잖아!"

세나의 두 팔을 부여잡고 앞뒤로 흔들었다. 눈물로 얼룩진 아이의 두 눈에 공포가 가득했다. 그제야 이마에 붙은 반창고가 눈에 들어왔다. 설피 우는 세나를 그저 어쩔 줄 몰라 꽉 껴안았다.

"세나야, 미안해. 엄마가 잘못했어……."

떠나. 지금 당장. 속삭임이 들려왔다. 그 여자는 미쳤어. 너도 같이 미쳐 버리기 전에 어서 여길 떠나.

혁중이 자다 깬 목소리로 전화를 받았다. 그가 보내 준 오피스텔 주소를 확인한 뒤 전화를 끊었다. 혁중이 데리러 오겠다고 했지만, 지수는 사양했다. 인근에 주차된 공유 차량을 예약하고는 창고에서 여행용 가방을 꺼냈다. 서랍에서 여름옷들을 꺼내 차곡차곡 넣고, 별도의 짐 가방에는 책상 위의 작업 도구들을 쓸어 담았다. 유치원 가방이 불룩하도록 장난감을 쑤셔 넣는 엄마를, 잠이 달아난 세나가 침대에 앉아 멀뚱한 눈으로 쳐다보았다.

"세나 엄마랑 여행 가고 싶다고 했지? 지금 가는 거야."

"지금?"

안음주택에 들어오던 날, 엘리베이터 안에서 엄마를 올려다보던 세나의 기대 가득한 눈망울을 떠올리자 가슴이 아려 왔다. 자정이 넘은 시각이었다. 현관 계단에 무거운 여행 가방을 잠시 내려놓고 지수는 호흡을 가다듬었다.

"엄마, 나 졸려."

"쉿. 조금만 참아."

골목은 숨소리가 들릴 정도로 조용했다. 바퀴가 땅에 끌리지 않도록 가방을 한 손으로 바짝 치켜들었다. 세나의 손을 잡고 어둠 속으로 한 발 한 발, 걸음을 뗐다. 그녀는 뒤를 돌아보지 않았다. 불 꺼진 4층 창문에서 은수의 시커먼 그림자가 모녀의 뒤를 주시하고 있을 것만 같았다. 안음주택 주변을 벗어날수록, 어둠이 짙어질수록 맥박이 빨라졌다. 정말 이걸로 끝인가. 이렇게 여기 이 집, 그리고 은수와는 안녕인가. 머지않아 나머지 짐을 챙기러 와야 한다는 생각은 일단 제쳐 두기로 했다. 오늘 밤은 이 골목을 벗어나는 데만 집중하기로. 주차된 차량의 잠금을 해제하고 세나와 나란히 올라탔다. 차로 혁중의 오피스텔까지는 채 5분이 걸리지 않았다.

"엄마, 레이. 나 레이 놓고 왔어."

큰길로 막 진입하려는 순간 세나가 다급히 토끼 인형을 찾았다.

"다음에 찾으러 가자."

무거운 목소리로 그녀가 말했다. 당장은 세나를 달래 줄 힘도 마음의 여유도 없었다. 그보다는 하윤이가 마음에 걸렸다. 이번에도 방 안에 덩그러니 홀로 남겨진 토끼 인형을 발견하게 될 하윤이. 결국 이럴 거면서, 갑자기 사라지는 일 같은 건 절대 없을 거라고 입방정을 떨었나. 치고 올라오는 감정들로 눈시울이 뜨거워졌다.

"괜찮아⋯⋯. 이제 다 괜찮아⋯⋯."

세나에게 하는지, 자신에게 하는지 모를 말을 그녀가 중얼거렸다.

2012년,
12월

책상 앞에 앉아 은수는 발가락을 꼼지락거렸다. 발 매트와 수면양말을 뚫고 올라오는 방바닥의 냉기. 작년 이맘때쯤 전기난로를 꺼냈던 게 생각났다.
 짧은 초겨울 해가 사라진 창밖은 이미 먹색이었다. 어쩔 수 없이 자리에서 일어나 두툼한 카디건을 팔에 꿰었다. 내일은 행정실에서 아르바이트를 하는 날이기 때문에 오늘까지는 밀린 과제를 모두 끝내야만 했다.
 행정실 옆자리에 앉았던 은재는 엊그제부터 전화를 받지 않았다. 고객님이 전화를 받으실 수 없습니다, 라는 메시지를 몇십 번이고 되풀이해 듣고 나서야 마침내 그녀는 현실을 받아들였다. 은재는 그녀를 차단한 것이다. 마지막 날 함께 이 방에서 점심을 먹고, 공부를 하고, 내일 또 봐요, 하며 손을 흔들어 놓고는, 그러고는 그녀를 차단해 버린 것이다.

"내가 뭐 잘못한 거라도 있어?"

 말수가 줄고 어딘가 낯설어진 은재에게 그녀는 물었다. *아무것도 아니에요.* 은재는 어깨를 으쓱, 하며 싱긋 웃기만 했다. 그게 다였다. 그래서 그냥 그런 줄 알았다. 둘 사이에 대한 사람들의 시답잖은 수군거림 같은 건 신경 쓰지 않는 줄 알았다.

 은재에게 해 주지 못한 것들이 아직 많았다. 겨울이 더 깊어지기 전에 비염에 좋다는 따뜻한 배도라지즙을 보온병에 담아 건네고 싶었다. 크리스마스 선물로 두툼한 아이보리 색 목도리를 떠 주고, 이브 저녁에는 집에서 둘이 옛날 영화를 보고 싶었다. 방학이 되면 아픈 어머니 홀로 지내신다는 춘천집에도 함께 가 보고 싶었다.

 해 주고 싶은 게 많아질수록, 사람들은 점점 멀어져 간다. 서로의 맨살이 따뜻하게 맞닿은 지점, 가장 포근한 곳에 비로소 도달했다고 믿는 바로 그 순간 그들은 소스라치게 놀라 연을 끊어 버린다. 나의 어떤 역겨운 면이 그녀를 또 말없이 떠나게 했을까. 오직 한 가지 생각으로 머릿속이 빽빽하지만 이제 자신이 할 수 있는 건 아무것도 없음을 안다. 은재는 이제 전화를 받지 않으니까. 매달린다고 그런 사람이 돌아왔던 적은 한 번도 없으니까.

 학교, 아르바이트, 집. 학교, 아르바이트, 집. 그리고 주말 이틀은 모두 아르바이트. 4학년이 되는 내년 봄, 요행히 병원에 취직이 된다면 이 지긋지긋한 반복을 벗어난 어떤 일상이 내게도 허락될까. 아마 비싼 커피 한 잔쯤은 큰맘 먹지 않고도 사 마실 수 있겠지. 어쩌면 마주 앉아 밥 먹을 친구 한 명쯤 생길지 모르고. 아무 일도 일어나지 않고 죽도록 고요하기만 한 이 방에도 또 누군가 기적처럼 찾아들 것이다. 은재만큼 소중해질 누군가가, 은재처럼 날카로운 침묵으로 매너 있게 날 자신의 삶에서 도려낼 다른 누군가.

이 사람만큼은, 이번만큼은.

아니, 그런 건 없다. 수십 번, 수백 번을 반복해도 그들은 떠나고, 난 이 방에 홀로 남겨질 것이다.

현관문을 열자 알싸한 저녁 공기가 눈가를 시리게 파고들었다. 차가운 대기에 찌개 냄새가 떠다녔다. 위를 베는 듯한 허기를 느끼며 은수는 다세대 건물이 늘어선 주택가를 휘둘러보았다. 불 켜진 저 창문 안 어딘가, 훈김을 뿜어내는 식탁 위에서 딸그락 딸그락 맞부딪히고 있을 두어 벌의 식기와 수저들을 떠올렸다. 숲속을 헤매다 우연히 밤하늘의 반딧불을 발견한 사람처럼 그녀는 원룸촌의 밤 풍경에서 한동안 눈을 떼지 못했다.

타박타박 계단을 내려가 창고로 향했다. 주차장 뒤편에 만들어진 작은 컨테이너 창고였다. 열쇠 구멍에 열쇠가 들어가지 않았다. 잡고 돌리는 대로 스르르, 손잡이가 돌아갔다. 또 누가 문을 잠그지 않고 간 모양이었다.

차가운 벽을 더듬어 스위치를 켰다. 켜질 듯 말 듯 껌뻑이던 형광등이 마침내 팟, 소리와 함께 내부를 밝혔다. 뽀얀 먼지를 뒤집어쓴 책걸상, 입구가 봉해진 포장 이사 박스와 덮개를 씌운 선풍기 따위로 창고 안은 발 디딜 틈이 없었다.

난로가 든 상자를 찾아 주위를 두리번거리던 그때, 무언가 시야 안에서 움직였다. 박스 옆에 있던 흰색 천 더미가 미세하게 흔들리고 있었다. 생명체. 커다란 짐승…… 혹은…… 작은 인간. 주저한 끝에 마음을 정한 그녀가 짐 사이를 헤치며 나아 갔다. 거뭇하게 때 탄 흰색 커튼 아래 웅크린 무언가가 있었다.

"누가…… 있어요?"

둥그렇게 웅크린 실루엣은 미동도 하지 않았다. 잠시 호흡을 멈추고 천천히 커튼을 걷어 냈다. 맨 처음 드러난 건 반들반들 윤이 나는 소년의 정수리였다. 놀란 건 그녀뿐이었고, 아이는 아직 잠에 취한 듯 기다란 속눈썹을 끔뻑거리기만 했다.

"너 누구니. 왜 여기서 이러고 있어?"

피딱지가 말라붙어 퉁퉁 부어오른 보랏빛 입술이 그제야 눈에 들어왔다. 소년은 아무 대답도 하지 않았다. 꼴딱, 꼴딱, 침을 삼킬 때마다 아이의 목젖이 힘겹게 오르내렸다.

"안 되겠다. 우리 집에 가자."

아이는 겹겹이 몸을 감싼 커튼 뭉치를 쥐고 도무지 놓지 않으려 했다. *괜찮아. 이모 간호사야. 나쁜 사람 아니야.* 살살 손을 풀어내고 어깨를 잡아 일으켜 세우자 체념한 듯 소년은 비로소 몸에서 힘을 뺐다. 스르륵 커튼 자락이 바닥에 떨어지고, 핏자국으로 얼룩진 반팔 티셔츠와 추위에 잔뜩 오그라든 보라색 발가락이 드러났다.

입안에 말라붙은 피를 식염수로 조심스레 닦아 냈다. 어딘가에 세게 부딪히거나 넘어지면서 이빨이 입술 안쪽을 후벼 판 것 같았다. 엉겨 붙은 피나 멍 색깔로 보아 최소 몇 시간 전에 다친 상처였다. 어째서 아무런 응급 처치도 없이, 그것도 이리 추운 날 이 아이는 창고에 맨발로 숨어든 것일까.

꿰맬 정도의 부상이 아니어서 그나마 다행이었다. 찢어진 부위를 소독하고 드레싱을 하는 동안 고집스레 닫힌 눈꺼풀은 좀처럼 열리지 않았고, 눈을 마주하지 않겠다는 그 분명한 의지에 은수도 굳이 소년에게 말을 걸지 않았다. 아랫입술이 부어올라 반쯤 열린 입으로 아이는 힘겹게 꼴딱거리며 침을 삼켰다.

"다 끝났어. 물 좀 줄까?"

물을 마시고 나면 아이의 입이 열리지 않을까 기대하며 그녀가 물었다. 아이가 무언가 말하려던 순간, 발작적인 기침이 터지며 작은 몸의 기도와 입안에 고여 있던 피가 밖으로 뿜어져 나왔다. 아이가 눈을 뜨고 피로 더러워진 카펫과 은수의 바지를 내려다보았다.

"괜찮아. 닦으면 돼."

그녀를 향해 아이가 눈을 부릅떴다. 맑고 깨끗한 눈망울에 두려움이 가득했다.

"나, 죽어요?"

은수는 전율했다. 낯선 이의 처분에 오롯이 운명을 내맡기는 아이의 순수한 절박함이 그 두 눈에 고스란히 담겨 있는 까닭이었다.

"사람은 그리 쉽게 안 죽어."

물컵에 빨대를 꽂아 아이에게 건넸다. 통증을 참으며 아이는 물을 몇 모금 마셨다. 조금 진정이 됐는지 소년은 잠시 눈을 깜빡이다 그녀에게 물었다.

"누나, 정말 간호사예요?"

"응."

"몸에서 피가 다 빠져나가면 죽는 거죠?"

"그렇지. 그건 왜?"

소년은 대답하지 않았다.

"걱정 마, 넌 안 죽으니까."

여전히 아이는 아무 말이 없었다.

"피가 무서웠던 거구나."

아이가 천천히 고개를 끄덕였다.

"우리 엄마가 기침할 때마다 목구멍에서 피가 나왔어요. 멈추지 않고 계속…… 계속 나왔어요."

죽을 끓이는 사이 아이는 카펫 위에 쓰러져 잠이 들었다. 베개를 받쳐 주고 담요를 덮어 준 다음 핼쑥한 얼굴을 물끄러미 내려다보았다.

　은재가 떠나고, 이 아이가 내게로 왔다. 여느 때처럼 은재가 왔더라면 오늘 굳이 난로를 꺼내러 가지는 않았겠지. 창고의 커튼을 들추지 않았다면 피투성이 입술로 웅크리고 있던, 홀로 헐벗은 이 아이를 발견하는 일도 없었을 것이다. 두려울 때나 슬플 때나, 심지어 내가 지독히 원망스러운 순간조차도 오롯이 나만을 원하고 바라볼 고집스러운 눈망울.

　이마를 덮은 앞머리를 손가락으로 쓸어내리며 문득 은수는 두려움에 사로잡혔다. 죽을 먹고 기운을 차린 아이가 창고로 숨어들 때처럼 그렇게 쥐도 새도 모르게 방 안에서 사라지는 상상을 했다. 그 생각만으로 그녀는 가슴이 미어질 듯 아파 왔다.

　늘 썰렁했던, 여름에도 겨울에도 늘 한 명 이상의 온기가 필요했던 방. 그녀가 대학에 들어가자마자 고모는 기다렸다는 듯 전세방을 마련할 목돈을 내어 주고는 조카를 쫓아 버렸다. 다시는 집에 찾아오지 말라는 게 고모가 내건 유일한 조건이었다. 머리가 빠르게 돌아갔다.

　맨발인 아이는 당장 신발이 필요했다. 따뜻한 패딩 점퍼도. 아니, 아니지. 그보다는 칫솔과 잠옷, 동화책과 장난감, 그리고 어쩌면…… 아직은 아무것도 알 수 없지만 정말 어쩌면…… 학용품과 책가방. 마트에 가서 소시지랑 계란부터 사 와야지. 텅텅 빈 냉장고를 알록달록한 식재료로 다시 채워야지. 내일부터는 집에 오면 이 아이가 날 기다리고 있을 것이다. 배고프니 간식을 달라, 같이 놀자, 책을 읽자, 요구하고 떼를 쓸 것이다. 이 텅 빈 방은 이내 아이의 재잘거림으로 가득 찰 것이다.

잃지 않으면 돼. 그럴 수 있어. 그녀는 중얼거렸다. 이미 이렇게 눈앞에 누워 있으니까. 어차피 갈 곳이 없는 아이니까.

아무 데도 가지 마. 우리 함께 살자.

그녀가 아이에게 가만히 속삭였다. 잠든 아이의 눈꺼풀이 대답하듯 바르르 떨렸다.

2032년, 6월 (1)

7.

도래산의 희미한 윤곽이 장맛비에 녹아내렸다. 지수는 창가에 서서 비가 추적거리는 도심의 풍경을 내다봤다. 저 산 아래 밀집한 주택가 어디쯤에 안음주택이 있을 터였다. 불안할 만큼 멀지도, 숨이 막힐 만큼 가깝지도 않은 거리. 뭐든 이 정도 거리는 떨어져 있어야 안심이었다. 별수 없이 자신은 그런 인간이었다.

막 오피스텔 안으로 들어섰을 때 혁중은 침구를 새것으로 가는 중이었다. 지금 쓰고 있는 큰 방을 모녀에게 내주려는 거였다.

"간이침대가 있어요. 작은 방에 놓고 자면 되니까 신경 쓰지 마요. 오히려 전 거기가 편해요. 집이라고 해도 맨날 씻고 나가기에 바쁘거든요."

소파에 앉아 꾸벅꾸벅 졸고 있는 세나를 보며 염치 같은 건 잠시 접어 두기로 마음먹었다. 들고 온 짐가방을 방 한구석에 세워 놓고는 우선 세나를 침대에 눕혀 재웠다. 혁중이 깔아 준 잠자리에서는 섬유유연제를 들이부은 것 같은 향기가 진동했다. 세제 계량 같은 걸 할 사람이 아니지. 슬며시 입가에 미소가 머금어졌다.

'애들 피부가 예민하잖아. 내가 베이킹소다 좀 줄게. 써 봐.'

은수의 목소리가 불쑥 생각을 비집고 들어왔다. 베이킹소다로 빨아 말린 그 이부자리에서는 어쩐지 자꾸만 그녀의 체취가 났다. 그게 그녀의 살냄새였는지, 아니면 단순히 집 안 공기가 밴 것이었는지를 놓고 이제 더는 머리를 싸매지 않아도 되었다. 지수는 침대에 누워 코점막 깊숙이 마음껏 라벤더 향을 들이마셨다.

모녀가 혁중의 오피스텔에서 지낸 지 오늘로 사흘째였다. 그날 밤 지수는 은수에게 메시지를 보냈다.

— 인사도 못하고 떠나게 되어 죄송해요. 부모님께 일이 생겨서 급히 떠나게 됐어요. 나머지 짐은 조만간 집이 구해지는 대로 가지러 갈게요. 언니, 그동안 고마웠어요.

급한 사정이라니. 부모님이라니. 나라는 사람은 어쩌면 이렇게도 끝까지 기만적일까. 하지만 지금껏 세나를 돌봐 주고 아껴 준 사람에게, 그것도 다시는 안 볼 사람을 붙들고 이제껏 쌓아 온 응어리를 터뜨리는 게 무슨 의미가 있단 말인가.

메시지를 확인하고도 은수는 답이 없었다. 다음 날 아침에 한 번, 또 저녁에 한 번, 그렇게 딱 두 번의 전화가 왔을 뿐이었다. 지수는 물론 모두 받지 않았다. 나라는 인간이 그 여자도 지긋지긋하겠지, 지금쯤 정이 뚝 떨어졌겠지.

'엄마에 대해서 언니가 뭘 알아.'

소원이 내뱉은 한마디가 아프게 되살아났다. 소원의 말이 맞았다. 그녀는 여전히 은수가 누군지 몰랐다. 은수에 대해, 그리고 은찬에 대해서도 그녀는 오로지 절반의 확신만을 간직한 채로 아마 평생 살아가게 될 터였다.

은수와 마주치는 게 두려워 그녀는 평소보다 30분 일찍 유치원에 세나를 데리러 갔다. 누군가 억지로 노력하지 않는 한 이제 두 사람이 우연히 마주칠 만한 상황은 거의 사라진 셈이었다. 불안해하지 않아도 돼. 이젠 괜찮아. 세나는 안전해. 색연필이 종이 표면을 사각사각 긁는 소리에 집중하며 지수는 마음을 다스리려 노력했다.

혁중에게서 전화가 왔다. 다급한 목소리였다.

"방금 김은수 씨 동생이 입건됐어요."

"네? 김은수 씨 동생이라면…… 은찬 씨가요?"

"김무교가 그날 실버홈에서 김은찬을 봤대요."

서랍장을 확인하고 나가려던 순간 김무교는 어둠 속에서 누군가 병실로 접근하는 소리를 들었다. 그는 무의식적으로 침대 아래로 몸을 낮추고 숨을 죽였다. 시야가 가려져 범인의 생김새나 옷차림은 잘 보지 못했지만, 어둠 속에서 빛을 발하는 물건이 있었다고 했다. 고양이 그림과 '야옹'이라는 글자가 보이는 실리콘 야광 팔찌였다고.

"아, 그 야옹이쉼터 팔찌…… 저도 알아요."

지난번 텃밭에서 만났을 때도 은찬은 그 팔찌를 차고 있었다. 자원봉사를 하는 유기묘 보호센터에서 받은 기념품이라고 했다. 170센티미터 중반 정도 키, 다부진 체격의 이삼십 대 남자. 은찬은 박경옥이 목격한 범인의 외양과도 일치했다. 이번 실버홈 사망 사건의 범인이 은찬으로 지목된 거라면, 혁중의 추측대로 다섯 번의 사망 사건 모두 그의 소행이란 말인가. 그동안 함께 살면서 무언가 미심쩍었던 부분이 있었느냐는 혁중의 질문에 그녀가 황급히 기억을 더듬었다.

"수목원에서 일하는 7급 공무원이라고 했어요. 주말에는 유기묘 센터에서 봉사하고, 비닐하우스에서 야생초를 키웠고. 또…… 얼마 전 베란다에 있는 물건 때문에 누나랑 갈등이 있었는데, 그것 때문인지 며칠 전 안음주택에서 대청소를 했거든요. 분명히 세나가 베란다에서 분홍색 꽃 화분을 봤다고 했는데, 얘기 듣고 가 봤더니 전부 사라져 있고…… 창고도 어쩐지 썰렁하고요. 아, 그리고 실버홈 자원봉사자분이 어쩐 일인지 저희 주택에서 얼마 전 가출한 고양이를 알아보시는 거예요. 원래는 돌아가신 어르신이 거기서 키우던 고양이라고…… 그런데 은찬 씨는 분명히 유기묘 센터에서 데려왔다고 했거든요. 그렇다는 건…….."

두서없이 말을 늘어놓던 그녀가 헉, 하고 숨을 들이마셨다.

"음, 그동안 유기묘를 돌보는 선한 이웃으로 자신을 포장했다……. 대청소라면 증거 인멸을 한 거라 볼 수도 있겠네요. 피해자가 키우던 고양이를 데려온 게 맞다면 김은찬이 실버홈에 드나들었다는 증거가 될 수도 있고요."

충격으로 말을 잇지 못하는 지수 대신 혁중이 상황을 정리해 주었다.

"그 사람이…… 그랬을 리가 없어요."

전화를 끊고 멍한 정신을 수습하려 애쓰며 주섬주섬 에코백과 우산을 챙겨 들었다. 일단은 세나를 데리러 유치원에 가야 할 시간이었다.

머릿속에서 바삐 퍼즐이 맞춰졌다. 자신은 절대 누나를 떠날 수 없다고 은찬은 말했다. 은수는 은찬의 행각을 이미 알고 있었나. 그래서 고양이를 데려오는 날이면 동생에게 그토록 화를 냈나. 은찬이 인멸하려고 했던 증거는 무엇일까. 은찬의 방에 몰래 들어갔던 날, 3층 계단에서 엿들었던 둘의 대화가 떠올랐다. 분류해서 판다니, 그건 또 무슨 말인

가. 둘이 같이 차를 타고 어디에 다녀온 걸까. 은찬이 실버홈의 노인들을 지속적으로 사망에 이르게 했다면…… 설마 백골 시신 사건도 그의 소행인 걸까.

알록달록한 장화를 신은 아이들과 우산을 쳐든 엄마들로 유치원 앞이 분주했다. 세나의 담임 선생님이 출입구 처마 밑에서 어떤 여자와 대화를 하고 있었다. 선생님이 지수를 발견하고 아는 척을 하자, 30대로 보이는 여자가 고개를 돌려 그녀를 보았다. 관찰하는 듯한 눈매가 날카로웠다.

"아, 마침 오셨네요. 이분이 허세나 어머님이세요."

"안녕하세요. 구청 아동청소년과에서 나왔습니다."

사람들의 이목을 피해 여자는 지수를 차도 건너편으로 끌었다.

"아동 학대로 신고가 들어왔어요."

"아동 학대요? 저를요? 누가요?"

"그건 말씀드릴 수가 없고요. 어머님, 신고가 들어오면 일단 저희가 조사를 해야 하거든요. 몇 가지만 간단히 여쭤볼게요."

구청에서 나온 공무원은 세나의 이마와 뺨에 생긴 상처를 이미 확인했다고 말했다.

"세나는 그네에서 떨어졌다고 하는데, 맞나요?"

"직접 보지는 못했어요. 제가 밤늦게까지 일을 해서……."

"그러니까 그날도 일하시느라 아이가 어떻게 다쳤는지 못 보셨다는 말씀이죠?"

"네, 그렇죠."

여자가 수첩에 뭔가 끄적이며 고개를 갸우뚱했다.

"사실 저도 그 부분이 찜찜해요. 정말로 세나가 그네에서 떨어진 게 맞는 건지, 아니면……"

여자의 차가운 눈길에 지수는 입을 다물었다.

"어머님, 싱글 맘이 홀로 아이를 키운다는 게 얼마나 힘든 일인지 저희도 잘 알아요. 이런 불미스러운 일이 또 생기지 않으려면 아무래도 엄마와 아이가 모두 편안한 환경에서 지내는 게 좋지 않을까 싶어요. 최근에 안음주택을 나오셨다고 들었는데…… 무슨 특별한 이유가 있으셨을까요?"

"특별한 이유가 있는 건 아니고…… 그냥 좀 불편해서요."

"어떤 점이 그렇게 불편하셨을까요."

여자가 쓴웃음을 지었다. 이 여자는 은수에게서 어떤 얘기를 듣고 왔을까. 남자랑 눈 맞아서 애 데리고 뛰쳐나간 여자라고?

구청 공무원 여자는 현재 모녀가 지내는 집의 주소와 세대주의 이름을 물었다. 최혁중이라는 이름을 내뱉는 순간 죄를 지은 것도 아닌데 얼굴이 확 달아올랐다.

"아무튼 저희도 세나가 잘 지내는지 계속 지켜볼게요. 혹시 도움이 필요하시면, 언제라도 말씀하시고요."

여자가 담임 선생님과 가벼운 눈짓을 주고받은 뒤 자리를 떠났다. *잠시만 기다리세요. 세나 데리고 나올게요.* 선생님이 어색한 미소를 흘리며 안으로 들어가 버렸다.

철컥, 현관문이 열리는 소리에 지수는 고개를 들었다. 밤 11시였다. 세나 곁에 누웠다가 깜빡 잠이 든 모양이었다. 비몽사몽 눈을 감고 있던 세나가 반짝 눈을 떴다.

"오늘도 늦으셨네요."

어둑한 거실로 나와 혁중을 맞았다. *세나, 아직 안 잤어?* 그가 웃으며 머리에 묻은 빗물을 털어 냈다. *여태 저녁을 못 먹어서…… 같이 한잔할래요?* 한 손에 든 봉지를 들어 보이며 그가 물었고, 지수는 웃으며 고개를 저었다. 혁중이 레인지에 편의점에서 산 곱창볶음을 넣고 돌렸다.

"참, 이거…… 오늘 아침 우편함에 들어 있었어요."

그가 노트북 가방에서 동화책 한 권을 꺼내 지수에게 건넸다. 책의 표지를 확인한 순간 잠시 숨을 쉴 수가 없었다. 세나가 좋아하는 동화책 시리즈의 신간이었다.

아직 화 안 풀렸어? 하윤이가 세나 보고 싶대. 인제 그만 집으

로 돌아와. ―언니가―

 책 표지에 붙은 포스트잇을 떼어 구겨 버리곤 세나에게 건네주었다. 엄마 속도 모르고 마냥 좋아하는 아이를 지수는 씁쓸하게 바라보았다. 구청 공무원에게 오피스텔 주소를 알려 준 뒤부터 시작된 일이었다.

 '언니 보기보다 더 약골이네요.'

 '소원 씨는 괜찮아요? 어우, 모종 심기가 이렇게 힘든 줄 몰랐어요.'

 '언니도 이제 적응해야죠. 딴 데 갈 게 아니라면……'

 '가긴 어딜 가?'

 등 뒤에서 불쑥 나타난 은수가 둘 사이를 비집고 들어와 우악스레 팔짱을 꼈다.

 '아무도 못 떠나. 여기서 영원히, 지지고 볶고, 같이 사는 거야.'

 그땐 그녀의 말이 그저 농담인 줄 알았는데.

 "저번엔 쿠키. 이번엔 동화책. 하, 진짜 그 여자 안 되겠네."

 조용히 숨을 고르는 지수를 혁중은 가만히 서서 바라보았다.

 "아무래도 여기 너무 오래 있었나 봐요. 다른 곳에도 입주 신청해 놨으니까…… 어디든 연락이 오는 대로 바로 나갈게요."

 "나 세나랑 지수 씨 있어도 하나도 안 불편해요. 그리고 지금 그게 중요한 게 아니잖아요."

혁중이 답답한 듯 말했다.

"다른 데로 가면, 그 여자가 거기는 안 찾아올 것 같아요?"

"그땐 진짜 경찰에 신고하든가 해야죠."

"지수 씨, 그러지 말고. 그 여자 내가 한번 알아볼게요. 이렇게 지수 씨한테 집착하는 것도 그렇고, 의사 처방 없이 입주민한테 항정신성 약물을 먹이는 것부터 정상적인 사람 같지가 않아요. 그 로아라는 아이의 행방도 뭔가 석연치가 않고요. 다른 입주민들한테도 간섭이나 통제가 심했다면서요."

이대로 내버려둔다면 소원과 길분은 영원히 그 여자의 손아귀를 벗어나지 못할 것이다. 소원은 점점 더 집 안에서만 웅크리고 지내게 될 테고, 삶의 자신감을 잃은 길분의 몸과 마음은 해가 갈수록 쪼그라들 게 뻔했다. 조대수 역시 억울한 누명을 벗지 못하는 한 이 근방에서 마땅히 지낼 곳을 구할 수 없을 터였다.

"네. 그러는 게 좋겠어요. 필요한 게 있으면 말씀하세요."

혁중은 그제야 안심이라는 듯 뜨거운 곱창볶음을 서둘러 입에 밀어 넣었다.

"그나저나 정보원이랑 한집에 사니 좋은데요? 이렇게 맨날 얼굴도 보고."

"그전에도 맨날 봤는데요."

지수가 웃으며 대꾸했다.

"수사는 어떻게 진행되고 있대요?"

"쩌우의 통신 기록에서 070 번호가 나왔거든요. 그중에 몇 개가 김은찬이 봉사하는 유기묘 센터의 대표번호로 확인됐어요. 그런데 발신인을 김은찬으로 특정하기가 아직은 좀 힘든가 봐요. 김은찬은 범행 사실을 부인하고 있어요. 증거 인멸부터 피해자의 고양이를 수집한 의혹까지 전부 다요. 야광 팔찌는 센터에서 방문객들에게 나눠 준 거라 저만 있는 게 아니니까 결정적인 증거가 되지 못한다고 하고, 또 고양이를 동네 골목에서 하나둘 데려와 키운 건 맞지만, 그게 실버홈 피해자들의 고양이인 줄은 몰랐대요. 센터에서 일회용 주사기를 구매한 내역이 있긴 한데, 그것도 유기묘 안락사용으로만 썼다고 주장하고 있구요."

"거기서 은찬 씨가 안락사를 담당했어요?"

"동물간호복지사 자격증을 갖고 있었대요. 수의사 지시만 잘 따르면 봉사자가 주사를 놓아도 문제 될 건 없나 봐요."

"유기묘 센터에서는 당연히 디곡신 같은 약물을 취급하진 않겠죠?"

"그렇죠. 디곡신은 외부에서 구한 것으로 보는 게 맞다는 결론이에요."

"그런 위험한 약물을 대체 어디서 구했을까요? 직접 만들 었을 리도 없고……."

직접 만든다. 불현듯 무언가 뇌리를 스쳤다. 은찬이 비닐 하우스에서 키우던 야생초와 베란다에서 갑자기 사라진 분홍색 꽃들. 그리고 수상할 정도로 텅 비어 있던 창고.

"근데 디곡신은 뭐로 만드는 거예요?"

잠시만요. 한번 확인해 볼까요. 혁중이 휴대폰으로 검색해 이미지를 찾아냈다. 디기탈리스. 식물의 이름이었다. 검색된 이미지를 보고 지수는 또 한 번 심장이 멎는 듯했다. 꿈속에서 주말농장을 가득 채우며 일렁였던 거대한 분홍 강아지풀의 물결이 고스란히 사진 속에 담겨 있었기 때문이었다.

"디기탈리스. 디곡신의 원료가 되는 꽃이라고 하네요."

"어, 이거 삼촌 방에 있던 꽃인데?"

옆에 있던 세나가 휴대폰 화면에 얼굴을 들이밀었다.

"삼촌 방에 있던 꽃이라니?"

"나 이 꽃 삼촌 방에서 봤어요. 내가 사진도 찍었는데. 엄마, 내가 찍은 사진 아저씨한테 보여 줘."

사진을 확인한 혁중의 눈이 두 배로 커졌다.

"그럼 정말로 창고에서 직접 디곡신을 제조했던 걸까요. 그랬다면 아마 추출 장비 같은 걸 구매해서 사용했을 텐데…… 강 형사님한테 김은찬의 장비 구매 내역을 조사해 보라고 해야겠어요."

도말희와 만나기로 한 카페는 오피스텔 건너편이었다. 라탄 테이블과 안락의자, 잎이 넓은 관엽식물로 꾸민 휴양지 풍의 실내가 칙칙하고 습한 바깥 풍경과 비현실적인 대비를 이루었다. 라탄 갓을 씌운 노란 조명 아래 도말희가 앉아 있었다. 턱을 괸 채 창밖을 응시하던 그녀가 카페로 들어오는 지수를 알아보고 눈을 동그랗게 떴다.
"하루아침에 알바 그만둔 사람이 저기 오네?"
"사장님, 정말 죄송합니다."
지수가 깊숙이 고개를 숙였다. 안음주택을 떠난 다음 날 마리비어로 찾아가 사정을 설명하긴 했지만, 그래도 갑자기 일을 그만둔 것에 대해 미안한 마음은 여전했다.
"됐어, 아는 동생한테 부탁해서 대충 굴러가고 있으니까. 뭐 마실래?"
얼음이 든 특제 연유 라테를 홀짝이는 그녀를 보고 갑자기 달콤한 게 마시고 싶어진 지수도 같은 걸 주문했다.
"카페 보란이라고, 태국서 마시던 리어카 커피가 있거든. 여기 사장이 태국 사람이라, 원두 맛이 비슷해서 가끔 마셔."
떠날 땐 냄새도 맡기 싫을 줄 알았는데, 그래도 가끔은 그

리울 때가 있더라. 연유 라테를 좋아하느냐고 묻는 말에 그녀가 이렇게 대꾸했다. 갑자기 뭔가 생각난 듯 그녀가 지수의 손등을 찰싹 때리며 눈을 흘겼다.

"지수 씨는, 왜 얘기를 안 했어. 거기 관리소장이 그렇게 이상한 여자인 줄 난 여태 몰랐잖아."

"그 밤에 무슨 배짱으로 그렇게 뛰쳐나왔는지 모르겠어요. 제가 야반도주를 할 수 있는 인간이라곤 한 번도 생각해 본 적이 없었는데……."

그녀는 등나무 의자에 기대 잠시 창밖을 바라보았다. 하나로 틀어 올린 머리에 화장기 없는 얼굴이 정말 어느 동남아 해변에 누워 있는 사람처럼 편안해 보였다.

"내가 사람 잘 안 바뀐다고 했던 말, 기억나?"

"네. 이번에도 도망쳐 버렸으니…… 사람은 진짜 안 변하는 게 맞나 봐요."

"그게 도망친 거야? 박차고 나온 거지."

나답게 계속 살아가는 것도 용기야. 그녀가 이렇게 덧붙였다. *내가 무엇을 얼마나 할지는 내 마음이 이미 알고 있으니까, 그저 마음이 이끄는 대로, 지금 내가 할 수 있는 만큼, 그냥 그걸로 충분하지 않을까?* 지수가 고개를 끄덕였다. 중얼거리듯 흘린 한마디를 기억해 주었다는 게 고마웠다.

"그럼, 애 때문에 이제 저녁 아르바이트는 못 하겠네?"

"네. 마침 일감이 좀 들어와서 당분간은 작업에만 집중하려고요."

"그래. 지수 씨는 잘될 거야. 뭐든 열심히 하는 사람이니까."

임대주택에 다시 입주 신청을 해 놓았다고 하자 도말희는 고개를 갸우뚱했다. 이왕 혁중의 오피스텔로 들어간 김에 계속 눌러살지, 하는 속내를 지수는 그냥 모른 척했다.

"나 가게 내놨어."

"네?"

겨울이 오기 전에 가게를 정리하고 치앙마이로 떠날 거라고 그녀는 선언했다. 가서 대책 없이 몇 달 머물다 올 예정이라고.

"치앙마이…… 싫어하시는 줄 알았는데."

"나도 내가 그런 줄 알았어. 근데 시간이 지나니까 또 그런 바람이 불더라."

그녀가 코를 찡긋하며 미소 지었다. 배신의 쓰라린 기억과 상처만 가득한 그곳으로 도말희는 다시 떠나려는 것이었다. 사람의 마음이란 참 알 수가 없었다. 시간이 흐르면 괴로운 감정은 희석되고 좋았던 기억만 남게 되는 것일까. 혼란스럽기만 한 이 시절을, 먼 훗날 나는 어떤 질감으로 기억하게 될까.

"사장님 보고 싶어서 어떡하죠."

그냥 예의상 하는 말이 아니었다. 수용구 도래동에 마리비어와 도말희가 없다고 생각하니 벌써 마음 한구석이 헐렁했다.

"세나랑 놀러 와. 며칠이고 내가 재워 줄게. 그땐 옆에 애인도 같이 있었으면 좋겠네."

"네. 사장님도요."

"그래."

도말희가 지수에게 따뜻한 눈길을 보내며 활짝 웃었다.

"사장님 웃으시니까 너무 예뻐요. 평소에도 좀 이렇게 웃으시지."

"이 동네 남자들 잠 못 자라고?"

지수는 오랜만에 편안한 기분에 젖었다. 커피를 한 모금 마시자 입속에서 소용돌이치는, 쓰고 시고 단맛의 폭주에 한순간 혀가 얼얼해지면서 콜록콜록 기침이 터져 나왔. *어떡해. 자기한텐 너무 세구나.* 도말희가 미간을 잔뜩 찌푸린 그녀와 카운터 사장을 번갈아 보며 웃음을 터뜨렸다.

도말희와 헤어진 뒤 지수는 세나의 유치원으로 향했다. 안음주택과 실버홈이 위치한 블록에 가까워질수록 은수와 은찬 남매에 대한 생각들로 머릿속이 어지러웠다.

지수가 제공한 디기탈리스 꽃 사진으로 수사는 큰 진전을 이루었다. 작년 초 김은찬이 중고 거래 플랫폼에서 식물 추출과 정제 장비, 환기장치 등을 현금 천만 원어치 넘게 사들인 내역이 확인된 것이다. 식물원에서 전시 교육을 담당했던 은찬은 업무 특성상 연구소 출입이나 연구원들과의 교류가 잦았다. 결정적으로 그가 식물 추출에 대한 전문 지식을 갖추게 된 계기는 한국 자생식물의 추출 과정을 일반인에게 시연하는 프로그램을 기획하면서부터였다.

  그는 에탄올로 잎사귀 속 성분을 추출해 여러 차례 농축과 정제 과정을 거쳤다. 그렇게 얻은 액체에는 식물에 담긴 유효 성분이 짙게 응축되어 있었다. 이것이 그가 베란다에서 수확한 디기탈리스 잎사귀에서 치사량의 디곡신 성분을 뽑아낸 방법이었다.

  또 하나의 유력한 증거는 그의 방 베란다 화분의 흙 속에서 무더기로 검출된 디기탈리스 씨앗이었다. 증거 인멸을 위해 식물 십수 포기의 뿌리를 뽑아내어 버리는 과정에서 흙 속에 떨어져 묻혀 있던 씨앗까지는 미처 생각하지 못했던 것이다.

  장비 구매 내역과 화분 흙에서 나온 씨앗, 거기에 창고의 장판 틈새에서 어렵게 검출한 극소량의 디곡신을 증거로 들이밀자 은찬은 순순히 범행을 시인했다. 강도 높은 조사 내내 입을 열지 않던 쩌우와의 연관성도 결국 그렇게 세상에 드러났다.

"쩌우 남동생이 마약 배달에 관여했던 일은 흥신소에 의뢰해 알아냈다고 해요. 베트남에 있는 친정엄마와 딸의 신상도 이미 파악하고 있던 걸로 밝혀졌고요. 빌미를 잡아 가담하게 만든 거죠. 연쇄살인에 협조한 외국인 요양보호사라니. 아이고…… 안 그래도 외국인 지원 정책 가지고 말들이 많은데, 이거 한동안 나라가 시끄럽겠는데요."

흥분과 한숨이 뒤섞인 목소리였다. 요양보호사 쩌우는 살인 방조 혐의로 국내법에 따라 처벌받게 될 거라고 했다.

"김은찬이 여섯 살 때 친모가 폐암으로 죽었대요. 어려운 형편에 병원 치료도 못 받고 집에서 엄마가 각혈하며 죽어 가는 광경을 그 어린 나이에 모두 봐 버린 거예요. 그 뒤로 고통스럽게 죽어 가는 생명을 보면 숨통을 빨리 끊어 주고 싶은 충동에 휩싸였다고 해요. 유기묘 센터에서도 안락사를 담당했다고 하니 어쩌면 죽이는 일에 점차 무뎌졌을지도 모르죠. 안음주택의 고양이 네 마리 모두 실버홈에서 키우던 녀석들로 확인됐어요. 고양이가 살인의 전리품이었다니…… 수집 취향도 김은찬답네요."

살리는 사람. 무언가 버려지고, 꺾여 죽어 가는 것들을 그냥 지나치지 못하는 사람. 지수는 은찬이 그런 사람이라고 믿었다. 어쩌면 한때는. 그리고 지금도 여전히 그는 자신이 그런 사람이라 믿고 있는지 모른다.

지수는 인터넷 뉴스에서 경찰에 체포돼 포토 라인에 선 은찬을 보았다. 그는 야구모자와 일회용 마스크를 쓰고 고개를 숙인 채 터지는 플래시 세례를 온몸으로 받아 내고 있었다. 벌어진 마스크 안으로 엿보이는 얄따란 여러 겹의 주름을 지수는 넋을 잃고 들여다보았다. 고개를 잔뜩 숙인 채로 그는 웃고 있었던 것이다. 한때 내가 안다고 여겼던 사진 속 이 남자는 대체 누구인가. 일전에 혁중에게서 들었던 미하엘 회겔이라는 범죄자가 떠올랐다. 환자의 목숨을 쥐고 흔드는 그 짜릿한 순간을 잊지 못해 100명 가까이 되는 환자들을 연쇄적으로 살해한 독일의 간호사. 노인들에게 디곡신을 투여하는 순간 김은찬이 느낀 쾌락도 그런 종류의 것이었을까.

"지수 씨, 놀라지 마요. 이번 경찰 조사에서 새롭게 드러난 사실이 있어요."

김은수와 김은찬, 남매지간이 아니었어요. 혁중이 목소리를 낮춰 비밀스럽게 속삭였다.

"남매가 아니라뇨? 그게 무슨 말이에요?"

"모자지간이죠. 서류상으로는."

김은찬의 친부는 생전 알코올 의존증이 심했던 것으로

알려졌다. 아내가 죽고 얼마 안 돼 그는 평소 알고 지내던 여자와 동거를 시작했고, 계모의 학대를 견디다 못한 김은찬은 집을 나와 무작정 서울 가는 버스에 올라탔다. 이후 고속버스터미널을 배회하다 경찰 손에 이끌려 김은수가 자취하던 회기동 인근의 보육원에 맡겨졌을 때가 그의 나이 일곱 살이었다. 얼마나 집에 돌아가기가 싫었는지 부모님 이름이나 집 주소를 묻는 말에는 조개처럼 입을 다물었다고 경찰 관계자는 당시를 회고했다.

보육원에서도 얼마 못 살고 도망칠 수밖에 없었다. 보육원 원장이 아동 학대 혐의로 경찰 조사를 받을 정도로 아동 폭행이나 원생 간의 구타가 일상이었던 곳이었다. 2012년 겨울, 손위 보육원생에게 대들었다는 이유로 모진 구타를 당하고 종일 굶은 채 감금돼 있던 그는 맨발로 담장을 넘어 보육원을 도망쳤다. 그가 인근 대학가 원룸촌을 배회하다 우연히 김은수를 만나기까지의 경위는 그러했다.

간호대에 재학 중이던 김은수는 이듬해 봄 종합병원에 취직했고, 그로부터 몇 달 후 김은찬의 친부를 찾아가 아이를 정식으로 입양하고 싶다는 의사를 밝혔다. 그의 친부는 두 번 묻지도 않고 선선히 친자 포기 각서에 도장을 찍어 주었다.

"스물일곱 미혼 여성이 여덟 살 아이를 입양할 생각을 한다니 얼핏 잘 이해가 안 되죠. 근데 나름 또 사정이 있더라구요. 김은수 역시 열 살 때 엄마가 돌아가시고 아버지와 단 둘이 지내 왔대요. 형편이 어려운 건 아니었지만, 아버지가 사업 핑계로 하나뿐인 딸을 여동생에게 맡겨 두곤 밖으로만 나돌았나 봐요. 그러다 급기야는 젊은 여자와 재혼해 둘이 캐나다로 떠나 버렸어요. 친부는 그 후로 한국에 발길을 끊었고, 김은수는 고모 집에서 컸고요."

"그럼, 은수 언니도 경찰 조사를 받은 거예요?"

"어제 참고인 조사를 받았어요. 남동생의 범행은 그간 전혀 눈치채지 못했고, 창고에 이상한 장비가 있는 건 알았지만 업무 용도로 쓰는 것이라 해서 그냥 그런 줄로만 알았다고 하네요."

"하지만……."

"왜요?"

"아무것도 아니에요."

그녀가 범행을 몰랐을 리 없다. 그랬다면 아이들이 은찬의 방에 들어갔을 때 그렇게 예민하게 반응하지는 않았을 것이다. 물건들을 모두 버리라며 은찬에게 화를 냈을 때, 은수는 창고에 있는 위험한 약물의 존재를 이미 알고 있었을 것이다. 혁중에게 이 사실을 알리기가 어쩐지 망설여졌다. 딱히 은수를 감싸고 싶어서는 아니었다. 다만 은수가 입건된다면, 그녀 없이 안음주택에 남게 될 이들은…….

편의점이 보이는 길가에서 지수는 시계를 확인했다. 세나의 하원까지는 아직 시간이 좀 남았다.

문이 열리자, 매대에서 물건을 정리하던 소원이 힐끔 뒤를 돌아보았다.

"잘 지냈어? 오랜만이다."

머뭇머뭇 건넨 인사에도 그녀는 말없이 하던 일을 계속했다. 소원의 뒤통수를 쳐다보며 지수는 가만히 서서 기다렸다. 마침내 정리를 끝낸 소원이 조끼 주머니에 손을 넣고는 출입구로 향했다. 야외 테이블에 걸터앉은 그녀가 주머니에서 전자담배를 꺼냈다. 그녀가 천천히 연기를 다 내뿜을 때까지 지수는 기다렸다.

"왜 왔어요? 뭐가 궁금해서?"

"그냥 소원 씨 보러 왔어."

기분 탓일까. 냉랭하던 눈빛이 조금 누그러지는 것 같기도 했다. 통통하던 볼살이 내리고 윤곽이 선명해지면서 소원의 얼굴은 예전보다 좀 더 성숙해 보였다.

"요즘 어떻게 지내?"

"뭐 그럭저럭. 지낼 만해요."

"나 거기서 왜 나왔는지, 안 궁금해?"

"아니요, 별로."

그녀가 눈을 가늘게 뜨고 웃으며 연기를 내뿜었다.

"언니 같은 사람들 많아요. 보육원 선생님들도 그랬고, 가출했을 때 팸에 있던 언니도 그랬고. 어느 날 갑자기 안 보이면, 그냥 또 떠났나 보다, 하는 거죠, 뭐."

어차피 남을 사람만 남아. 결국 그렇더라고요. 소원이 먼 곳을 보며 중얼거렸다. 난 소원에게 그런 사람이구나, 앞으로도 영영 그런 사람으로 기억되겠구나, 생각하니 쓸쓸한 기분이 들었다.

"소원 씨는 어떤지 몰라도 난…… 은수 언니와 사는 게 좀 많이 힘들었어."

나도 그렇게 말도 없이 훌쩍 떠나게 될 줄 정말 몰랐어. 그냥 일이 그렇게 됐어. 그녀는 지수가 하는 얘기를 듣기만 했다.

"일찍 잘 나간 거예요. 어차피 엄마 지금 정신없어서 애도 잘 못 봐 줘요."

"내가 세나 때문에 거기 있었던 것 같아?"

"그럼 아니에요?"

소원이 담배를 끈 뒤 지수를 물끄러미 쳐다보았다. 말문이 막혔다. 세나 때문에라도 버텨 낼 수 있을 줄 알았지만 결국 그러지 못했다. 서른여섯 살이나 먹어 가지고, 눈 딱 감고 무슨 말이든 웃으며 예, 예, 하는 법을 못 배운 것도 아니면서 왜 끝내 미련하게 은수와 각을 세웠을까. 그럼에도 내가 어떡해서든 은수라는 사람을 받아들이고 삼켜 보려 했다는 걸 소원은 알까.

"괜찮아요. 어차피 엄마는 그런 거 신경 안 쓰니까."

소원이 무덤덤하게 내뱉었다.

"앞으로 어떻게 할 거야? 계속 거기 살 거야?"

그녀가 픽, 하고 웃었다.

"왜?"

"아니, 그냥. 꼭 나한테 무슨 선택권이 있다는 말처럼 들리네."

"선택권이 왜 없어. 임대주택이 꼭 거기만 있는 건 아니잖아."

지수는 안타까운 심정으로 소원을 바라보았다. 횡단보도를 건넌 노인 하나가 편의점 쪽으로 다가오는 게 보였다.

"가긴 어딜 가요. 엄마가 지금 그러고 있는데."

경멸이 가득 담긴 두 눈이 그녀를 쏘아보았다.

"난 아무 데도 못 가요."

소원이 자리를 털고 일어났다.

"언니 같은 사람은, 절대 이해 못 해."

"나 같은 사람?"

잘 가요. 마지막 인사를 남기고 그녀는 출입문 쪽으로 걸어갔다. 지수가 그녀의 등 뒤에 대고 소리쳤다.

"약, 아직 먹는 거 아니지?"

그 약 먹지 마. 그 말 하려고 온 거야. 차갑게 변해 버린 소원의 뒷모습이 낯설어 출입문 너머로 그녀가 사라진 뒤에도 지수는 한동안 떠나지 못했다. 헛헛한 마음을 애써 추스르고 자리에서 일어났다. 횡단보도 앞에서 신호를 기다리고 있는데 가로수에 붙은 전단이 눈에 들어왔다.

도래동 백골 시신 사건 관련 ― 변사자 신원 제보 바랍니다

빨간 상자 안을 꽉 채운 노란색 제목 아래에는 3D 스캐닝 기술로 복원된 변사자의 사진이 커다랗게 나와 있었다.

2032년 4월 26일 오전 9시경 서울 수용구 도래동 소재 단독주택 마당에서 신원 미상의 남성 시신이 담긴 여행 가방 발견. 나이 70대 전후. 흰 티셔츠와 사각팬티 차림. 발견 당시 이미 사망 후 수년 경과된 것으로 추정됨(정확한 시기 확인 불명).

대칭을 이룬 뚜렷한 이목구비와 당당하다 못해 오만해 보이기까지 하는 저 인상. 사진을 유심히 관찰하던 지수가 고개를 갸웃했다.

이 사람, 어디서 본 것 같은데.

**2031년,
5월**

아이의 살구색 내복이 게워 올린 음식물 찌꺼기로 흥건했다. 아이는 숨을 쉬지 않았다. 검푸르게 변한 작은 가슴에 은수가 얼굴을 묻었다. 따뜻한 체온과 콩닥콩닥 뛰는 심장을 확인하고야 말겠다는 필사적인 몸짓이었다. 은수의 얼굴에 토사물이 뭉개지자 은찬이 황급히 그녀의 머리를 들어 올렸다.

"위험해, 누나. 떨어져."

은수가 뿌리친 손으로 있는 힘껏 은찬의 관자놀이를 후려쳤다. 머리, 뺨, 앞가슴에 사정없이 주먹세례가 쏟아졌다. 붉게 달아오른 얼굴로 은찬은 가만히 앉아 누나의 슬픔과 분노를 견뎌냈다. 신음도, 울음도 아닌 이, 이, 이, 이, 하는 괴성이 은수의 잇새로 흘러나왔다. 그런 중에도 남매는 소리치거나 울부짖지 않았다. 아래층에 사는 할머니는 쓸데없이 귀가 밝으니까. 바로 이런 부분이 소름 끼치는 것이다, 인간이란 종자들은, 하고 은찬은 생각했다.

 끓어올랐던 감정이 조금 잦아들며 방 한가운데 누운 아이 주변으로 차츰차츰 시야가 넓어지고 밝아졌다. 창고 문이 열려 있었다. 산산조각 난 유리 파편과 축축한 물기, 흩어진 새우 과자로 바닥이 어지러웠다.

"약병이 떨어져서 깨졌어. 액체를 만졌나 봐."

 그가 조용히 입을 뗐다. 아이는 오늘 심한 감기로 유치원에 가지 못했다. 그가 방문을 잠그지 않고 운동을 하러 갔던, 누나가 물이 새는 이웃집을 살피러 4층을 비웠던 그 불과 30분 남짓한 사이에 벌어진 일이었다. 다섯 살 아이의 키는 또래보다 작은 편이었지만 요구르트처럼 손안에 쏙 들어오는 조그만 갈색 유리병을 건드려 볼 만큼은 되었다. 아무도 없는 방 안에서 아이는 얼마간 고통 속에 몸부림치며 죽어 갔을 것이다.

 누나는 한동안 말이 없었다. 빈틈없이 정돈된 무채색 방 안, 숨이 완벽히 끊어진 것이 자명해 보이는 작은 시신을 텅 빈 눈으로 훑고 또 훑었다. 평소 옷을 갈아입힐 때처럼 그녀가 아직 말랑말랑한 아이의 두 팔에서 천천히 내복 윗도리를 벗겨 냈다. 누나가 움직이기만을 끈기 있게 기다리던 은찬도 그녀를 도왔다. 쉬웠다. 아이라서 쉽다. 아니 처음이 아니라서 쉬운 것인가. 옷부터 벗길 생각을 한다니, 누나도 꾀가 생긴 것인가. 결국 이런 일이 다 그런 것인가. 은찬은 머릿속에 상념들이 떠다니도록 그냥 내

버려두었다.

붙박이장에서 여행 가방을 꺼내자, 은수가 고개를 저었다. 은찬은 그녀가 시키는 대로 굳어 가는 아이의 몸을 바닥에 반듯이 눕혔다. 옆방에서 누나는 깨끗한 내복 한 벌을 가져왔다. 토사물로 젖은 아이의 얼굴과 알몸을 물수건으로 닦고 새 옷을 입혔다. 헝클어진 단발머리는 가지런히 빗어 정돈했다. 이제 아이는 바닥에 누워 평온히 잠든 것처럼 보였다.

누나가 아이와 덮던 홑이불을 펴고, 그 위에 아이를 다시 눕혔다. 은찬은 이불로 아이를 단단히 감아 쌌다. 마침내 강보에 싸인 커다란 아기처럼, 눈을 감은 아이의 보동보동한 얼굴만이 밖으로 드러났다. 손등으로 아이의 볼을 쓰다듬던 누나가 그 모습에 또 한 번 허물어졌다. 아이 친모의 소재가 파악되는 대로 누나는 입양 절차를 밟아 로아를 자신의 호적에 올릴 계획이었다.

로아의 얼굴에 이불자락을 덮었다. 이불의 두 끝자락을 동여맨 뒤 커튼 끈으로 몸통 중간을 한 번 더 묶고 나니 마치 염을 끝낸 시신처럼 보였다.

어디에 묻을지는 고민할 필요가 없었다. 주말농장 너머로 버려진 땅이 모두 아이의 것이었으니까. 그러나 울타리 밖에 묻자는 설득은 누나에게 통하지 않았다. 아무도 모르게 죽어 풍화되어 가는 온갖 이름 없는 것들과 함께 로아를 둘 수는 없다고 했다. 은수가 원하는 장소는 울타리 안쪽, 방울토마토가 자라는 텃밭이었다. 이제 남매에게 남은 건 밤이 찾아올 때까지 조용히 기다리는 것뿐이었다.

눈길이 닿는 곳에 아이를 두는 것이 누나가 택한 속죄와 애도의 방식이었다. 어차피 죽을 목숨, 조금 이른 나이에 죽는 것도 나쁠 건 없다고 평소 그는 생각해 왔다. 태어나서 죽기까지의 시간이 그 무슨 대단한 사건 사고들로 채워지든 그 끝에 죽는 건 어차피 매한가지가 아닌가 하고. 오작동을 일으키는 몸 안에 갇혀 심장이 완전히 멈출 그날까지 괄약근에 힘을 꽉 주고 살아가는 황혼기는 지옥이나 다름없을 테니까. '죽음'이라는 단어를 대할 때마다 그는 인간이 아닌 고양이들을, 녀석들의 경건하고 고요한 죽음을 생각했다. 세상 모든 고양이들이 그러하듯, 유기묘 센터의 고양이들 역시 아무리 아파도 좀처럼 아픈 티를 내지 않았다. 심하게 짓물러 붙어 버린 두 눈, 감염으로 썩어 가는 붉은 상처 따위를 적에게 노출하지 않으려 녀석들은 케이지 안에서 그저 조용히 고통을 인내할 따름이었다. 구조의 손길이 없었다면 어느 구석에서 가만히 있다 결국 숨이 끊어졌을 녀석들의 그런 성질은 어찌 보면 체념이라기보다는 고집스러운 순명에 가까웠다. 그런 고양이들의 모습에서 그는 위로와 살아갈 용기를 얻곤 했다.

2년 전 그날과 달리 죽음 앞에 무너져 내린 누나의 모습이 은찬은 낯설었다. 감정에 휩쓸리지 않고 오직 현실만을 냉정하게 직시하던 누나를 보며 은찬은 드디어 아버지에 대한 누나의 마음이 다했음을 알았더랬다. 아버지를 모시고 온 첫날 은찬아, 우리 아빠야, 하며 세상을 다 가진 사람처럼 활짝 웃던 그때의 마음은 이제 남아 있지 않다는 걸.

수소문 끝에 근 몇 년 만에 간신히 다시 연락이 닿았을 때, 누나 아버지는 악성 뇌수막종 진단을 받고 투병 중이었다. 재혼한 젊은 부인에게 이혼 위자료를 뜯기고, 설상가상으로 믿었던 지인에게 사기까지 당한 그는 당시 토론토 서쪽 외곽의 저소득층 거주지에서 홀로 힘겹게 살아가고 있었다. 누나의 아버지는 연명 치료를 원치 않았다.

'아버지를 모실 수 있는 마지막 기회야. 내 손으로 우리 집에서 잘 보내 드리고 싶어.'

은찬은 누나의 뜻을 반대하지 않았다. 말려도 소용이 없을 테고, 자신이 기억하지 못한다고 해서 가족 간의 정이나 애틋함 같은 것들을 아예 부정할 생각은 없었다. 어째서 누군가 죽어 가는 과정을 그토록 가까운 거리에서 지켜보려는 건지, 그 피 마르는 심정을 알기는 하는지 궁금했지만 모든 건 결국 누나의 몫이었으니까.

"돌아가셨어."

어느 날 새벽 방으로 들어온 누나가 이렇게 말했다. 열린 방문

사이로 드러난 유령 같은 형체를 은찬은 잠이 덜 깨 몽롱한 정신으로 바라보았다. 그 목소리가 너무 담담해서 마치 안녕, 좋은 아침이야, 하고 말하는 것처럼 들렸다.

"119에 연락해야겠지?"

은찬이 옷을 입으며 물었지만, 은수는 대답하지 않았다. 그 공간에는 응당 있어야 할 무언가가 빠진 느낌이었다. 울거나 슬퍼하지 않는 누나가 이상했다. 그때처럼 누나가 냉정했던 순간이 살면서 또 있었던가? 누나가 그럴 수 있는 사람이라고, 은찬은 생각해 본 적이 없었다.

방 안으로 들어갔다. 은수도 딱히 말릴 생각이 없는 것 같았다. 얼굴을 덮고 있는 베개를 치웠다. 눈을 부릅뜬 누나의 아버지가 검푸른 입술을 벌린 채 천장을 바라보고 누워 있었다. 찢어진 이마에서 피가 흐르고, 방바닥에는 유리 트로피가 굴러다녔다. 선반 위는 은수가 보관해 온 추억의 사진과 물건들로 빼곡했다. 부모님의 결혼. 누나의 돌. 유치원에서 소풍을 간 누나. 나이팅게일 선서식을 하는 대학생 누나. 그리고 누나를 판박이처럼 빼닮은, 단정한 올림머리와 허리가 잘록한 셔츠드레스가 고전 할리우드 배우를 연상시키는 누나의 엄마. 엄마의 보석함과 향수병. 누나가 손수 만든 카드와 카네이션들. 아버지가 캐나다로 떠나며 버리고 갔던 안경집이며 라이터, 낡은 손수건 같은 물건들. 점차 말과 기억을 잃어 가는 아버지와 그녀가 소통하고자 했던 흔적들.

"왜?"

은찬이 물었다.

"그냥 그렇게 됐어."

자신과는 무관한 일이라는 듯, 대답은 그것뿐이었다. 누나는 생각을 아예 놓아 버린 사람처럼 보였다. 그런 은수 대신 은찬이 아직 뻑뻑한 두뇌를 가동했다.

"장례는 무리겠지."

"응."

"어차피 연락하는 지인도 없으셨잖아. 캐나다에서 올 사람이 있는 것도 아니고."

"맞아."

"영안실에 가는 것도 힘들 거고."

"응."

"왜냐하면…… 이런 모습이니까."

"그래."

은찬이 크게 숨을 들이마신 뒤 뱉어 냈다. 생각을, 생각을 해야 한다. 무슨 생각이라도 떠올려야 했다. 사람들 눈에 띄지 않고 시신을 처리할 수 있는 곳. 이를테면 동네 뒷산, 저수지나 천변의 갈대밭, 인적 없는 공터…… 그것도 안 되면 빈집 마당. 예를 들어 벌써 1년 넘게 창문에 블라인드가 드리워져 있는 뒷집 마당이라든가. 언젠가 우연히 빌라 옥상에서 내려다본 잔디밭이 꽤 넓었던 것으로 기억났다. 빌라 뒷문에서 몇 걸음이면 그 집 대문으로 바로 진입할 수 있었다. 옆집은 마침 빈집이었고, 주변 창문도 시야가 모두 가로막혀 누군가에게 발각될 가능성도 적어 보였다. 차에 시신을 싣고 어딘가로 이동하다 괜히 꼬리를 밟히는 것보다는 차라리 편리하고 안전한 선택이었다.

은찬은 아무도 없는 골목에서 뒷집의 담을 넘었다. 예상대로 사람 없는 집 안은 괴괴했다. 대문을 열어 놓은 뒤 집을 빠져나왔다. 빌라 주차장에서 그는 차 트렁크를 열고 주말농장에서 사용하던 삽 한 자루를 챙겼다.

시신을 웅크린 자세로 만들어 은수가 아버지를 모시고 한국으로 들어올 때 썼던 이민 가방에 넣었다. 남매는 엘리베이터를 타고 1층으로 내려갔다. 입구 천장에 붙은 CCTV가 걱정되긴 했지만 몇 달 안에 누군가 신고만 하지 않는다면 별로 문제 될 건 없었다. 이웃들은 누나 아버지를 만난 적이 없었고, 설령 시끄러운 늙은이의 존재를 알고 있더라도 입에 풀칠하느라 바쁜 사람들은 늘 나던 소리가 어느 날부터 들리지 않는 문제 같은 건 대수롭지 않게 생각할 터였다.

골목을 가로질러 소리 없이 대문을 닫았다. 어둠 속에서 삽으로 구덩이를 팠다. 땅을 파고 들어갈수록 흙냄새가 짙게 피어올랐다. 밤공기는 뜨뜻미지근했고, 주변은 이름 모를 풀벌레와 귀

뚜라미 울음소리로 어지러웠다. 등줄기와 이마를 타고 쉴 새 없이 땀방울이 흘러내렸다. 눈이 따가웠다. 끊어질 듯한 허리를 펴며 정원석에 기대 앉은 누나 쪽을 힐끔 쳐다보았다. 누나는 지금 무슨 생각을 하고 있을까. 숨 소리조차 내지 않는 누나에게 문득 짜증이 치밀었다. 그냥 좀 참지, 야밤에 이게 무슨 고생인가. 그동안 키워 준 값을 내가 이렇게 갚는구나, 싶었다.

시간의 흐름도 잊은 채 은찬은 통증으로 터질 것 같은 팔 근육에만 온 신경을 모았다. 누군가에게 발각되리란 두려움조차 그런 무의식 상태에 녹아 사라지면서 오히려 마음이 차분히 가라앉았다. 은찬은 가방을 통째로 구덩이에 넣고 흙을 덮었다. 날이 밝는 대로 돌아와 묻은 자리가 눈에 띄지 않도록 잔디로 덮어 줄 생각이었다.

일을 마치고 들어온 남매는 다시 엘리베이터를 탔다. 형광등 아래 드러난 은수의 얼굴에 땀에 젖은 머리카락이 축축하게 달라붙어 있었다. 열에 들뜬 듯한 얼굴과 부풀어 오른 눈동자가 어딘가 아파 보이는 동시에 조금 미친 사람 같기도 했다. 누나는 말없이 방으로 들어가 버렸다.

다음 날 저녁, 그 방에서는 노인의 흔적이 깨끗이 지워지고 없었다. 노인의 옷과 소지품, 간병 용품은 물론이고 선반 위에 놓여 있던 추억의 사진과 물건들도 모두 자취를 감추었다. 누나는 밥을 먹지 않았고 거의 방 안에만 머물렀다. 그렇게 3일째가 되던 날 드디어 거실로 나온 누나의 모습은 야위었을지언정 표정은 오히려 홀가분해 보였다. 찬찬히 일상을 되찾아 가는 몸짓에서는 아버지에 대한 그 어떤 회한이나 자책도 엿보이지 않았다. 어쩌면 그것이 43년 동안 하나뿐인 자식에게 지독히 무관심했던 아버지에게 그녀가 진작부터 느껴야 했을 감정인지도 몰랐다.

'어디서 굴러먹던 놈이야?'

자기 집안의 것과는 다른 피부색과 골격, 죽을 떠먹이는 서툰 손동작부터 슬리퍼 밖으로 삐져나온 발가락까지 남김없이 뜯어보던 그 무례한 시선을, 숟가락 앞에서 큰 은혜라도 베푼다는 양 비뚜름하게 벌어지던 그 두 입술을 은찬은 아직도 또렷이 기억했다. 평생 주는 것보다는 받는 것에 익숙했을 남자. 누나의 아버지는 뭐랄까, 한 번도 남의 비위를 맞춰 본 적이 없는 사람처럼 보였다. 아마도 밟지 않으면 밟힌다는 식의 지론으로 평생을 살아온 그런 부류의 인간이었을 것이다.

뇌종양 말기 노인의 섬망과 치매 증상은 나날이 심해졌다. 새벽 2시에 깨어나 배고프다는 성화에 못 이겨 누나가 죽을 끓여 대령해도 돌아오는 건 아비를 굶겨 죽이려 작정했느냐는 욕설이었고, 그마저도 죽에 독을 탔다며 사발째 뒤집어엎기가 부지기수였다. 내 주유소를 어떤 놈이랑 해 처먹을 속셈이냐, 이 망할 년, 넌 어디서 자길래 나만 이 골방에 처넣었느냐, 나 빨리 죽으라고 고사 지내고 있는 것 아니냐며 노인네는 핏대를 올리며 악

다구니를 썼다. 결국 참고 참다 질려 버린 누나가 한순간 이성의 끈을 놓아 버린 거라 은찬은 짐작했다.

시간이 자정을 넘었다. 침대 옆에 아이의 시신을 누인 채로, 남매는 불을 켜지 않은 방 안에서 멍하니 허공을 응시했다.
"가방에 넣지도 않고 어떻게 데려갈 거야?"
안고 가야지. 은수가 대꾸했다. 당연하다는 투였다.
"겨울 외투에 싸서, 안고 갈 거야."
은수가 동생을 위해 친절한 한마디를 덧붙였다. 은찬은 홑이불 아래 딱딱하게 굳어 있을 아이의 시신을 상상했다. 피부 색깔이 변하고, 어쩌면 몸의 일부는 부풀어 오르기 시작했을 것이다.
"그날, 왜 그랬어?"
은찬이 불쑥 물었다.
"이제는 말해 줄 수 있지 않아? 그날 아버지, 왜 그런 거야?"
누나는 한참 말이 없었다.
"모실 수 있을 줄 알았어."
누나가 말했다. *내가 날 너무 과대평가한 거지.* 그녀가 덧붙였다.
"은찬아."
"왜."
"난 여전히 글러 먹었을까?"

"그게 무슨 말이야?"

"그날 아빠가 잠깐 제정신이 돌아왔었어. 물끄러미 날 보더니 그러시는 거야. 나이를 먹을수록 제 엄마 얼굴이 나온다고. 그 눈빛이 조금은 따뜻해 보여서, 나도 모르게 묻고 말았어. 왜 날 버리고 캐나다로 갔느냐고. 그랬더니, 다 지난 일을 가지고 사람 피곤하게 생유난을 떤다고 하더라. 그런 것까지 망할 지 어미를 빼다 박았다고. 아빤 끝까지 아무것도 인정하지 않았어. 내가 아버지 없이 살아 낸 그 숱한 시간도, 병원 일을 관두고 아버지 곁을 지키기로 한 내 마음도, 그 무엇도 미안해하거나 고마워하지 않았어. 뭔가 다른 걸 기대한 내가 바보였던 거야."

은수가 천천히 중얼거렸다. 누나가 아버지를 곁에 두려 했던 건 아버지가 아닌 누나 자신을 위해서였음을 은찬은 깨달았다.

"그래서 누나는 내가 편했구나."

"네가?"

"난 도망갈 데가 없는 아이였으니까."

은수는 잠시 말이 없었다.

"넌 어릴 때부터 사람한테는 관심이 없었어. 그런데 그게 오히려 난 안심이 되더라."

너를 키우면서 내내 불안했어. 그녀가 말을 이었다.

"팔에 금이 가도 아픈 내색을 하지 않았고, 밤늦게까지 혼자 있어도 외롭다고 울지 않았어. 공부가 됐든 거짓말이 됐든 뭐든 맘만 먹으면 잘했어. 입을 다물고 있으면 그 조그만 머리에 무슨 생각이 들어 있는지 도무지 가늠이 안 됐어. 넌 우울한 아이는 아니었지만 그렇다고 딱히 행복한 애도 아니었어. 어떻게 하면 널 기쁘게 해 줄까, 내가 어떻게 해야 네가 진심으로 웃게 될까. 늘 그런 고민을 하면서 살았던 것 같아."

"사람들은 대체로 불행해. 어쩌다 가끔 행복한 거지."

"그래."

누나도 알고 있을까. 누나를 만나기 전부터 나란 사람의 어딘가는 이미 고장 나 있었다는 걸. 누구도 믿지 않고 어떤 감정에도 소모되지 않는 성실하고 노멀한 삶. 내가 그런 식으로 살아갈 수밖에 없는 건, 묵은 상처에서 아직 진물이 흐르고 있어서가 아니라 내 안의 어떤 장치가 애초에 비틀려 있기 때문이라는 걸.

"이제 걱정 마. 난 내 방식대로 잘 살고 있으니까."

"그래, 언제는 네가 내 말을 들었니?"

어둠 속에서 은수가 피식 웃었다.

은찬은 마음이 한결 가벼워졌다. 누나의 말이 마치 네가 그렇게 하고 싶어 하는 일이라면 굳이 말리진 않겠다는 허락처럼 들렸기 때문이었다. 누나, 미안해. 내가 너무 커 버려서. 맨발로 회기동 뒷골목을 헤매던 그 일곱 살짜리가 더는 아니어서. 누나를 자꾸만 외롭고 쓸모없는 사람으로 만들어서. 누나, 우린 글러 먹은 남매인가 봐. 은찬이 속으로 농담을 건넸다.

2년 전 그날처럼 밤공기가 후덥지근했다. 바람을 타고 들어온 디기탈리스 향기로 코끝이 간지러웠다. 묘한 흥분과 기대감, 그리고 긴장이 공존하는, 평생 잊지 못할 밤이었다.

2032년,
6월
(2)

8.

 왜 이렇게 주저하는 걸까. 그냥 신고했으면 될 일이었다. 아니면 혁중에게 털어놓든가.
 겨우 쥐고 있던 색연필을 내려놓고 커피를 홀짝였다. 잡생각을 쫓으려 자꾸 커피를 마시고, 그 때문에 새벽잠을 자고. 다음 날 수면 부족으로 흐린 정신을 깨우려 또다시 커피를 찾는 악순환을 며칠째 반복 중이었다. 손을 놀리는 가운데 의식 한 조각은 서랍 속 증명사진에 끈질기게 붙들려 있었다.
 집으로 돌아온 그녀는 하숙집 노파와의 대화를 곱씹어 보았다. 삼아단지에 살았었다는 얘길 곧이곧대로 믿는 게 아니었는데. 정신이 흐릿한 노파의 말만 믿고 거기서 은수의 흔적을 찾으려 했던 게 실수였다. 노파가 살던 집은 지금 주차장이 되었다고 했지. 김무교의 집 대각선 방향에도 공터가 있었고, 그 바로 옆이 빌라였다. 은수 남매가 이사 오기 전 살던 곳이 혹시 그 빌라였다면.

지수는 가로수에 붙어 있던 제보 전단을 인터넷에서 검색했다. 그리고 은수의 쓰레기봉투에서 찾아낸 증명사진 속 40대 남성과 화면 속 노인의 복원된 얼굴을 비교해 보았다. 많이 닮긴 했지만, 못해도 30년 이상 차이 나는 세월의 간극을 눈짐작만으로 메우긴 어려웠다. 눈 질끈 감고 일단 경찰에 신고부터 할까. 하지만 이 일로 은수가 조사를 받게 된다면? 조사를 받았는데 그녀가 범인이 아닌 걸로 판명 난다면? 정말 범인이라면 그 후엔 어찌 되는 것인가. 소원은 그렇다 쳐도 길분은, 또 하윤이는. 무교가 구속된 이후에도 하윤이 엄마는 한 번도 아들을 만나러 안음주택에 찾아온 적이 없었다.

비가 그친 하늘에 먹구름이 가득했다. 환기할 요량으로 에어컨을 끄고 창문을 열었다. 실내로 밀려 들어온 습하고 더운 공기에 이내 책상 위의 종이가 눅눅해졌다. 색연필로 종이 귀퉁이에 뭔가를 끄적이다 무심코 현관 쪽을 쳐다보았다. 은찬이 구속되면서 이곳을 드나들던 은수의 발길도 함께 끊어졌다. 빈 우편함과 아무것도 걸려 있지 않은 문손잡이를 확인할 때마다 지수는 안도하면서도 한편으로는 마음이 쓰였다.

세나를 데리러 갈 시간이 되자 그녀는 서둘러 밖으로 나설 채비를 했다. 휴대폰에 문자 알림이 뜬 건 그때였다.

— 세나 여기 있어. 우리 얘기 좀 하자. 집으로 와.

머리가 아득해졌다. 내가 방심했구나. 그 여자를 동정하다가 결국 이 사달이 나고 마는구나.

머리가 멍한 채로 일단 오피스텔을 나섰다. 투둑투둑, 지겨운 빗방울이 정신 차리라는 듯 사정없이 이마를 때렸다. 은수가 원하는 게 뭘까. 마음을 가다듬으며 생각해 보았다. 둘만의 대화, 그리고 화해. 은수는 모녀가 다시 안음주택으로 돌아와 주기를 원했다. 그래서 아이를 미끼로 삼은 것이다.

언젠가는 맞닥뜨려야 할 순간이었다. 끊어낼 거면 제대로, 똑바로 끊어내야만 했다. 이곳은 나와 맞지 않는 것 같으니 세나와 나가겠다고 하면 은수는 순순히 우릴 보내 줄까. 역시 경찰에 미리 알려 놓는 편이 안전할까. 경찰은 은수가 세나를 데려간 이 상황을 어떻게 판단할까. 잘 해결될 수 있는 일을 괜한 짓으로 망쳐 버리는 건 아닐까.

— 저 도착했어요.

은수는 답장이 없었다. 지수는 계단을 걸어 2층으로 올라갔다. 현관문의 비밀번호는 예전 그대로였다.

불 꺼진 거실이 적막했다. 소원과 길분을 찾아 그녀는 주위를 두리번거렸다. 방 안에 인기척이 없는 걸 확인하고 다시 현관문을 나와 한 층을 더 걸어 올라갔다. 4층은 폴리스라인으로 어지러울 것이기에 일단 3층부터 확인할 셈이었다.

예감은 맞았다. 조용한 거실을 가로지르자 열린 문 사이로 지수의 작업 책상 앞에 앉은 그녀가 보였다.

"엄마는 소원이가 모시고 복지관에 갔어. 오늘 거기 어르신 행사가 있어서."

그녀가 덤덤한 말투로 지수를 맞았다.

"세나는요?"

"비닐하우스에서 하윤이랑 놀고 있어."

그럼 이 집에 지금 우리 둘 빼곤 아무도 없다는 건가. 이렇게 덥고 습한 날에 아이들을 비닐하우스에서 놀게 한다고? 문득 비닐하우스에 갇혀 울부짖는 아이들의 모습이 머릿속에 그려졌다. 아니야, 아이들에게 그런 짓까지 할 여자는 아니야.

"애들만요? 제가…… 가서 데려올게요."

"왜. 안심이 안 돼?"

은수가 조용히 물었다.

"거의 일주일 만에 보는데, 그동안 잘 지냈냐는 인사 한마디가 없네."

앉아. 지수가 끝내 침묵하자, 그녀가 턱짓으로 침대를 가리켰다. 지수는 그 말에 순순히 따랐다.

그녀의 표정은 얼어붙은 호수처럼 차갑고 고요했다. 오랜만에 마주한 그 야윈 얼굴이 낯설어 지수는 시선을 돌렸다. 원망과 분노, 미안함과 고마움, 그리고 두려움. 목구멍 아래에서 여러 색깔의 감정들이 한꺼번에 소용돌이쳤다. 그녀에게 묻고 싶은 것들이 많았다. 그중 무슨 말을 해야 할까. 나는 어떤 말을 할 수 있을까.

"은찬이 구속된 거, 알아?"

"네…… 뉴스에서 봤어요."

"경찰들이 오자마자 방 베란다에서 화분을 가져가더라. 꼭 뭘 알고 온 사람들처럼."

심장이 오그라드는 것만 같았다. 미묘한 표정 변화 하나도 놓치지 않겠다는 듯 은수는 쏘는 듯한 시선을 지수에게 붙박고 있었다. 등줄기에서 식은땀이 솟았다.

"생각해 봤어. 베란다에 화분이 있는 걸 아는 사람이 누굴까. 그리고 그걸 신고한 사람은 또 누굴까. 솔직히 말해 봐. 지수 씨가 신고했어?"

애써 침착한 표정을 지으며 생각했다. 무슨 말이든 해야 한다고. 하지만 도무지 입이 떨어지지 않았다.

"자기는 참 한결같다."

은수의 두 눈에 살짝 웃음기가 어리는 것 같았다.

"이런 점이 처음부터 마음에 들었어. 거짓말할 줄 모르고, 괜히 잘 보이려고 애쓰지 않는 거."

 그렇게 멀리서 남의 인생을 망가뜨려 놓고, 아무렇지도 않았어? 그녀가 신랄하게 내뱉었다.

"경찰에 신고하기 전에, 한 번이라도 내 생각을 했냐고."

 그날, 세나가 베란다에서 찍은 꽃 사진을 혁중에게 보여 주던 그 순간에 대해 은수는 묻는 것이었다. 경찰에 꽃 사진을 넘긴 사람은 그녀가 아닌 혁중임에도.

"다른 사람은 몰라도, 네가 어떻게 나한테 그럴 수 있어! 어떻게 나한테!"

 쥐어짜 낸 듯한 고함이 허공을 갈랐다.

"그러는 언니는 나한테 왜 그랬어요?"

 속에서 울컥 뜨거운 것이 치밀어 올랐다. 무례한 언행을 삼가고, 이미 지나 버린 일의 불씨는 굳이 뒤적거리지 않는 게 관계를 끝내는 우아한 방식이라 믿었지만, 세상엔 끝장을 봐야 비로소 떼어 낼 수 있는 관계도 있었다. 그래야만 질긴 감정의 힘줄로 얽힌 서로의 살덩어리를 너와 나의 것으로 분리해 낼 수 있었다.

"왜 날 아동 학대로 신고했어요?"

"애 데리고 모르는 남자 집에 들어가는 게, 학대지 그럼 뭔데."

"그렇게 하면 제가 여기로 돌아올 줄 알았어요? 어르신한테 했던 것처럼?"

은수가 입을 벌린 채로 지수를 멍하니 쳐다보았다.

"그렇게 로아 엄마도 쫓아냈어요? 결국은 언니가 내쫓은 거잖아요. 안 그래요?"

"자기 참 아는 게 많네."

은수가 그녀를 빤히 보며 중얼거렸다.

"그럼…… 우리 아버지가 누군지도 알겠네?"

속눈썹 한 가닥의 흔들림도 놓치지 않겠다는 듯 집요한 두 눈이 다시 한번 지수를 꼼짝없이 붙들었다. 은수의 눈동자가 두 배쯤 커다래지더니 하얗게 질린 얼굴에 일순 두려움이 떠올랐다. 알아 버렸구나, 하고 깨닫는 순간 도자기로 된 연필꽂이가 시야로 날아들어 머리를 강타했다.

천지가 뒤흔들리고 골이 빠개지는 것만 같았다. 침대에 쓰러진 채로 지수는 정신을 차리려 안간힘을 썼다. 몸이 뒤집히고 양손이 뒤로 꺾였다. 버둥거려 봐도 허리에 올라앉은 은수 때문에 옴짝달싹할 수가 없었다. 팔목, 그다음엔 발목이었다. 저렇게 깡마른 몸 어디에서 이런 힘이 솟구치는 걸까. 침대 위에서 몸을 굴려 똑바로 누웠다. 마른 흙을 뒹구는 지렁이가 된 기분이었다.

"한밤중에 쥐새끼처럼 도망을 쳐? 내가 너한테 어떻게 했는데!"

"날 이용했지. 소원이도, 어머님도, 어르신도! 당신은 우리가 필요했던 것뿐이야."

"널 이용했다고? 내가?"

"소원이한테 준 약은 뭔데. 그렇게 해서라도 곁에 붙잡아 두고 싶었던 거잖아. 그렇게 애를 바보로 만들어 놨잖아, 당신이."

물기 어린 은수의 눈동자에 선득한 빛이 돌았다. 얼어붙은 채로 가만히 앞가슴만 오르내리던 그녀가 갑자기 밖으로 나갔다. 다시 돌아온 그녀의 손에는 식칼이 들려 있었다. 관자놀이에서 맥박이 사납게 펄떡거렸다. 숨이 잘 쉬어지지 않았다. 케이블 타이로 묶인 두 손을 필사적으로 비틀었다. 은수가 그녀의 코끝에 칼끝을 겨누었다.

"친언니한테 이걸로 찔렸을 때, 많이 아팠어?"

날을 세운 차가운 칼날이 코끝에서 인중으로, 그리고 입술과 턱의 능선을 타고 울대뼈까지 내려왔다. 날이 스쳐 간 살갗 위로 따갑고 화끈거리는 감각의 궤적이 생겨났다. 어디 그 잘난 주둥이로 좀 더 지껄여 봐. 은수의 살기등등한 얼굴이 이렇게 말하고 있었다.

"네가 얼마나 불행했는지 벌써 잊었어? 이 은혜도 모르는 것아."

"착각하지 마."

지수가 은수를 똑바로 쳐다보았다. 비로소 그녀는 알게 되었다. 왜 지금까지 그토록 은수가 불편했는지. 타인을 부서뜨리고 가루 내어 그 불행을 흡입해야만 숨 쉬고 살아갈 수 있는 존재. 본질적으로 그녀는 자신의 엄마와 같은 부류의 인간이었다.

"당신은 내가 행복하길 바라지 않아. 절대로."

살쾡이처럼 치켜뜬 두 눈에 공포가 떠올랐다. 눈동자가 불안하게 흔들리고 있었다. 그녀의 호흡이 빨라지고, 칼을 쥔 손아귀에 힘이 들어갔다. 목젖을 내리누르는 칼날의 촉감에 지수는 질끈 두 눈을 감았다.

"하윤이한텐 아직 내가 필요해."

시큼한 땀내와 함께 쇄골 부근에 날카로운 감각이 파고들었다. 베는 게 아니라 찌르는 듯한 통증이었다. 상체를 뒤틀어 목을 누르는 손을 떨쳐 내고는 힘껏 두 발을 차올렸다. 발차기를 맞은 은수가 배를 싸쥐고 바닥에 뒹굴었다. *세나 어딨어. 세나 어쨌냐고……*. 천장이 빙글빙글 돌더니 명치가 불덩이처럼 뜨거워졌다. 죽을까 봐 덜컥 겁이 났다. 심장이 꿈틀꿈틀 신음하고 있었다. 눈앞이 부예지는가 싶더니 명치를 달군 열감이 목구멍을 치고 올라왔다. 지수는 힘없이 속에 든 걸 게워 냈다. 간신히 붙들고 있던 의식이 서서히 멀어져 갔다.

다시, 봄

"3층엔 두 집이 있어요. 각각 방이 두 개, 화장실이 하나고요. 옆집은 아직 공실이에요."

도어록을 해제하고 방문을 열었다. 여자의 얼굴이 호기심과 기대감으로 반짝였다. 짧은 단발 아래 시원하게 드러난 목덜미와 쌍꺼풀 없는 눈매가 담백하면서도 강단 있어 보이는 여자였다. 딸이 이제 일곱 살이라고 했던가.

안음주택 3층에 다시 발을 들인 게 거의 3년 만이었다. 연한 하늘색 페인트가 칠해진 방 안을 지수는 어색하게 둘러보았다. 얼마 전까지 가죽공방이 입주해 있던 곳이라 실내에 아직 가죽 냄새가 희미하게 떠돌았다. 창문도, 화장실 타일도 예전만큼 새것은 아니었지만 그래도 구석구석 잘 닦고 관리하며 산 태가 났다. 3년 전과 마찬가지로, 이 정도면 싱글 맘이 아이와 함께 살기에 괜찮은 집이었다.

해 잘 드는 창가와 하얗고 무결한 인테리어. 아이를 안심하고 맡길 수 있는 이의 존재와 하늘하늘 투명했던 그이의 첫인상. 바짝 날을 세운 두 눈으로 방 안과 화장실 구석구석을 훑는 예비 입주민의 모습에 자꾸만 그때의 자신이 겹쳐 보였다.

"여기 입주민이세요?"

불현듯 여자가 뒤돌아 지수와 얼굴을 마주했다. *아뇨, 지금은 아니에요.* 지수는 멋쩍게 웃었다. 지금은 아니지만, 3년 전까지는 옆집에서 살았죠. 못다 한 말을 속으로 중얼거렸다. 관리소장도 아니고, 입주민도 아니라면 내게 집을 보여 주고 있는 이 여자는 대체 누구인가, 하는 듯한 눈으로 여자는 그녀를 훑어보았다. 지수는 엘리베이터 버튼을 눌렀다.

"공용공간은 2층에 있어요. 보여 드릴게요."

현관으로 들어서자 보리가 걸어 나와 느릿느릿 꼬리를 흔들었다. *어머니, 저 왔어요.* 지수가 거실을 둘러보며 외쳤다. *응. 세나 엄마, 왔어?* 방문이 열리고, 환한 얼굴의 길분이 한 손에 비닐장갑을 낀 채로 그녀를 맞았다.

"텃밭 가꾸고 계셨구나."

"응, 상추랑 치커리 조금 싸 놨으니까, 이따 가져가서 세나랑 쌈 싸 먹어."

방울토마토도 한번 심어 보려고 복지센터에 주문해 놨어.

길분이 멋쩍게 웃으며 여자와 눈인사를 나누었다.

침울한 냉기로 가득하던 집이 조금씩 혈색을 되찾기 시작한 건 사건이 있던 이듬해 봄이었다. 언 물을 녹이고 마른 가지를 되살리는 계절의 힘은 안음주택 입주민들의 죽은 가슴에도 간질간질 새로운 피를 돌게 했다. 실어증에 걸린 사람처럼 겨우내 입을 닫고 지내던 길분은 구청복지센터 직원의 도움으로 화분과 배양토, 조리개를 사들여 베란다에서 텃밭을 가꾸기 시작했다. 복지센터에서는 길분처럼 인터넷 활용이 어려운 노인들의 온라인 쇼핑이나 병원 예약을 대신해 주었다. 얼마 전에는 구청 도우미와 함께 기차를 타고 근 10년 만에 대전에 사는 언니 집을 다녀오기도 했다.

지수는 여자에게 2층 거실과 주방을 소개하고, 길분과 대수와 소원이 각각 어느 방에 머무는지 알려 주었다.

"식사는 당번 정해서 함께 준비하는데요. 불편하시면 아이랑 3층에서 따로 드셔도 돼요. 상관없어요."

"메뉴 걱정 안 해도 되고, 입안에 쳐진 거미줄도 걷어 내고. 좋은데요? 밤에 글 쓰고 낮에 자느라 하루 종일 대화다운 대화 한마디 못 할 때도 많거든요."

웹소설 작가라는 예비 입주민은 의욕에 찬 눈빛으로 주방과 식탁을 둘러보았다. 다섯 마리나 되는 반려동물도, 다 같이 하는 식사도 모두 오케이라니, 그야말로 공동주택에

최적화된 사람이구나 싶었다.

식탁 위에 녹색 쌈 거리가 든 봉지 말고도 하나가 더 있었다.

"세나 엄마 온다니까 조 영감이 놓고 갔어. 약과랑 땅콩 캐러멜. 세나 갖다주라고."

"어르신은 요즘도 수업 나가시죠?"

"응, 하루라도 안 나가면 죽는 줄 아는 영감인데 뭐……. 세나 엄마, 이따가 점심 먹고 가. 새로 온 애기 엄마도 밥 먹고 가요, 응?"

저는 어디 갈 데가 있어서요. 그럼 어르신, 앞으로 잘 부탁드려요. 예비 입주민이 붙임성 있게 말했다. 서둘러 나서야 하는 건 지수도 마찬가지였다. 현관에서 여자를 배웅하고 돌아와 보니 집에 없는 줄 알았던 소원이 외출복 차림으로 소파에 앉아 배시시 웃고 있었다.

"뭐야 너, 예약 손님 있다며."

"시간이 좀 늦춰졌어요. 언니, 저 사람 어떤 것 같아요?"

"어떻긴 뭐가."

"SNS 들어가 보니까, 저 여자 완전 올빼미예요. 새벽 5시에 자고, 오후 2시에 일어난대요. 언니는 낮에 일하지 않아요? 내가 보기엔 완전 딱인데?"

그제야 지수는 알아들었다. 난데없는 부탁을 해 올 때부터 눈치를 챘어야 했는데. 숍으로 출근하는 소원은 얼마 전

주택관리사 자격증을 취득해 이제 안음주택 관리 일까지 겸하고 있었다. 소원은 오늘 숍에 예약 손님이 있다며 자기 대신 예비 입주자에게 집을 좀 보여 달라는 부탁을 했다. 3층의 두 집이 모두 비어 있는데도 여자가 무교와 하윤이가 살던 방만 보고 간 데에는 다 이유가 있었다. 각각 살인범이 살던 집과 사람이 죽어 나간 집이라는 딱지가 붙은 3층에는 사건 이후 근 1년이 넘도록 들어오겠다는 사람이 없었다. 작업실 겸 살 집이 필요했던 20대 남자 예술인 둘이 입주하면서 겨우 빈집의 오명을 벗는가 싶었는데 결국 그들마저 올 초 공동 작업실을 얻어 안음주택을 떠나 버렸다.

소원의 생글거리는 얼굴이 이렇게 물었다. 3년이면, 인제 그만 잊어버릴 때도 되지 않았냐고. 내가 그랬듯 언니도 훌훌 털고 들어오라고.

정말 그럴 수 있을까. 아직도 예전 모습 그대로인 이 집에서, 그녀의 글씨가 붙은 양념통과 수납 칸을 쓰고, 한 획 한 획 그녀가 그린, 모든 곤충이 소멸된 저 초충도 그림 아래서 그녀가 손수 고른 아이보리 색 소파와 쿠션에 기대어 수요일마다 영화를 보면서, 한때 이 집의 주인이었던 깡마른 원피스 차림의 김은수를 매 순간 집 안 구석구석에서 떠올리지 않을 방법이 있을까. 이 집에 그런 사람은 애초에 없었던 듯, 그저 한때의 악몽인 듯 잊고 살아가는 일이 정말로 가능

할까.

 은수가 죽고 얼마 동안 소원은 모든 현실을 부정했다. 은수가 죽었다는 사실도, 그녀가 지수를 죽이려 했다는 것도, 자신에게 계속 살아야 할 이유가 있다는 것조차 인정하지 않는 것 같았다. 퇴원 후 어느 날 아침, 지수는 아르바이트도 학원도 모두 끊은 채 방 안에만 틀어박힌 소원을 찾아갔다. 며칠째 감지 않은 봉두난발의 그녀를 뜨거운 태양 아래 아지랑이가 이글거리는 골목으로 끌고 나왔다. 생수 두 병을 가방에 챙기고, 나란히 양산을 쓰고는 무작정 걸었다. 안음주택에서 10여 분쯤 걸으면 나오는 다리 위에 서서 한 방향으로 줄기차게 흐르는 하천을 한참 내려다보고, 다리 건너편에 도착해서는 편의점에 들러 쭈쭈바를 사 먹었다. 지나온 길을 되짚어 안음주택으로 돌아오기까지 주로 말을 하는 사람은 지수였고, 소원은 침묵과 네, 아니요를 거듭하다가 어쩌다 한 번씩 마지못해 입꼬리를 올리곤 했는데, 시간이 흐르며 그런 소원에게도 할 말이 조금씩 생겨나는 것 같았다.

 "어떡하면 사랑받을 수 있을까. 계속 그 생각만 했던 것 같아요."

 다리 위로 불어오는 시원하고 가슬가슬한 바람을 맞으며 소원이 말했다.

"언니가 부러웠어요. 그렇게 집을 나갈 수 있다는 건……
언니는, 그래도 어느 정도 사랑받고 컸구나 싶어서……."

"넌 사랑받지 않은 것 같아?"

양산에 가려져 얼굴이 보이지 않는 소원에게 그녀가 물었다.

"은수 언니는 널 아꼈어. 그거 알지?"

양산을 쥔 손이 흔들렸다. 소원은 흐느끼고 있었다. 은수와 지냈던 시간이 사랑받은 기억으로 남길 바랐다. 감히 온전히 헤아릴 수 없는 아픔들은 먼 훗날 꺼내 볼 수 있도록 깊숙한 곳에 넣어 두기를. 우리의 지금을 살게 하는 건 결국 서로 사랑하고, 사랑받은 기억일 테니까.

올가을 결혼하는 예비 신부답게 소원의 웃는 얼굴에서는 광채가 흘렀다. 소원은 조만간 이 근방의 신혼집으로 들어갈 예정이었다. 떡 진 생머리를 야구모자로 감추고 싶은 내색 없이 묵묵히 구슬땀을 흘리며 걷던 소원을 떠올리며 지수는 잠시 미소 지었다. 8월 폭염에도 아랑곳하지 않고 매일같이 소원을 찾아가 방문을 두드렸던 그 마음은 어디서 비롯된 건지. 늘 그렇듯 모든 상처를 보듬고 치유하는 시간의 힘이란 얼마나 놀라운지.

"아니면 빨리 혁중 오빠랑 결혼하든지. 오빠가 결혼하자고 안 해?"

"몰라, 이 사람아."

장난스레 눈을 흘기곤 안음주택을 나섰다. 주차장으로 걸어가는 길에 지수는 현재 세나와 살고 있는 역 인근의 좁은 원룸을 떠올렸다. 초등학생인 세나와 유치원에 다니는 여자의 딸을 둘이 번갈아 돌본다면. 3년 전 봄에도 이와 비슷한 고민에 빠졌던 게 기억났다. 문득 이런 생각이 들었다. 이성적이고 합리적이라 여겼던 그때의 선택이, 실은 설탕물에 나비가 달라붙는 것처럼 나라는 인간이 그저 은수에게 혹은 그런 유의 단내를 풍기는 사람에게 대책 없이 미혹된 결과는 아닐까, 하고.

안음주택을 찾아갔던 그날, 지수는 때마침 들이닥친 경찰의 도움으로 목숨을 건졌다. 안음주택이 보이는 골목 모퉁이에 이르러 지수는 혁중에게 메시지를 보냈다.
— 지금 그 여자 만나러 가요. 세나를 데리고 있대요. 30분이 지나도록 연락이 없으면, 경찰에 신고 좀 부탁드려요. 현관 비밀번호는 XXXXXX예요.
쇄골을 찌른 주사기에는 은찬이 만든 디곡신 농축액이 들어 있었다. 다행히 체내로 주입된 약물은 소량이었고, 집 안에 들이닥친 경찰을 보자마자 은수는 주사기에 남아 있던 약물을 자신의 혈관에 찔러 넣었다. 응급처치에도 불구하고 그녀는 병원에 실려 간 지 두 시간 만에 결국 사망하고 말았다.

김은찬의 자백과 함께 백골 사체의 DNA가 김은수의 것과 일치하는 것으로 나오면서 김은수의 친부 김수환의 존재도 세상에 드러났다. 33년 전 캐나다로 떠난 이래 국내에 연고가 거의 없던 까닭에 경찰은 탐문 수사만으로 김수환의 신원을 밝혀내는 데 애를 먹었다.

뇌종양 환자였던 김수환은 딸의 손에 이끌려 한국에 들어온 뒤 이듬해 같은 손에 죽임을 당했다. 당시 김은수는 소아 당뇨 환자에게 인슐린을 과도하게 투여하는 의료사고를 내고 자택에서 칩거 중이었다고 혁중은 말했다.

"이 얘기, 언니한테 들은 적 있어요."

"환자 건강에도 지장이 없었고, 보호자나 병원 측에서도 처벌을 원치 않았는데도 끝내 사직서를 냈대요. 그러고는 가정 호스피스센터에 들어가 시간제 방문 간호사가 되었고요. 환자에게 할당된 진통제를 조금씩 빼돌려 자택의 아버지에게 놓아 줄 수 있었던 것도 그 덕분이었죠."

방문 간호사였던 그녀가 막상 자택의 부친에게는 전문 호스피스를 부르지 않았다는 것에 언론은 주목했다. '한국의 애니 윌크스.* 무정했던 부친을 향한 전직 간호사의 참혹한 복

---

* 케시 베이츠가 출연한 동명 영화로도 유명한 스티븐 킹 장편소설 『미저리』의 주인공. 전직 간호사 출신인 애니 윌크스는 결박된 상태의 피해자를 자신의 뜻대로 유린한다.

수극.' 외부에서 흥미롭게 바라본 사건의 내막은 그러했다.

아이들 방 침대 아래에 있던 로아의 내복에서도 디곡신이 검출되었고, 이에 따라 로아의 실종 사건에 대한 수사도 진행되었다. 정부 지원금으로 생활하던 로아의 친모 박 씨는 아이의 사망 두어 달 전 딸을 안음주택에 남겨 놓곤 가출해 버렸고, 친모가 찾아와 로아를 막무가내로 데려갔다는 은수의 말을 주민센터 직원은 곧이곧대로 믿었다. 평택의 한 공단 인근에서 자식이 딸린 남자와 동거하고 있던 친모 박 씨는 경찰이 찾아간 당일까지도 딸의 사망을 까맣게 모르고 있었다.

"아이 시신은 정확히 어디에서 찾았어요?"

"주말농장 안 텃밭에서요."

"혹시, 텃밭 맨 끄트머리…… 울타리 안쪽 아니었나요?"

"맞아요. 텐트장이 있던 자리에서요. 묻을 땅이 산 밑에 천지인데 하필 텃밭에 아이 시신을…… 그런데 지수 씨는 어떻게 알았어요?"

그냥, 그럴 것 같았어요. 그러고도 남을 사람이니까요. 지수가 중얼거렸다. 흐드러진 장미 덩굴 아래 옹크리고 있던 은수의 뒷모습이 선연했다. 열 명이 넘는 인원이 벌인 수색 과정에서 로아 말고도 비닐하우스 옆 물길을 따라 조르륵 묻혀 있던 강아지들의 유골 아홉 구가 더 발굴되었다고 혁

중은 덧붙였다.

'도래동 살인마 남매, 범행과 사체 유기 서로 도와' '이웃 돕는 천사로 알려진 관리소장의 두 얼굴' 인터넷 뉴스 면은 김은수와 김은찬 남매의 이야기로 흘러넘쳤다. 일부 언론은 김은수가 살인범 김무교의 아들과 미혼모 박 씨의 딸을 자기 핏줄처럼 보살폈다는 주변의 증언을 싣기도 했지만, 대부분은 그녀가 입주민들을 교묘히 감시하고 통제하는 것도 모자라 남동생이 실버홈의 요양사에게 빼낸 항정신성 약물로 그들을 지배하려 했던 점을 부각시키는 데 더욱 집중했다. 사건이 터지고 얼마 지나지 않아 그간 전 남편이 무서워 일체 아이와의 접촉을 꺼렸던 하윤의 친모가 뒤늦게 그의 검거 사실을 듣고 나타나 아이를 데려갔다.

벌써 10시였다. 세나가 학교에서 돌아오기까지 이제 세 시간의 여유밖에 없었다. 서둘러 내비게이션을 켜고 파주 개명산 인근의 사찰 주소를 입력했다.

연락을 끊고 산 지 3년 만에 장례식장에서 재회한 언니는 눈을 희뜩이며 지수의 상복 자락을 움켜쥐었다. *엄마 죽인 년이, 감히 여길 어디라고 와. 네가 감히 상복을 입어? 감히 네가?* 형부에게 두 팔을 잡혀 질질 끌려가면서 언니는 입에 거품을 물었다. *너, 앞으로 내 눈에 띄기만 해 봐. 그 비싼*

콩팥 내 손으로 끄집어내 줄 테니까! 힐끔대는 사람들의 시선 속에서 그녀는 흐트러진 상복 저고리의 앞섶을 여몄다. 마지막 가는 날까지 엄마를 외면한 기억을 가슴에 묻은 채로 살고 싶진 않았다. 그저 그렇게 하고 싶었으므로, 무엇도 피하지 않을 작정이었다. 적어도 두렵거나 아프다는 이유로는.

3년 전 그날 병원에서 검사를 받았다면, 그리고 엄마에게 신장 한쪽을 내주었다면 엄마는 살 수 있었을까. 그리했다면 나와 엄마의 관계도, 엄마라는 사람도 조금은 달라지지 않았을까. 사슬처럼 끊이지 않던 원망과 자책도 멈추기로 했다. 원망의 대상은 이미 사라져 버렸고, 따라서 더는 그를 미워하며 스스로 피 흘리지 않기로. 멀어져 가는 누군가의 등 뒤로 덧없이 흔드는 손처럼, 갈 곳 없는 허무한 감정들을 한동안 껴안은 채 그녀는 어쩔 줄 몰랐다.

뒤늦게나마 엄마라는 한 명의 여자, 한 명의 인간을 지수는 가만히 들여다볼 것이었다. 그것만이 엄마를 아름답게 추억하는 유일한 길일 테니까. 이 세상에 없는 이를 사랑하는 건 바로 곁의 누군가를 사랑하는 것보다 쉬웠고, 그러다 어쩌면 그녀는 다시 어린 시절로 돌아가 엄마를 사랑하게 될 수도 있었다. 자신을 위해서, 또 세나를 위해서 지수는 그런 날이 오길 진심으로 바랐다.

전화가 걸려 왔다. 혁중이었다.

"작가님, 지금 어디야?"

"납골당 가는 길."

"진짜 괜찮겠어?"

"응."

혁중은 잠시 말이 없었다.

"날씨가 너무 좋아서…… 기분이 이상하다."

"갑자기 왜 그 사람한테 가 볼 생각을 했어?"

"어쨌건 나한테는 고마운 사람이니까."

"그 사람이 자기를 반가워할까?"

"그럴 거야. 내가 아는 언니라면."

에휴, 그래. 잘 다녀와. 나도 모르겠다. 혁중이 포기했다는 듯 한숨을 내쉬었다.

"아무튼 오늘 저녁에 집으로 가면 되는 거지?"

"응. 샴페인은 내가 준비할게. 세나가 한정판 케이크 기대하고 있으니까, 그거 사 오는 거나 잊지 말고."

오늘은 세나의 생일이었지만 그것 말고도 축하할 일은 또 있었다. 호프집에서 아르바이트했던 짧은 경험을 살려 SNS에 올렸던 인스타툰이 인기를 끌며 얼마 전 한 주류회사로부터 컬래버 제안이 들어온 것이다.

창문을 열고 크게 심호흡했다. 화창한 날이었다. 도로 양편으로 끝없이 이어진 왕벚나무 가로수에서 하얀 꽃비가 쏟아져 내렸다. 바람결에 흘러 들어온 꽃잎 하나가 대시보드 위에 살포시 내려앉았다.

'이거. 아까부터 떼 주고 싶어 혼났어요.'

엄지와 검지로 꽃잎을 들고 웃던 얼굴. 다정하게 패던 눈주름과 보조개가 눈앞에 아른거렸다. *떼 주지 마요, 언니. 너무 그렇게 애쓰며 살지 마요.* 그녀가 중얼거렸다.

꽃잎의 귀퉁이가 누렇게 시들어 있었다. 잠시 두 눈을 깜빡이다 손바닥으로 꽃잎을 쓸어 내고는 먼 곳으로 다시 눈길을 돌렸다.

아직 싱싱한 벚꽃이 매달려 흐드러진, 지금의 자신이 온전히 믿고 있는 그 풍경 속으로.

〈끝〉

작가의 말

아이를 키우면서 이따금 상상하곤 했다. 아, 금전적 부담 없이, 죄송한 황혼 육아에 기대지 않고도 누군가 내 아이를 봐 주는 사람이 있어서 지금보다 조금만 더 자유로워질 수 있다면. 이 장편소설의 마중물이 된 단편 「은수」는 바로 그런 엄마들의 흔해 빠진 망상에서 비롯되었다(그 망상의 대가로 이야기 속 주인공은 결국 딸을 사고로 잃고 만다). 세상엔 공짜가 없지만, 그런 사람이 정말 어딘가 있다면? 아무 대가 없이 내 아이를 봐 주고, 심지어 온 마음을 다해 아껴 주기까지 한다면? 끝내 놓지 못한 사심 가득한 망상은 결국 기나긴 한 편의 이야기가 되었다.

절박한 사람들이 기댈 곳은 어디일까? 온기가 스민 광기에 우린 저항할 수 있을까? 위험하면서도 따스한 누군가와, 파멸적이지만 포근한 어떤 곳. 이 소설은 그런 인물과 장소에 관한 이야기이다. 사람 사이의 농도가 진하다 못해 찐득해지는 어떤 순간부터 관계는 언뜻 공포의 색채를 띠게 되는 것 같다. 칡넝쿨이 나무를 휘감듯 질기게 얽혀 쉽게 끊어 낼 수도, 도망칠 수도 없는 관계를 그려 보고 싶었다. 그럼에도 어쩔 수 없이 사랑은 칡넝쿨을 닮았다는 생각을 하면서.

  브릿G '단편에서 장편으로' 프로젝트에 선정되고 1년이 넘는 시간을 홀로 항해하면서 문득 불안감에 뒤를 돌아보는 순간마다 그곳에는 늘 어떤 이가 있었다. 아, 저기 불빛이 있구나, 나를 지켜봐 주는 이가 늘 저기 있구나, 하는 감각만으로 외롭지 않았고 글쓰기에는 추진력이 생겼다. 애정 어린 도움을 주신 장미경 편집자님께 다시 한번 감사드린다.

2025년 8월
한소은

토마토 정원

1판 1쇄 찍음 2025년 11월 13일
1판 1쇄 펴냄 2025년 11월 20일

지은이 | 한소은
발행인 | 박근섭
편집인 | 김준혁
책임편집 | 장미경
펴낸곳 | 황금가지

출판등록 | 2009. 10. 8 (제2009-000273호)
주소 | 06027 서울 강남구 도산대로 1길 62 강남출판문화센터 5층
전화 | 영업부 515-2000 편집부 3446-8774 **팩시밀리** 515-2007
홈페이지 | www.goldenbough.co.kr

도서 파본 등의 이유로 반송이 필요할 경우에는 구매처에서 교환하시고
출판사 교환이 필요할 경우에는 아래 주소로 반송 사유를 적어 도서와 함께 보내주세요.
06027 서울 강남구 도산대로 1길 62 강남출판문화센터 6층 민음인 마케팅부

ⓒ 한소은, 2025. Printed in Seoul, Korea
ISBN 979-11-7052-654-4 03810

㈜민음인은 민음사 출판 그룹의 자회사입니다.
황금가지는 ㈜민음인의 픽션 전문 출간 브랜드입니다.